Francis Durbridge

Der Andere

Roman

Aus dem Englischen von
Peter Th. Clemens

GOLDMANN

Die Originalausgabe erschien 1958 unter dem Titel
»The Other Man«.

Umwelthinweis:
Alle bedruckten Materialien dieses Taschenbuches
sind chlorfrei und umweltschonend.
Das Papier enthält Recycling-Anteile.

Wiederveröffentlichung Mai 2001

Umschlaggestaltung: Design Team München
Umschlagfoto: Phontonica/Katz
Satz: deutsch-türkischer fotosatz, Berlin
Druck: Elsnerdruck, Berlin
Krimi: 3142
JE · Herstellung: Max Widmaier
Made in Germany
ISBN 3-442-03142-7
www.goldmann-verlag.de

3 5 7 9 10 8 6 4 2

1

Nahe dem Städtchen Medlow liegt, inmitten einer der lieblichsten Landschaften von Buckinghamshire, das Rockingham College: Obschon in der breiten Öffentlichkeit weniger bekannt als gewisse andere englische Colleges, kann es auf eine stolze Tradition zurückblicken – zieht es doch seit mehr als anderthalb Jahrhunderten rechtschaffene und mehr oder weniger begabte Knaben und Jünglinge zu ehrenwerten und nützlichen britischen Staatsbürgern heran; allein in jüngster Zeit haben es zwei seiner ehemaligen Zöglinge zu Kabinettsministern Ihrer Majestät gebracht, drei zu Offizieren im Generalsrang, davon einer sogar zum Marschall der Royal Air Force, andere wiederum zu Zeitungsherausgebern und leitenden Direktoren namhafter Handelsunternehmungen – um nur einige der bemerkenswertesten zu nennen. Mögen andere Colleges populär sein – in Kreisen der Eingeweihten genießt Rockingham einen ausgezeichneten Ruf.

David Henderson, einer der Lehrer des Instituts, verließ an einem schönen Sommernachmittag das Collegegebäude, um in seine Dienstwohnung hinüberzugehen. Unter den linken Arm geklemmt trug er die Aufsatzhefte der fünften Klasse, von denen er sich allerhand interessante Lektüre für den Rest des Tages versprach. Denn das behandelte Thema hieß: *Was ich tun würde, um die Lebensbedingungen in England zu verbessern,* und Henderson kannte die Fünfzehnjährigen seiner Klasse gut genug, um zu wissen, dass es unter ihnen immerhin drei oder vier wirklich begabte Jungen gab, deren Köpfen hin und wieder wahrhaft überraschende Gedanken entspringen konnten.

Henderson war Ende Dreißig, ziemlich groß und auffallend

schlank. Welche stählerne Kraft in seinem langen, schlanken Körper steckte, war von außen nicht zu erkennen. Dass er Tatkraft und Charakter besaß, zeigte der klare, ruhige Blick seiner eigentümlich dunkelblauen Augen ebenso wie der Schnitt seines schmalen und doch festen Gesichts. Sein schwarzes, etwas lockiges Haar begann sich in der Mitte des Hinterkopfes schon ein wenig zu lichten.

Seinerzeit, als er die Universität Oxford verließ, schien eine glänzende akademische Laufbahn vor ihm zu liegen. Doch einen Monat später brach der Krieg aus, und schon Ende 1939 fand Henderson sich, fernab von aller Gelehrsamkeit, als Leutnant der Royal Navy an Bord einer Geleitschutz-Korvette. Nach drei erlebnisreichen Jahren im Geleitschutzdienst wurde er zu einer der am wenigsten herkömmlichen Formationen der Royal Navy abkommandiert, der er weitere dreieinhalb Jahre seines Lebens widmen musste. Erst nach Kriegsende kam er 1946 wenigstens in etwa wieder in seinen eigentlichen Beruf, wenn auch nur als simpler Lehrer – was, wie man weiß, keineswegs so ganz simpel und weitgehend eine Frage der inneren Berufung ist. Er besaß diese Berufung in solchem Maße, dass seit dieser Zeit sein Hauptanliegen fünfzehnjährige Jungen zu sein schienen. Denn seine einzigartige Gabe, mit diesen unberechenbaren Geschöpfen im Guten auszukommen und selbst den Aufsässigsten, Flegelhaftesten und Gedankenfaulsten unter ihnen Respekt, Benehmen und ein überdurchschnittliches Maß an erlernbarem Wissen beizubringen, hatte ihm verhältnismäßig bald eine der vielbegehrten Lehrerstellen am Rockingham College verschafft. Hier erzielte er von Anfang an so überraschende Erfolge, dass die Schülerzahl seiner Klasse allmählich weit über der der anderen Klassen des Instituts lag; aus den entlegensten Teilen Großbritanniens pflegten Eltern herbeigereist zu kommen und nicht eher Ruhe zu geben, bis es ihnen gelungen war, ihre schwererziehbaren Fünfzehnjährigen bei Henderson oder wenigstens in einer Parallelklasse unterzubringen, die ebenfalls unter Hendersons Oberleitung stand.

Henderson selbst hatte diese Art von Popularität nie gesucht. Er war nur – und das stellte eigentlich sein ganzes Geheimnis dar – ganz im Gegensatz zu vielen anderen Schulmeistern davon überzeugt, dass Einschüchterungen durch Strenge und billig überlegenen Sarkasmus keine Rolle bei der Formung der Persönlichkeit eines Jungen spielen dürfe. Und er war ferner davon überzeugt, dass die Formung der Persönlichkeit die einzige Grundlage sei, aus der sich alles andere entwickeln lasse. Den Rohrstock zum Beispiel, der im britischen Schulwesen sonst als unerlässliches Werkzeug zur Erziehung von Jungen dieser Altersklasse galt, benutzte er höchst selten.

Als er sich jetzt dem Eingang des Hauses näherte, in dem seine Dienstwohnung lag, lächelte er still vor sich hin, und zwar im Gedanken an den Rohrstock. Der Junge nämlich, den er zu sich bestellt hatte, erwartete todsicher die im übrigen wohlverdienten sechs Rohrstockschläge. Es war ein gewisser Roger Ford, der Sohn des wohlangesehenen Kriminalinspektors, ein intelligenter und begabter, aber etwas zerfahrener Schüler, der seine Anwesenheit im Rockingham College ausschließlich Henderson verdankte. Ein Kriminalinspektor verdient im Allgemeinen nicht genug, um seinem Sohn eine Collegeerziehung zu ermöglichen; Roger Ford jedoch hatte, dank Hendersons unermüdlichem Nachhilfeunterricht, eine der wenigen Freistellen bekommen, die in Rockingham zur Verfügung standen.

Er war ein hochaufgeschossener Junge mit ernstem Gesicht und seltsam entwaffnendem Auftreten. Bei Hendersons Erscheinen vollführte er eine Art linkischen Kratzfuß und leckte sich nervös die Lippen, brachte aber keinen Ton heraus. »Ah, unser Freund Ford«, sagte Henderson gleichmütig. »Komm mit herein, ja?«

»Ja – jawohl, Sir«, murmelte der Junge und folgte wie ein zum Tode Verurteilter dem Lehrer in dessen Studierzimmer, einen ziemlich großen, geschmackvoll eingerichteten Raum.

»Ziemlich unvernünftig, dass du dir ausgerechnet jetzt, so kurz vor Ferienbeginn, diese Dummheit leisten musstest – nicht wahr, mein Lieber?«, meinte Henderson, setzte sich hinter seinen Schreibtisch und musterte den Jungen mit ruhigem Blick.

Um dich ist es geschehen, Roger, dachte der Junge. Erst spielt er ein bisschen Katze und Maus mit dir, dann folgen unvermeidlich die wirksamen Sechs mit dem Rohrstock, das ist so sicher wie das Amen in der Kirche. »Ja – jawohl, Sir«, entgegnete er und machte eine hilflose Handbewegung, »es – es tut mir Leid, Sir.«

»Mr. Granger, der Schuldirektor, hält es für unumgänglich, dass du die wirksamen Sechs beziehst«, fuhr Henderson fort. »Und ich bin eigentlich der Meinung, dass er Recht hat. Was meinst du selbst? Hat er nicht Recht?«

»Nein, Sir. Ich meine natürlich – ja, Sir.«

»Sag doch selbst, wohin soll unsere Disziplin geraten, wenn jeder einen anderen, den er nicht mag, einfach ins Schwimmbecken stoßen würde?«

Roger Ford schien krampfhaft bemüht, die richtige Antwort zu finden. Als es ihm trotz aller Anstrengungen nicht gelingen wollte, murmelte er achselzuckend: »Ja, wirklich, Sir – wohin würde das führen?«

Ein Lächeln huschte über Hendersons Gesicht. »Du hast ganz sicher mit den wirksamen Sechs gerechnet, nicht wahr?«

Der Junge nickte stumm.

»Und du bist dir klar darüber, dass du sie verdient hast?«

Wieder nickte der Junge.

»Und du hast vorweg ziemlich genau empfunden, wie unerfreulich diese Prozedur sein würde?«

Abermals ein stummes, bedrücktes Nicken.

»Nun gut«, sagte Henderson, »dann wollen wir es für dieses Mal dabei bewenden lassen, Freund Ford. Aber das nächste Mal, wenn du am Schwimmbeckenrand einen Jungen siehst, den du nicht magst, wirst du gewisse Regungen zu zügeln wissen, nicht wahr?«

»Jawohl, Sir! Ganz bestimmt, Sir!« Roger Ford nickte krampfhaft und wirkte ungemein erleichtert.

»Ich bin sicher, dass ich mich auf dich verlassen kann, mein Lieber«, erklärte Henderson ernst und nachdrücklich. Einen Augenblick später fügte er lächelnd hinzu: »So, und wie wäre es nun mit einer Tasse Tee und einer Scheibe Toast? Wegen der ausgestandenen Angst, meine ich?«

»Oh, gerne! Tausend Dank, Sir!« Roger Ford strahlte. Er ist doch ein wunderbarer Bursche, der gute alte Henderson, dachte er. Der wunderbarste Lehrer, den man sich wünschen kann.

Tee und Toast wurden mit einer an Zauberei grenzenden Promptheit von Mrs. Williams, Hendersons Haushälterin, hereingebracht. Außerdem brachte sie ein kleines Päckchen mit. »Für Sie, Sir«, sagte sie und reichte es Henderson; »eben mit der Nachmittagspost gekommen.«

»Danke, Mrs. Williams.« Henderson betrachtete das Päckchen flüchtig und legte es vor sich auf den Schreibtisch.

»Wenn Sie mich jetzt nicht mehr brauchen, Sir«, sagte Mrs. Williams, »würde ich gerne auf ein oder zwei Stündchen nach Medlow hinübergehen.«

Henderson nickte. »In Ordnung, meine Gute. Gehen Sie getrost nach Medlow.« An Roger Ford gewandt, der mit verlangendem Blick zu den Toastschnitten schielte, fügte er hinzu: »Bedien dich, Junge. Lass es dir schmecken.« Roger Ford langte zu.

Ein Weilchen später, als Tee und Toast genossen waren, fragte Henderson, während er seine Pfeife anzündete: »Nun, wird nächsten Donnerstag jemand kommen, um dich in die Ferien zu holen?«

»Jawohl, Sir – mein Vater. Er will schon um sieben Uhr früh da sein.«

»Ziemlich zeitig für einen Kriminalinspektor, findest du nicht?«

»Oh, mein Vater ist Frühaufsteher«, entgegnete Roger. »Er steht immer sehr früh auf, so spät er auch manchmal ins Bett kommt.« Da ihm nichts einfiel, was er hätte hinzufügen können, zog er, etwas verlegen, ein auf dem Schreibtisch liegendes Buch zu sich heran, schlug es auf und vertiefte sich in die Betrachtung der Titelseite.

»Wenn dich dieses Buch interessiert«, meinte Henderson nach einem Weilchen, »kannst du es dir ausleihen.«

»Oh – gern, Sir! Vielen Dank! Es sieht wirklich interessant aus. Aber würden Sie mir bitte sagen, was dieser Spruch bedeutet? Sie wissen ja, Sir, dass es mit meinem Latein nicht sehr weit her ist.« Er schob das geöffnete Buch zu Henderson hinüber und wies auf die handgeschriebenen Worte *Suaviter in modo, fortiter in re,* die auf der Titelseite prangten.

»Im nächsten Jahr müsstest du imstande sein, es zu übersetzen, Freund Ford. Es heißt soviel wie: *Behutsam in der Art, aber hart in der Sache.* Ein alter Sinnspruch, weißt du, eine Art Vervollkommnung unseres Schulmottos.« Henderson schob das Buch wieder zu Roger Ford zurück und blickte dabei wie von ungefähr auf seine Armbanduhr. »Oh, die Zeit vergeht!«, sagte er. »Ich fürchte, ich muss dich jetzt verabschieden, Freund Ford. Denn alle diese Aufsätze«, er wies auf den Stapel Hefte, den er neben sich auf den Schreibtisch gelegt hatte, »wollen heute noch gelesen und kritisch bewertet werden.«

Nachdem Roger Ford sich verabschiedet hatte und, mit dem entliehenen Buch unter dem Arm, gegangen war, nahm Henderson das oberste Heft vom Stapel, schlug es auf und las ein paar Zeilen. Dann, plötzlich, schob er das Heft beiseite, um das kleine Päckchen zu öffnen, das mit der Nachmittagspost gekommen war. Es enthielt eine Männerarmbanduhr, die Henderson einige Augenblicke lang nachdenklich betrachtete. Hierauf nahm er seine eigene Uhr vom Handgelenk und schnallte sich stattdessen die andere Uhr um. Aus einer Schublade seines Schreibtisches brachte er ein kleines in Leder gebundenes Notizbuch und eine bläulich schimmernde 32er Pistole zum Vorschein.

Ein bedauernder Seitenblick, den er dabei auf den Stapel Hefte warf, ließ erkennen, dass er sich lieber mit den Aufsätzen als mit der tödlichen Waffe beschäftigt hätte. Achselzuckend legte er die eigene Armbanduhr in die Schublade, dann begann er die Pistole nachzuprüfen. Er war noch dabei, sie mit der kritischen Sicherheit eines Mannes zu untersuchen, der sich auf Schusswaffen versteht, als das Telefon zu läuten begann.

Henderson nahm den Hörer ab. »Hallo? Hier Henderson.«

»Hier Cooper«, sagte eine klare und kultivierte Stimme vom anderen Ende der Leitung. »Ist die Uhr eingetroffen?«

»Ja, eben mit der Nachmittagspost. Meinen Sie denn, dass wir noch Zeit haben?«

»Wir müssen es auf einen Versuch ankommen lassen. Können Sie sofort hingehen?«

»Natürlich«, sagte Henderson.

»Gut. Ich treffe Sie dort.« Es klickte in der Leitung, Cooper hatte aufgelegt.

Auch Henderson legte auf, streifte die Uhr an seinem Handgelenk mit einem Seitenblick und steckte die Pistole zu sich.

Die Hausboote auf dem Fluss bei Medlow haben ihre eigene sorglose Eleganz. Hast und Lärm des Alltagslebens dringen nicht zu ihnen. An jedem Wochenende entdecken die überarbeiteten und abgespannten Geschäftsleute aus der City, die dort hinauskommen, dass sie längst nicht so überarbeitet und abgespannt sind, wie sie geglaubt hatten – die wirkliche Überarbeitung und Abgespanntheit stellt sich erst am Montagmorgen ein, wenn sie wieder in ihren Büros sitzen. Von Freitagabend bis Sonntagnachmittag blühen mehr oder weniger diskrete Freundschaften, herrschen Liebe und Lachen an beiden Ufern des Flusses, und die wenigen ständigen Hausbootbewohner fügen sich mit milder Nachsicht in das fröhlich verstohlene Treiben. Nicht ganz zu Unrecht preisen die geschäftstüchtigen Hausboot-Agenten jenen Abschnitt der Themse als ein natürliches Paradies.

Katherine Walters, ein hübsches dunkelhaariges Mädchen von etwa siebenundzwanzig Jahren, wäre an diesem besonderen Nachmittag durchaus geneigt gewesen, dem Werbeslogan der Hausboot-Agenten uneingeschränkt zuzustimmen. Sie ruhte lässig in einem bequemen Paddelboot, das sie geschickt unter die überhängenden Zweige einer großen Weide manövriert hatte. Nur eins der zahlreichen Hausboote jenes Flussabschnittes lag in ihrem unmittelbaren Blickfeld; den Namen *High Tor* hatte sie an der Bordwand entdeckt, als sie vorhin daran vorbeigepaddelt war. Das Boot war weiß gestrichen und sah sauber, kühl, komfortabel und einladend aus. Unwillkürlich hatte Katherine im Vorübertreiben überlegt, wer dieses hübsche Boot bewohnen mochte.

Sie las einen Roman aus der Leihbibliothek, der sie nicht so sehr fesselte, dass ihr viel von dem märchenhaften Zauber des stillen, sonnenscheinüberglänzten Nachmittags entgangen wäre. Abgesehen von vereinzelten Ruderbooten, die in langen Zeitabständen vorbeizogen, schien der Fluss völlig verlassen.

David Henderson stand im Wohnzimmer des Hausbootes *High Tor*. Der geschmackvoll eingerichtete Raum befand sich in einem unbeschreiblichen Durcheinander. Der Schreibtisch war offenbar mit großer Gründlichkeit durchstöbert worden, die Stühle lagen am Boden, der Veloursbodenbelag war an einer Stelle meterweit aufgerissen und beiseite geschoben, ein hübsches Cocktailschränkchen stand schräg in eine Ecke gekippt, eine Stehlampe war halb auf das Sofa gefallen.

Henderson blickte nachdenklich auf die Männerleiche hinab, die mitten im Raum am Boden lag. Man hätte den Toten lediglich als jüngeren Mann mittlerer Größe beschreiben können. Von seinen Gesichtszügen war so gut wie nichts geblieben – dermaßen hatte man ihm den ganzen Kopf durch Schläge mit einem stumpfen Gegenstand zugerichtet.

Henderson nahm die Armbanduhr vom Handgelenk, kniete neben dem Toten nieder, schob ihm den linken Ärmel ein wenig zurück und band ihm die Uhr um. Dann erhob er sich wieder, warf einen letzten kritischen Blick ringsum durch den Raum und ging hinaus auf das Deck des Hausbootes …

Katherine Walters klappte ihr Buch endgültig zu und gähnte. An einem kühleren Nachmittag wäre es ihr vielleicht möglich gewesen, sich aus purer Langeweile für die verworrenen Erlebnisse einer reichlich unentschlossenen jungen Frau zu interessieren, die gleichzeitig in nicht weniger als vier junge Männer verliebt war und durchaus nicht mit sich und ihren Anbetern ins Reine kommen konnte. Aber es wäre zu viel verlangt, sollte man – von der Hitze und dem Plätschern des Flusses in eine angenehm wohlige Müdigkeit versetzt – einem so kunterbunten Durcheinander folgen. In Gedanken versunken blickte Katherine zu dem hübschen weißen Hausboot hinüber und nahm plötzlich die Gestalt eines Mannes wahr, der eben in diesem Moment auf das Deck hinaustrat. Der Mann war groß, sehr schlank, dunkelhaarig und schien recht gut auszusehen. Zwar ließ die einschläfernde Atmosphäre selbst an gutaussehenden, dunkelhaarigen Männern kein rechtes Interesse aufkommen. Aber halb unbewusst und ohne jede Absicht fuhr Katherine fort, den Mann auf dem Hausboot im Auge zu behalten.

Er seinerseits blickte einmal wie von ungefähr über die Schulter in ihre Richtung, dann aber schaute er gleich wieder zum Ufer hinüber oder – was wahrscheinlicher war – zu der Straße, die sich längs des Flusses hinzog. Sein Verhalten wirkte natürlich und gelöst. Anscheinend, so dachte sich Katherine, wartet er auf eine Freundin.

Auf der Straße kam ein Wagen in Sicht. Der Mann auf dem Hausboot begann zu winken, der Wagen verlangsamte das Tempo und hielt an. Der Mann blickte noch einmal über die Schulter in Katherines Richtung, spazierte über die Gangway ans Ufer, ging zu dem Auto und stieg ein. Der Wagen setzte sich wieder in Fahrt und entschwand hinter der nächsten Kurve. Katherine gähnte und reckte sich. Dann nahm sie ihr Buch doch wieder zur Hand und vergaß einstweilen die ganze unbedeutende Episode.

Die Polizei erschien noch am selben Spätnachmittag auf dem Hausboot *High Tor* und begann mit der ihr eigenen Geduld und Gründlichkeit den Tatortbefund aufzunehmen, Messungen anzustellen, Fingerspuren zu fixieren und zahllose Fotoaufnahmen zu machen.

Der Polizeiarzt hatte sich nicht lange mit der Leiche zu beschäftigen brauchen und war schon wieder zur Distriktsstation zurückgekehrt, wo man ihn zur Feststellung des Blutalkoholgehaltes eines soeben festgenommenen Verkehrssünders benötigte. Sein formeller Befund über den Mordfall lautete recht banal: »Gestorben durch wiederholte schwere Schläge auf Kopf und Gesicht, die offensichtlich mit einem stumpfen Gegenstand, wahrscheinlich einem Revolverkolben, ausgeführt wurden. Obduktion erforderlich, da Todeszeit durch einfache Untersuchung nur höchst ungenau zu bestimmen.« Für die anwesenden Polizeibeamten hatte er als persönlichen Eindruck noch hinzugefügt, der Tote sei mit einer Brutalität erschlagen worden, wie sie ihm in seiner langen Praxis als Polizeiarzt nur selten begegnet sei.

Kriminalinspektor Michael Ford, der die Ermittlungen leitete, untersuchte den durcheinandergewühlten Inhalt des kleinen Schreibtisches. Er tat es methodisch und ohne alle Hast. Fünfundzwanzig Jahre Polizeidienst hatten ihn gelehrt, dass die Dinge schon im Allgemeinen nur selten sind, was sie scheinen, und speziell in Mordfällen beinah überhaupt nie. Er wusste längst, dass die Aufklärung solcher Fälle häufig genug tatsächlich von Zigarettenstummeln abhängen konnte oder von abgerissenen Knöpfen, zerbrochenen Spiegeln, alten Fetzen Löschpapier, kurzum von Dingen, denen man normalerweise wenig Bedeutung beimessen würde. Mit einem stillen Seufzer sah er die langweiligen und ermüdenden Tage, Wochen, Monate oder gar Jahre voraus, die ganze Zeit voller geduldiger und mühseliger Nachforschungen und Ermittlungen, die der Auffindung dieser schauderhaft zugerichteten Leiche folgen konnten. Spuren über Spuren würden entdeckt, verfolgt und als wertlos abgetan werden. Der Chefinspektor würde sich ungeduldig und allmählich immer ungeduldiger zeigen, gewisse Zeitungen würden schon bald beginnen, die Polizei zu schmähen, die wieder einmal endlos lange brauche, ehe sie sich wenigstens zu einer Verhaftung entschließen könne. Unzählige Leute würden verhört werden, mit Alibis aufwarten, Lügen erzählen und schließlich doch wieder von jedem Verdacht freigesprochen werden.

Ford war Mitte Vierzig, dunkelhaarig, mittelgroß und kräftig, der Prototyp eines zuverlässigen Polizeibeamten. Für gewöhnlich zeigte er ein ernstes, strenges Gesicht, doch in wenigen Ausnahmefällen verfügte er auch über ein geradezu charmantes Lächeln. Er pflegte sich sehr gemessen und bestimmt zu geben und stand in dem redlich erworbenen Ruf, aufgrund seiner Erfahrungen niemals daran zu zweifeln, dass letzten Endes auch der mysteriöseste Fall aufgeklärt werden könne.

Der Polizeibeamte, der die Fotoaufnahmen gemacht und die anderen technischen Arbeiten durchgeführt hatte, packte seine Geräte zusammen. Ford blickte vom Schreibtisch auf und fragte: »Fertig, Morris?«

»Jawohl, Sir.«

»Gut. Wenn Sie Sergeant Broderick draußen irgendwo treffen, dann sagen Sie ihm, er möchte einen Moment zu mir kommen.«

Morris nickte und ging mit seinen Geräten hinaus. Inspektor Ford vertiefte sich wieder in die Untersuchung des Schreibtischinhaltes, bis etwa zehn Minuten später Sergeant Broderick unternehmungslustig hereinspaziert kam, ein großer, kräftiger Kerl mit scharfgeschnittenem Gesicht und energischem Auftreten, der immer, selbst in der unerfreulichsten Situation, gute Laune, Zuversicht und eine Menge Selbstsicherheit ausstrahlte. Schon im Alter von achtundzwanzig Jahren hatte er es zum Sergeanten gebracht.

»Ah, da sind Sie ja schon«, sagte Ford und unterbrach die Sichtung des Schreibtischinhaltes. »Ein außergewöhnlich dreckiger Job hier, wie?«

»Außergewöhnlich dreckig ist das richtige Wort«, entgegnete Broderick mit grimmigem Lächeln und wies auf die Leiche. »Was meinte der Arzt zu ihm?«

»Das Übliche – Todeszeit ohne Obduktion nicht feststellbar.«

»Na ja, was sollten wir sonst erwarten?« Broderick zuckte geringschätzig die Achseln. Dann brachte er ein Notizbuch zum Vorschein. »Ich habe inzwischen herausgefunden, wer er ist – ein Italiener namens Paul Rocello. Scheint seit ungefähr vierzehn Tagen hier auf diesem Boot gewohnt zu haben. Das Boot gehört einem gewissen James Cooper.«

»Cooper?«, wiederholte Ford und nickte. »Doch, den kenne ich. Das heißt, ich habe ihn ein- oder zweimal im Städtchen gesehen. Ein kleiner, sehr gepflegter Mann mittlerer Jahre. Auffallend lange Nase.«

»Das dürfte er sein«, bestätigte Broderick. »Ich habe herumgefragt. Es heißt, er sei Rechtsanwalt und arbeite als Syndikus für eine Firma Dawson, Wyman und Cleves.«

»In London?«

»Ja, Sloane Square. Ziemlich einträglicher Posten, denke ich. Sehen Sie sich bloß mal diese Einrichtung an. Muss allerhand Geld gekostet haben.«

»Bestimmt. Und Rocello war ein Freund von diesem Cooper?«

»Anscheinend ja. Soviel mir Mrs. Prothero erzählte – Sie wissen schon, die nette Alte, die drüben in Medlow, in der High Street, das kleine Tabakwarengeschäft hat –, war Cooper selbst zusammen mit Rocello ungefähr eine Woche hier, fuhr dann aber am letzten Mittwoch wieder nach London und ließ das Hausboot in Rocellos Obhut.«

Ford runzelte die Stirn. »Letzten Mittwoch? Und über das Wochenende kam er nicht wieder her?«

»Soviel ich von Mrs. Prothero erfuhr, nein. Sie hat ja auch einige Garagen zu vermieten, und Cooper pflegte sein Auto immer bei ihr einzustellen, wenn er hierherkam.«

»Aha.« Ford nickte. Dann wies er mit einer Kopfbewegung auf die Leiche. »Sieht aus, als hätte er uns einen zähen Fall beschert – wie, Bob?«

Broderick lächelte. »Wir haben schon zähere gelöst, Mike!«

Auch Ford lächelte – Brodericks Zuversicht hatte etwas Ansteckendes, und das wirkte wohltuend. Er zog zwei Blatt Papier aus der Tasche. Das eine war der routinemäßige Bericht des Polizeibeamten, der durch Zufall die Leiche entdeckt hatte. Ford gab Broderick den Bericht zum Lesen. Die Schriftzüge auf dem zweiten Blatt stammten von Fords eigener Hand. Sie lauteten:

Katherine Walters – hat sie irgendetwas gesehen?
Dr. Sheldon?
Bootsverleih Gebrüder Barker?
Das Auto – hat jemand den Fahrer gesehen?
Henderson – Italien?
Cooper?

Sechs Fragezeichen, sechs offene Fragen ... »Heute Abend können wir doch nicht mehr viel tun, Bob«, erklärte Ford und steckte das zweite Blatt wieder ein. »Morgen früh werden wir uns mit frischen Kräften an die Arbeit machen.«

2

»Wieder einmal eine wahrhaft repräsentative Auswahl«, murmelte Dr. Richard Sheldon vor sich hin, als er den letzten Patienten verabschiedet hatte und aus seinem Sprechzimmer in die Wohnräume hinüberging, »wirklich, eine repräsentative Auswahl! Zwei leichte Magengeschwüre, verursacht vom Ärger über die Einkommensteuer, eine Frau mit Übergewicht, die selbst wissen könnte, dass sie nichts als ein wenig Diät und etwas Bewegung braucht, und drei Kinder mit Windpocken!«

Richard Sheldon war ein typischer Landarzt älterer Schule. Grauhaarig, von fülliger Gestalt und Vertrauen erweckender Wesensart, besaß er die Gabe, seinen Patienten allein durch ein paar begütigende Worte den Eindruck zu vermitteln, als ginge es ihnen schon wieder bedeutend besser. Die Mutter des letzten der drei windpockenbefallenen Kinder hatte in ihm das unwiderstehliche Verlangen nach einem Glas Sherry erweckt. Sheldon war eben mit dem Einschenken beschäftigt, als die Haustürklingel ertönte. »Aha«, murmelte er in pessimistischer Vorahnung, »noch mehr Windpocken, wie mir scheint.«

Das Hausmädchen kam herein und berichtete mit schlecht verhohlener Aufregung: »Sir, da draußen ist jemand von der Polizei, der Sie sprechen möchte!«

»Jemand von der Polizei, der mich sprechen möchte?«, brummte der Doktor, das Glas schon halb an den Lippen. »Was könnte ich denn verbrochen haben?«

»Er – er ist in Zivil«, flüsterte das Hausmädchen unter nervösem Kichern, »ein Detektiv, Sir!«

»Na fein! Dann handelt es sich wenigstens nicht darum, dass ich mein Auto falsch geparkt habe«, meinte Sheldon gemütlich. »Also Judy – führen Sie ihn herein. Und bringen Sie noch ein Glas mit. Irgendwo in England müsste es doch einen Polizeibeamten geben, der auch im Dienst einmal ein Glas Sherry annimmt.«

Judy verschwand und kehrte eine Minute später mit dem Glas und Inspektor Ford zurück. Neugierig, wie sie war, wollte sie sich ein wenig im Zimmer zu schaffen machen, aber Dr. Sheldon bedeutete ihr hinauszugehen.

»Dr. Sheldon?«, fragte Ford. »Ich bin Kriminalinspektor Ford. Hoffentlich störe ich Sie nicht.«

»Nein, nein«, entgegnete Sheldon. »Aber wie wär's mit einem Glas Sherry?«

»Oh, sehr freundlich, Sir. Gerne –«

»Na, ausgezeichnet!«, erklärte Sheldon und füllte das zweite Glas, um es dann Ford zu reichen. »Ich habe mich oft gefragt, weshalb Polizeibeamte, wenn sie im Dienst sind, sogar ein Glas Wein ablehnen.«

»Es gibt Ausnahmen, Sir«, meinte Ford. Sie tranken sich mit ernsten Mienen zu. »Aber wahrscheinlich wundern Sie sich, Sir, weshalb ich gekommen bin?«

»Etwas neugierig bin ich darauf«, bekannte Sheldon. »Was kann ich für Sie tun, Inspektor?«

»Nicht allzu viel, Doktor. Aber wie ich hörte, wohnt zurzeit eine junge Dame bei Ihnen, eine Miss Walters.«

»Stimmt – meine Nichte.«

»Wäre es möglich, dass ich sie sprechen könnte?«

»Ja, natürlich. Aber was –?«

»Kein Anlass zur Beunruhigung, Sir«, versicherte Ford. »Ich hätte an Miss Walters nur ein paar Fragen zu stellen. Rein routinemäßig, müssen Sie wissen. Ich untersuche nämlich den Mordfall auf dem Hausboot.«

»Oh, darüber habe ich mich heute früh mit Katherine unterhalten. Der Ermordete war Italiener, nicht wahr?«

»Stimmt, Sir. Ein gewisser Paul Rocello. Und das Hausboot, auf dem die Tat geschah, gehört einem Mr. Cooper.«

»Cooper?«, wiederholte der Doktor nachdenklich. »Ich glaube, von ihm habe ich schon gehört. Ein Freund von Rocello, nicht wahr?«

»Das nehmen wir an. Aber unsere Informationen sind noch unvollständig. Wir haben Mr. Cooper bisher nicht erreichen können.«

»Da werde ich Ihnen leider auch nicht helfen können, Inspektor«, sagte Dr. Sheldon bedauernd. »Ich habe zwar erzählen hören, Mr. Cooper sei Syndikus einer Londoner Firma, aber mehr weiß ich nicht über ihn.«

»Auch wir glaubten, Mr. Cooper sei Syndikus einer Londoner Firma«, erwiderte Ford.

»Oh – und das ist wohl gar nicht der Fall, wie?«

Ford ignorierte diese Frage und kam auf ein anderes Thema zu sprechen.

»Ich denke, Doktor, es dürfte Sie interessieren zu erfahren, weshalb ich mit Miss Walters sprechen möchte. Soviel wir ermitteln konnten, hat sie gestern Nachmittag ein Paddelboot gemietet und einige Stunden auf dem Fluss verbracht.«

»Wirklich? Ich weiß nur, dass sie einige Zeit fort war. Aber ich weiß nicht, wo sie war und was sie getrieben hat.«

Ford lächelte und holte sein Notizbuch heraus. »Laut Angabe der Bootsverleiher Gebrüder Barker mietete sie gestern Nachmittag gegen halb drei ein Boot und brachte es gegen halb fünf zurück.«

Dr. Sheldon nickte wohlwollend. »Ich zweifele nicht, dass Ihre Informationen richtig sind, Inspektor. Vermutlich sind Sie auch genau im Bilde, was ich zu der fraglichen Zeit getan habe?«

»Aber selbstverständlich, Sir«, erklärte Ford ernst; sein Augenzwinkern allerdings strafte seinen amtlichen Ton Lügen. »Sie, Dr. Sheldon, waren bis gegen Viertel vor fünf in Ihrem Ordinationszimmer und kamen zum Teetrinken hier herüber.«

Sheldon lachte herzlich. »Alle Achtung!«, rief er. »Es stimmt haargenau!«

»Es war auch nicht schwer zu erraten, Sir«, entgegnete Ford, gleichfalls lachend. »Aber kommen wir zur Sache zurück – wohnt Miss Walters schon länger bei Ihnen?«

»Nein. Die Sache ist so, müssen Sie wissen – ihr Vater, der Mann meiner verstorbenen Schwester, starb plötzlich und unerwartet, sodass ...« Er unterbrach sich, da Katherine ins Zimmer trat. – »Ah, da bist du ja, meine Liebe! Hier haben wir Inspektor Ford von der Distriktspolizei, der dir ein paar Fragen stellen möchte.«

»Fragen stellen? Polizei?«, wiederholte Katherine und blickte Ford überrascht an.

»Kein Grund zur Beunruhigung, Miss Walters«, sagte Ford und lächelte entschuldigend. »Sie haben ja von dem Mord auf dem Hausboot gehört, und dazu möchte ich Ihnen ein paar Fragen stellen. Eine reine Routineangelegenheit – bei Mordfällen müssen wir Hunderte von Leuten fragen, immer in der Hoffnung, irgendwo einmal einen brauchbaren Hinweis zu erhalten.«

»Freilich, das sehe ich ein«, entgegnete Katherine und fügte achselzuckend hinzu: »Ich glaube zwar kaum, dass ich Ihnen behilflich sein kann, Inspektor, aber selbstverständlich will ich Ihre Fragen nach bestem Wissen beantworten.«

»Sehr schön, Miss Walters. Soviel ich hörte, verbrachten Sie gestern Nachmittag ungefähr zwei Stunden in einem Paddelboot auf dem Fluss. Ist das richtig?«

Katherine nickte. »Ja, das stimmt. Das Wetter war so schön, dass ich der Versuchung nicht widerstehen konnte, ein wenig auf dem Wasser zu sein.«

»Und dabei lagen Sie ein Weilchen mit Ihrem Paddelboot am Ufer, nicht wahr? Unter einer Weide, falls ich da richtig informiert bin, und gegenüber von einem Hausboot namens *High Tor?*«

»Ja, ganz recht. Ich erinnere mich sogar, dass das Hausboot *High Tor* hieß. Was ist damit?«

»Es ist das Hausboot, auf dem der Mord begangen wurde.«

»Was, auf diesem hübschen weißen Boot –?«

»Ja, Miss Walters. Und was ich nun wissen möchte – sahen oder hörten Sie dort irgendetwas, was Ihnen verdächtig vorkam?«

»Verdächtig? N – nein, eigentlich nicht. Das heißt, ich sah einen Mann auf dem Deck des Hausboots.«

»Ah – Sie sahen einen Mann!« Fords buschige Augenbrauen zogen sich zusammen. »Und was tat dieser Mann?«

»Nichts Besonderes. Er kam auf das Deck und blickte zur Straße hinüber. Dann winkte er einem herankommenden Auto, das

Auto hielt, er ging hinüber, stieg ein und fuhr davon. Das war alles. Es wird Ihnen wohl nicht viel nützen.«

»Vielleicht, Miss Walters, erweist sich Ihr Hinweis für uns als wertvoll«, erwiderte Ford erfreut. »Um welche Zeit etwa war das?«

»Gegen halb vier vielleicht. Oder etwas später.«

»Um welche Zeit, Inspektor«, fragte Dr. Sheldon nachdenklich, »wurde denn der Mord begangen?«

»Schwer zu sagen, Sir. Irgendwann zwischen vorgestern Nacht drei Uhr und gestern Nachmittag drei Uhr. Der Obduktionsbefund steht noch aus, und unser Polizeiarzt will sich auf keine genauere Zeitangabe festlegen.«

»Aber Sie wissen, wie der Mann getötet wurde?«, fragte Sheldon weiter.

»Ja, das steht zweifelsfrei fest, Sir. Allem Anschein nach hat ein heftiger Kampf stattgefunden. Auf jeden Fall wurde Rocello durch eine Anzahl schwerer Schläge auf Kopf und Gesicht getötet. Als Schlagwaffe diente vermutlich ein Revolverkolben.« Ford wandte sich an Katherine. »Erkannten Sie den Mann, Miss Walters?«

»Nein. Ich habe ihn nie zuvor gesehen.«

»Würden Sie ihn beschreiben können?«

Katherine zuckte die Achseln. »Ich konnte nur einen flüchtigen Blick auf sein Gesicht werfen, als er sich einmal kurz zu mir umdrehte. Ich würde Ihnen wirklich gerne behilflich sein, Inspektor. Aber ich konnte ja nicht ahnen, dass in dem Hausboot am anderen Ufer ein Ermordeter lag.«

»Freilich, das verstehe ich, Miss Walters«, sagte Ford. »Und Sie waren mir in der Tat sehr behilflich. Nur noch dies – haben Sie vielleicht den Fahrer des Autos gesehen?«

»Ich fürchte, nein. Es war sehr heiß, müssen Sie bedenken, und ich las in einem Buch oder träumte vor mich hin. Was ringsum geschah, hat mich kaum interessiert.«

Ford lächelte. »Derartige Stimmungen kenne ich, Miss Walters. Sie können mir wohl auch nicht sagen, was für ein Auto es war?«

»Doch, es war eine Limousine.«

»Und die Farbe?«

»Dunkel, entweder schwarz oder dunkelblau. Oh, ich weiß, was Sie jetzt denken, Inspektor – mindestens jedes zweite Auto hier in der Umgebung ist eine schwarze oder dunkelblaue Limousine! Ich wünschte nur, ich könnte genauere Angaben machen!«

»Sie machen Ihre Sache sehr gut, Miss Walters! Noch eine allerletzte Frage: Würden Sie den Mann, den Sie auf dem Hausboot sahen, wiedererkennen?«

Ohne zu zögern, entgegnete Katherine: »Ja, ich glaube, ich würde ihn wiedererkennen, Inspektor.«

3

David Henderson saß in seinem Studierzimmer und korrigierte Aufsätze über König Karl VII. von Frankreich, als es klopfte und Mrs. Williams ihren Kopf zur Tür hereinsteckte. »Entschuldigen Sie, Sir, aber Mr. Ford ist hier und möchte Sie sprechen.« Henderson blickte auf. »Mr. Ford?«

»Ja, Sir. Haben Sie Zeit für ihn?«

»Natürlich. Führen Sie ihn herein, bitte.«

Ford lächelte Henderson heiter zu, als sie sich die Hände schüttelten. »Hoffentlich störe ich nicht allzu sehr?«

»Keineswegs, Inspektor. Wenn man die Aufsätze unserer Fünfzehnjährigen korrigiert, ist jede Unterbrechung willkommen.«

»Das will ich gerne glauben«, grinste Ford. »Haben Sie Rogers Beitrag schon hinter sich?«

»Nein, dieses Vergnügen liegt noch vor mir. Übrigens, ehe ich es vergesse – Roger erwartet Sie am nächsten Donnerstag, morgens um sieben Uhr. Sie wissen ja – Ferienbeginn.«

»Ich werde pünktlich da sein. Wie kommt der Junge voran?«

»Recht gut. Nur sein Latein lässt ein wenig zu wünschen übrig. Sind Sie Rogers wegen zu mir gekommen, Inspektor?«

»Ehrlich gesagt – nein. Sie haben gewiss von dem Mord auf dem Hausboot gehört, nicht wahr? Nun ist der Ermordete ein Italiener namens Paul Rocello aus Venedig. Und ich glaube mich zu erinnern, dass Sie im Krieg einige Zeit in Italien und sogar in Venedig verbracht haben, nicht wahr, Sir?«

»Ja, ich war in Italien von April 1944 bis zu meiner endgültigen Entlassung im Dezember 1946, und davon die letzten anderthalb Jahre in Venedig. Aber warum fragen Sie?«

»Weil ich mir überlegte, ob Sie nicht vielleicht zufällig den Namen Rocello in Venedig gehört haben könnten?«

Henderson schien belustigt. »Venedig ist eine ziemlich große Stadt, Inspektor. Sie hat über dreihunderttausend Einwohner.«

»Das weiß ich, Sir«, bestätigte Ford. »Nur dachte ich mir, der Name Rocello wäre dort vielleicht auf irgendeine Art bekannt. Sie haben ihn also nicht gehört. Nun gut, aber ich hätte noch etwas, wobei Sie mir vielleicht eher helfen könnten. Sehen Sie –«, er holte einen Zettel aus der Tasche und hielt ihn Henderson hin, »diese Worte sind auf die Rückseite der Armbanduhr des Ermordeten graviert. Es dürfte sich um Latein handeln, und Sie können sich ja denken, wie es um die Lateinkenntnisse eines Kriminalinspektors mit Mittelschulbildung bestellt ist. Deshalb wäre es nett von Ihnen, wenn Sie mir die Worte übersetzen wollten.«

»Versuchen wir es«, sagte Henderson und blickte auf den Zettel. *»Suaviter in modo, fortiter in re.* Nun, mein eigenes Latein ist leider auch nicht mehr besonders gut, seitdem ich mich hauptsächlich darum bemühen muss, meiner Horde von Fünfzehnjährigen ein manierliches Englisch beizubringen, aber es wird schon reichen. Die Worte besagen soviel wie: *Behutsam in der Art, aber hart in der Sache.«*

»Behutsam in der Art, aber hart in der Sache – eh?«, wiederhol-

te Ford ingrimmig. »Sehr zutreffend in diesem Fall! Der Mörder war wirklich hart in der Sache! Er hat dem armen Rocello Kopf und Gesicht bis zur Unkenntlichkeit zerschlagen!« Er nahm den Zettel wieder an sich. »Vielen Dank, Mr. Henderson. Es tut mir Leid, dass ich Sie deswegen stören musste.«

»Nicht der Rede wert, Inspektor. Tut mir Leid, dass ich Ihnen nicht mehr helfen kann. Dieser Fall ist ziemlich undurchsichtig, wie?«

»Undurchsichtig ist gelinde ausgedrückt. Der Fall ist bisher ein völliges Mysterium. Und die mysteriöseste Figur schient dieser Mr. Cooper zu sein, der Mann, dem das Hausboot gehört. Ein durch und durch mysteriöser Mann, in der Tat! Allgemein hieß es hier in der Gegend, er sei Syndikus bei einer Londoner Firma namens Dawson, Wyman und Cleves. Jetzt hat sich herausgestellt, dass diese Firma ihn überhaupt nicht kennt!«

»Oh, und das macht ihn natürlich zum Verdächtigen Nummer eins, nicht wahr?«

»So weit möchte ich nicht gehen, Sir«, widersprach Ford vorsichtig.

»Nun, nun, Inspektor – ein falscher Syndikus, der obendrein verschwindet? So etwas würde ich höchst verdächtig nennen!«

Ford grinste. »Sagen wir lieber, er ist der Mann, von dem die Polizei annimmt, dass er ihr bei ihren Ermittlungen behilflich sein könnte, wie wir es immer für die Zeitungen zu formulieren pflegen.« Auf seine Uhr blickend, fügte er hinzu: »Aber ich muss weiter! Seien Sie so nett, Sir, und behalten Sie für sich, was ich Ihnen über Cooper gesagt habe.«

»Selbstverständlich! Und viel Glück, Inspektor! Ich bin nur froh, dass Sie diesen Fall zu erforschen haben, und nicht mein Privatleben!«

Ford ging zur Tür, Henderson aber machte sich wie von ungefähr an den Heftstapeln und Büchern auf seinem Schreibtisch zu schaffen, als suche er etwas. An der Tür blieb Ford stehen und wandte sich zurück. »Wir kommen bis jetzt nicht mal ganz so schlecht voran«, sagte er. »Zum Beispiel war eine gewisse Katherine Walters, Dr. Sheldons Nichte, gestern Nachmittag zufällig auf dem Fluss und sah ein Auto in der Nähe des Hausbootes halten.«

Henderson spürte, dass Ford ihn scharf beobachtete. Er blickte auf und meinte beiläufig: »Ah – und aus diesem Auto stieg jemand?«

»Nein, im Gegenteil – jemand stieg ein.«

Wieder unterbrach Henderson seine Sucherei. »Und haben Sie eine Idee, wer es war?«

»Das wissen wir noch nicht«, sagte Ford achselzuckend. »Aber Miss Walters behauptet, sie hätte einen Mann auf dem Deck des Hausbootes gesehen.«

Henderson lachte leise. »Damit erhöht sich die Zahl der Verdächtigen auf zwei oder sogar auf drei, nicht wahr?« Er kam um seinen Schreibtisch herum und näherte sich Ford. »Aber ich bin überzeugt, dass Sie den Richtigen finden werden, Inspektor!«

»Bestimmt werden wir das, Sir!« Sie gaben sich die Hand. »Es war nett, Sie mal wiederzusehen, Sir«, versicherte Ford. Seine Stimme hatte wieder ihren alten freundlichen Klang.

»Das finde ich auch, Inspektor«, entgegnete Henderson herzlich. »Ich werde Roger morgen erzählen, dass ich Sie gesprochen habe.« Er blieb in der offenen Tür stehen, bis Fords kräftige Gestalt durch den Hauseingang verschwunden war. Dann schloss er die Tür und kehrte an seinen Schreibtisch zurück. Er schob die Hefte beiseite, stopfte und zündete seine Pfeife an und lehnte sich in seinen Schreibtischsessel zurück. Und begann nachzudenken – über Mr. James Cooper …

Am nächsten Morgen lenkte Dr. Sheldon sein Auto durch den Haupteingang des Rockingham College. Neben ihm saß Katherine Walters. »Es wird nur eine Minute dauern, meine Liebe«, sagte Sheldon, als er das Auto gestoppt hatte und sich mit seiner Instrumententasche in der Hand zum Aussteigen anschickte. »Ich will bloß dem Pedell ein wenig in den Arm pieken.«

»Wie brutal«, lächelte Katherine. »Was fehlt denn dem bedauernswerten Mann?«

»Heuschnupfen! Jedes Jahr um diese Zeit packt ihn der Heuschnupfen und macht ihn zu einem wahren Märtyrer. Er hasst den Heuschnupfen. Doch ich glaube beinah, er hasst die Injektionsspritze noch viel mehr. Dennoch wird es wirklich nur eine Minute dauern.«

Natürlich dauerte es fünf Minuten, bevor der gute Doktor etwas abgekämpft zurückkehrte und sich wieder hinter das Lenkrad setzte. »Angestellt hat sich dieser Mann, dass es eine Schande war«, erklärte er müde lächelnd, während er den Motor anließ, um dann das Auto langsam durch das Schulgelände zu lenken. »Aber es ist hübsch hier, findest du nicht? Sieh mal dort drüben – die feinen Tennisplätze.«

Katherine blickte in die angegebene Richtung und sah nicht nur die Tennisplätze, sondern auch zwei Männer, die einen der Plätze verließen. Einer der Männer winkte Sheldon zu, und Sheldon winkte zurück. Katherine aber tippte ihrem Onkel auf den Arm und fragte eindringlich: »Dieser Mann dort – wer ist das?«

Sheldon warf ihr einen teils verwunderten, teils belustigten Seitenblick zu. »Welcher denn?«

»Der dir eben zugewinkt hat, der größere.«

»Ach der! Das war David Henderson, einer der erfolgreichsten Lehrer dieses Instituts. Ein sehr angenehmer und erfreulicher Mensch. Aber was soll deine Aufregung, Kind? Du machst ja ein Gesicht, als hättest du eben einen Geist gesehen!«

»Habe ich auch«, entgegnete Katherine beklommen. »Du musst nämlich wissen – dieser David Henderson ist der Mann, den ich auf dem Hausboot sah!«

Sheldon lachte. »Aber Kind! Du irrst dich!«

»Ich irre mich nicht, Onkel Dick! Ich würde diesen Mann überall und jederzeit wiedererkennen!«

Sheldon wandte seine Aufmerksamkeit von der Straße ab, um seine Nichte nachdenklich anzublicken. »Kind«, sagte er, »bei dieser Entfernung kannst du dich geirrt haben! Bedenke, wie ernst die Sache wäre! Wenn du darauf bestehst, Recht zu haben, musst du dich sofort wieder mit Inspektor Ford in Verbindung setzen!«

Dieses Mal kam Inspektor Ford über die Terrasse von Sheldons Haus und durch die offen stehende Tür direkt in das Wohnzimmer. Er sah frisch, eifrig und entschlossen aus. »Guten Morgen, Doktor«, sagte er und lächelte. »Guten Morgen, Miss Walters.«

»Hallo, Inspektor«, murmelte Sheldon so bedrückt, dass Ford verwundert die Augenbrauen in die Höhe zog.

»Ich erhielt Ihre Nachricht, Sir, und bin sofort gekommen«, sagte Ford. »Ist irgendetwas geschehen?«

»Etwas ziemlich Bestürzendes sogar«, begann Sheldon mit düsterer Stimme. »Heute früh, als ich zusammen mit meiner Nichte durch das Collegegelände fuhr – ich behandelte dort den Pedell, der wieder einmal an Heuschnupfen erkrankt ist –, sahen wir dort zwei der Lehrer, und –«, er unterbrach sich und blickte ratlos zwischen Katherine und dem Inspektor hin und her. »Nein, ich weiß wirklich nicht –«

»Ich«, fiel Katherine ihm ins Wort, »ich erkannte einen der beiden als den Mann, den ich auf dem Hausboot gesehen habe.«

»Ein Lehrer des Rockingham College – eh?«, fragte Ford, ohne allzu viel von seiner Überraschung merken zu lassen.

»Ich bin sicher, dass hier irgendein Irrtum vorliegen muss«, wollte Sheldon sich einmischen, aber Ford gebot ihm mit einer Handbewegung zu schweigen.

»Miss Walters«, fragte Ford, »kennen Sie den Namen des Mannes?«

»Mein Onkel sagt, er sei ein Mr. Henderson.«

Mühsam unterdrückte Ford ein nervöses Zucken um Mund

und Kinn. »Henderson?«, wiederholte er ausdruckslos. »Das wäre absurd, Miss Walters. Es kann nicht Henderson gewesen sein!«

»Er war es!«, beharrte Katherine. »Ich erinnere mich genau!«

»Und Sie sind dessen unbedingt sicher?«

»Ja, unbedingt!«

Einen Augenblick lang schien Ford ratlos und schwieg. Sheldon versuchte von neuem: »Als ich es von Katherine hörte, wusste ich wahrhaftig nicht, was ich tun sollte. Zuerst dachte ich, ich sollte mit Henderson über die Sache sprechen. Er ist nämlich ein guter Freund von mir, und ich wollte nicht, dass er –«

»Ich hoffe, Sir, Sie haben nicht mit ihm gesprochen«, unterbrach Ford.

»Nein, nein, ich habe es nicht getan. Katherine riet mir auch davon ab.«

»Ein vernünftiger Rat, Miss Walters«, murmelte Ford.

»Ah – Sie meinen, ich hätte mich geirrt, nicht wahr, Inspektor?«, begehrte Katherine auf. »Sie glauben nicht, dass es Henderson war, den ich auf dem Boot gesehen habe?«

Ford rieb sich nervös das Kinn. Er schien sehr bekümmert. »Offen gesagt, Miss Walters – ich weiß nicht, was ich glauben soll! Nach Ihren Worten scheint jeder Grund für die Annahme gegeben, dass es wirklich Henderson war, den Sie gesehen haben. Ich gestehe, dass mir diese Neuigkeit einen schweren Schock versetzt hat.« Er blickte zu Dr. Sheldon hinüber. »Sie wissen, Doktor, wie ich über Henderson denke und wie sehr ich ihn schätze. Ohne seine Hilfe hätte mein Junge niemals die Freistelle im College erhalten. Roger verdankt ihm alles! Und nun dies ...« Er unterbrach sich, machte eine beinah verzweifelte Handbewegung und sah Katherine kopfschüttelnd an.

»Es tut mir schrecklich Leid«, sagte das Mädchen, »aber ich bin sicher, dass ich mich nicht geirrt habe. Es war einwandfrei Mr. Henderson, den ich auf dem Hausboot sah.«

»Oh, dafür könnte es doch aber auch eine ganz einfache Erklärung geben«, meinte Dr. Sheldon, »eine Erklärung, die Henderson von allem Verdacht befreit. Man müsste ihn dazu hören –«

Ford seufzte schwer. »Ich wünschte, Sir, Sie hätten Recht! Aber was mich beunruhigt, ist die Tatsache, dass mir Henderson nichts von seiner Bekanntschaft mit Cooper sagte, als ich gestern mit ihm über den Mord sprach.«

»Fragten Sie ihn denn danach?«

»Das nicht. Dennoch erscheint es mir seltsam, dass er es nicht erwähnte. An dieser Angelegenheit ist alles seltsam, höchst seltsam!«

»Vielleicht ging Henderson zu dem Hausboot, um Cooper zu besuchen, und entdeckte dann, dass Cooper nicht da war«, gab Sheldon zu bedenken.

»Vielleicht, Sir«, erwiderte Ford ruhig. »Aber bei dieser Gelegenheit hätte er die Leiche nicht übersehen können.«

Dr. Sheldon schüttelte den Kopf. »Ich glaube immer noch, dass Henderson eine stichhaltige Erklärung für diese fatale Angelegenheit hat. Es ist mir unvorstellbar, dass er in einen Mordfall verwickelt ist!«

»Darin stimme ich mit Ihnen überein, Sir«, sagte Ford, »und ich wiederhole – ich wünschte, Sie hätten Recht!« Nach kurzem Schweigen fügte er, an Katherine gewandt, hinzu: »Sie werden wohl noch einige Zeit hier bleiben, Miss Walters?«

»Gewiss. Mindestens zwei Wochen.«

»Gut. Ich bleibe mit Ihnen in Verbindung«, erklärte Ford und zeigte ein schiefes, bekümmertes Lächeln. »Ich fürchte nämlich, dass wir Sie als wichtige Zeugin brauchen werden.«

Niedergeschlagen verließ Ford Dr. Sheldons Haus. Als Polizeibeamter war er natürlich keineswegs zart besaitet oder sentimental. Aber die bevorstehende Unterredung mit Henderson lag ihm schwer auf der Seele. Selbst die routinemäßigen Vorermittlungen, die er im Zusammenhang damit noch unternehmen musste, kamen ihm vor wie eine fatale Pflicht. Henderson hatte einstweilen aufgehört, ein naher und geachteter Freund zu sein, und falls er sich außerstande zeigen sollte, sein Tun und Lassen am vorgestrigen Nachmittag zufriedenstellend zu erklären, würde sein Name in Fords Dienstnotizbuch mit dem Vermerk *Verdächtig* erscheinen müssen. Beim besten Willen konnte Ford ihn nicht länger als eine außerhalb jeglichen Verdachtes stehende Person betrachten. Eine bedrückende Vorstellung!

Finsteren Angesichts bestieg Ford das wartende Polizeiauto. Auf dem Heimweg musste er an seine Frau denken, die vor drei Jahren gestorben war, und an seinen Sohn, der so viel zu versprechen schien. Dass Roger Aufnahme im Rockingham College gefunden hatte, war wirklich nur und ausschließlich Hendersons Verdienst. Ohne Henderson hätte sich der Junge mit einer Mittelschulausbildung begnügen müssen – genau wie sein Vater. Und doch blieb jetzt keine andere Wahl, als Henderson in den Mordfall einzubeziehen. Ford würde Henderson befragen und verhören müssen, wie er schon Hunderte und aber Hunderte von verdächtigen Personen befragt und verhört hatte. Er würde Hendersons Angaben und sein Alibi zu überprüfen und die geheimsten Winkel seines Sinnens und Trachtens mit all den Mitteln zu erforschen haben, die ihm zur Verfügung standen.

Aber es ist und bleibt eine verrückte Angelegenheit, dachte er irritiert. Henderson musste einfach, wie Dr. Sheldon es gesagt hatte, mit einer vernünftigen Erklärung für sein Tun und Lassen aufwarten können.

Doch die nagenden Zweifel ließen sich nicht vertreiben. Was hatte Henderson auf dem Hausboot zu tun gehabt? Wie konnte es möglich sein, dass ein renommierter Lehrer des Rockingham College in die brutale Ermordung eines unbekannten Italieners verwickelt war? Was und wie und wie und was – Rätsel über Rätsel, die ohne Ansehen der Person gelöst werden mussten!

Das Polizeiauto kam vor Fords Haus zum Stehen. Der uniformierte Fahrer spürte, dass heute nicht alles stimmte. Für gewöhnlich hatte der gute alte Mike, wie Ford insgeheim genannt wurde, nicht nur einen freundlichen Gruß für ihn übrig, sondern auch ein paar Fragen nach dem Ergehen von Frau und Kindern oder eine kleine Unterhaltung über alltägliche Dinge. Heute gab es nichts von alledem.

»Noch etwas heute Nachmittag, Sir?«, fragte der Fahrer.

»Nein, Balter. Heute Nachmittag nehme ich meinen eigenen Wagen.«

»Na, dann bis morgen, Sir.«

»Bis morgen, Balter.«

Der Fahrer beobachtete Ford, wie er mit hängenden Schultern durch die Tür seines Hauses entschwand. Irgendeine neue Wendung in diesem vertrackten Mordfall schien dem Inspektor ganz schönes Kopfweh zu bereiten …

David Henderson war mit den letzten Vorbereitungen für die Semesterzeugnisse seiner sechsundfünfzig Schüler beschäftigt, als das Telefon auf dem Schreibtisch klingelte. Er nahm den Hörer ab und meldete sich: »Hallo?«

»Hier Cooper. Sind Sie allein, Henderson?«

»Ja, ich bin allein. Wir können sprechen.«

»Hören Sie, Henderson, ich muss Sie sofort sehen. Es ist wichtig.«

»Oh, was ist geschehen?«

»Das kann ich Ihnen am Telefon nicht sagen. Sie sagten, Sie seien allein. Hat Ihre Haushälterin zufällig Ausgang?«

»Ja, sie ist in London und kommt erst morgen zurück.«

»Ausgezeichnet«, sagte Cooper. »In zehn Minuten bin ich bei Ihnen.«

Nachdenklich und etwas verstimmt legte Henderson den Hörer auf. Er hätte es durchaus vorgezogen, sich auf die Semesterzeugnisse zu konzentrieren und Mr. James Cooper nebst allen seinen Problemen in einem Land zu wissen, wo der Pfeffer wächst, so wichtig diese Probleme auch sein mochten. Aber nun war es nicht mehr zu ändern, man musste sich in das Unvermeidliche fügen.

So wenig er sich auf Coopers Kommen freute – als er einige Minuten später hinausging, um vorsorglich die Wohnungstür zu öffnen, entzückte es ihn dennoch keineswegs, draußen statt des erwarteten Mr. Cooper niemand anders als Inspektor Ford stehen zu sehen.

Ford machte ein ernstes Gesicht und blickte Henderson aus kritisch zusammengekniffenen Augen an. Sein Ton war auffallend kühl, als er sagte: »Ich konnte mich Mrs. Williams nicht bemerkbar machen. Aber ich hoffe, es macht Ihnen nichts aus, Mr. Henderson, wenn ich nun einigermaßen mit der Tür ins Haus falle.«

Er gibt sich amtlich, dachte Henderson.

Indessen fiel Hendersons Begrüßung so aus, wie es sich unter guten Bekannten gehört. »Jederzeit erfreut, Sie zu sehen, Inspektor«, sagte er. »Treten Sie ein. Zufällig habe ich gute Neuigkeiten für Sie.«

»Wirklich?« Ford fragte so, als wären gute Neuigkeiten das Letzte, was er erwartet hätte, und folgte Henderson in das Studierzimmer.

»Ja, denken Sie nur«, fuhr Henderson liebenswürdig fort, »ich konferierte heute Nachmittag mit dem Direktor, der eine sehr gute Meinung über Rogers Leistungen zu haben scheint. Jedenfalls schlug er vor, Roger zusammen mit zwei anderen begabten Schülern ein halbes Schuljahr überspringen zu lassen – eine Vergünstigung, die bei uns zu den allergrößten Seltenheiten zählt. Wie finden Sie das?«

»Gut«, brummte Ford.

»Nun, ich denke, es ist sogar sehr gut«, meinte Henderson, »und ich hoffe, dass Roger sich davon mehr beeindruckt zeigen wird, als Sie es zu sein scheinen.«

»Ich fürchte, Sir«, erklärte Ford förmlich, »ich bin diesmal nicht gekommen, um mit Ihnen über meinen Sohn zu sprechen.«

»Oh – und weshalb sonst?«

Ford ließ sich schwer auf einen Sessel fallen. »Dieses Mal, Sir, bin ich dienstlich hier.«

»Ah – verstehe.« Henderson zog die Augenbrauen in die Höhe. »Ich hoffe nur, dass ich keines Vergehens verdächtigt werde.«

Er lächelte Ford zu, als erwarte er Beifall für seinen Scherz. Aber dem Inspektor schien aller Humor abhanden gekommen zu sein. »Also schießen Sie los, Inspektor«, versuchte es Henderson auf andere Art. »Wenn Sie sich mit der Absicht tragen, mich zu vernichten, dürfte es besser sein, Sie machen mich gleich mit dem Schlimmsten vertraut.«

»Sollten wir nicht lieber ernst sein, Sir?«, fragte Ford ruhig.

»Aber selbstverständlich, Inspektor. Ich für meinen Teil bin todernst. Bitte, beginnen Sie.«

Fords strenger Ausdruck milderte sich ein wenig. »Mr. Henderson – ich habe Sie immer als einen guten Freund betrachtet. Besonders seit dem Tod meiner Frau haben Sie sich mir und meinem Jungen als ein sehr guter Freund erwiesen.«

»Nett, Sie das sagen zu hören, Inspektor«, entgegnete Henderson. »Ich habe Sie ebenfalls immer als guten Freund betrachtet.«

»Ich werde Ihnen nie genug für all das danken können, was Sie für Roger getan haben«, sagte Ford bewegt.

»Vergessen Sie es, alter Freund, und kommen Sie zur Sache. Für jeden anderen begabten Jungen hätte ich nämlich genau dasselbe getan. Also – aus welchem Grund sind Sie dienstlich hier?«

Ford antwortete nicht gleich. Er blickte Henderson lange Sekunden hindurch schweigend an, ehe er sagen konnte: »Ich befinde mich in der unerfreulichen Situation, Ihnen einige Fragen stellen zu müssen, Sir.«

»Wieso unerfreulich?«

»Sie werden es hören. Ich fragte Sie gestern nach einem Mann namens Rocello, und Sie erklärten, nie von ihm gehört zu haben.«

»Das war durchaus richtig. Ich habe nie von ihm gehört.«

»Sind Sie dessen sicher, Sir?«

»Vollkommen sicher.«

Ford seufzte. Dann erkundigte er sich still und in beinah gekränktem Ton: »Mr. Henderson – weshalb sagten Sie mir gestern nicht, dass Sie auf dem Hausboot waren?«

»Sie haben mich nicht danach gefragt, Inspektor – um zunächst einmal diese Tatsache festzuhalten.«

Ford zog die Mundwinkel herab. Jetzt war er beinahe überzeugt davon, dass Henderson etwas verschwieg. »Wir haben über den Mordfall gesprochen, Sir«, sagte er, und seine Stimme klang ein wenig schärfer. »Ich erzählte Ihnen einiges. Sie, wiederum, fragten mich einiges und erhielten hierzu von mir alle Einzelheiten.«

»Moment, Inspektor! Sie erzählten mir nur, was ich bereits wusste, weil ich es in den Zeitungen gelesen hatte.«

»Meinetwegen. Aber was ich jetzt klipp und klar erfahren möchte, ist dies: Warum sagten Sie mir nicht, was Sie wussten? Warum, zum Beispiel, ließen Sie Ihren Besuch auf dem Hausboot unerwähnt?«

Henderson war nicht aus der Ruhe zu bringen. »Oh«, meinte er in höflichem Ton, »was lässt Sie denn annehmen, dass ich das Hausboot besuchte?«

»Jemand hat Sie dort gesehen, Sir!«

»Dieser Jemand muss sich geirrt haben.«

»Unsere Zeugin Miss Walters ist absolut sicher, dass Sie es waren, den sie dort gesehen hat.«

»Miss Walters, wer immer sie sein mag, irrt sich! Es tut mir Leid, Inspektor, aber Sie befragen den falschen Mann! Ich habe nie zuvor von Rocello gehört, und ich habe nie meinen Fuß auf das Hausboot gesetzt! Tut mir Leid, Inspektor, aber es ist so! Ich wünschte, ich könnte Ihnen helfen.«

Während er dies sagte, dachte er beunruhigt: Ich muss diesen Ford loswerden, ehe Cooper eintrifft! Im gleichen Moment strichen die Scheinwerferstrahlen eines Autos über das Fenster.

Henderson fuhr fort: »Allerdings mag es sein, dass diese Miss Walters mich in Medlow gesehen hat.«

»Sie waren vorgestern Nachmittag in Medlow?«

Wenn ich Glück habe, dachte Henderson, wird Cooper merken, dass ich Besuch habe, und warten. »Tut mir Leid, Inspektor, Sie sagten –?«

Geduldig wiederholte Ford: »Ich fragte, ob Sie vorgestern Nachmittag in Medlow gewesen sind.«

»Ja, allerdings – ich war in Medlow.«

»Darf ich erfahren, was Sie dort taten?«

»Freilich. Ich ließ mir die Haare schneiden.«

Ford hob die Augenbrauen. »Bei Taylor?«

»Ja, stimmt – bei Taylor.«

Ford schüttelte den Kopf und blickte Henderson vorwurfsvoll an. »Nein, Sir – nicht bei Taylor! Jedenfalls erinnert sich Taylor nicht, dass Sie in den letzten Tagen bei ihm waren.«

Henderson grinste – Gott sei Dank schien Cooper gemerkt zu haben, dass die Luft nicht rein war. »Oh, dann werde ich noch einmal überlegen müssen, nicht wahr?«, sagte er, ohne sich im geringsten beunruhigt zu zeigen. »Ich hätte schwören mögen, dass ich bei Taylor war. Dieser andere Bursche hat ja so viel Zuspruch, dass er einen immer wegschickt und sagt, man soll in zwei Stunden wiederkommen. Ich war eigentlich entschlossen, nicht mehr zu ihm zu gehen, aber wie es scheint, bin ich doch –«

»Mr. Henderson«, unterbrach Ford, »wollen wir nicht lieber ganz offen miteinander sein?«

»Aber selbstverständlich, Inspektor.«

»Gut. Dann hören Sie mir genau zu. Miss Walters versicherte, sie hätte Sie bei dem Hausboot gesehen. Was mich betrifft, so habe ich herausgefunden, dass Sie mit Ihrem Auto vorgestern Nachmittag nicht in Medlow waren. Vielmehr haben Sie Ihr Auto, etwa fünfhundert Schritt von dem Hausboot entfernt, auf einem Wiesenweg dicht neben der Uferstraße geparkt. Nun, stimmt das?«

Henderson tat, als müsse er einen Moment überlegen. »Mag sein«, sagte er dann gelassen. »Aber ich hatte keine Ahnung, dass ich in der Nähe des Hausbootes war. Es stimmt schon – ich habe das Auto irgendwo neben der Uferstraße geparkt. Ich hatte nämlich einen kleinen Vergaserdefekt und hielt an, um den Rest des Weges nach Medlow zu Fuß zu gehen. Es war so schönes Wetter, und weit ist es ja auch nicht. Nachher konnte ich den Schaden übrigens ganz leicht beheben. Verstopfte Düse – wissen Sie?«

Klarer Unglaube stand in Fords Gesicht geschrieben. »Tut mir Leid, Sir. Aber ich muss Ihnen nun sagen, dass ich in Medlow einige Ermittlungen angestellt habe – in der Buchhandlung, beim Postamt, im Kino, in den meisten Geschäften. Doch niemand – verstehen Sie: niemand! – hat Sie gesehen!«

»Wieso?«, fragte Henderson. »Nicht einmal Miss Walters?«

»Ich sagte bereits, Sir –«, Ford stieß einen Seufzer aus, »dass Miss Walters Sie sah, als Sie das Hausboot verließen!«

»Entweder hat diese Miss Walters die ganze Sache geträumt«, erklärte Henderson ungerührt, »oder sie braucht eine Brille.«

Ford erhob sich und maß Henderson mit durchdringendem Blick. »Ich glaube nicht«, sagte Ford ruhig und nachdrücklich, »dass Miss Walters die ganze Sache geträumt hat. Und ob sie eine Brille braucht, werden wir nachprüfen. Gute Nacht, Mr. Henderson!«

»Gute Nacht, Inspektor«, erwiderte Henderson. »Und vergessen Sie nicht, Roger am Donnerstag abzuholen.«

»Ich werde pünktlich da sein«, verhieß Ford, warf Henderson einen letzten kritischen Blick zu und verließ das Zimmer.

Als Henderson die Haustür zuschlagen hörte, erhob er sich, ging zur Bar und mixte sich einen doppelten Whisky. Er hatte gerade den ersten Schluck getan, als er von der Tür her eine Stimme sagen hörte: »Mir könnten Sie eigentlich auch einen mixen.« Henderson drehte sich um und sah James Cooper, der die Tür hinter sich schloss.

Cooper war ein kleiner hagerer Mann von etwa fünfzig Jahren. Ungeachtet seiner nicht gerade imponierenden Gestalt machte er den Eindruck einer bemerkenswerten Persönlichkeit. Er war mit untadeliger Eleganz gekleidet, hatte eisengraues, sorgfältig frisiertes Haar, eine kühn vorspringende Nase, durchdringende hellblaue Augen und knappe, bestimmte Bewegungen. Ganz offensichtlich gehörte er zu jenen seltenen Typen, die dank ihrer Verstandesschärfe und Gewandtheit jeder erdenklichen Situation gewachsen sind. Henderson pflegte sich hin und wieder den Kopf über Cooper zu zerbrechen – ein Bemühen, von dem er sich selbst eingestand, dass es nie zum Erfolg führen würde. Denn Cooper war einfach nicht zu durchschauen.

Henderson mixte einen zweiten Drink und reichte ihn Cooper, der sich eine Zigarette angezündet hatte. »Wer war Ihr Besucher?«, fragte Cooper und ließ den Rauch durch Mund und Nase strömen.

»Inspektor Ford«, erwiderte Henderson betont.

»Oh, das war Inspektor Ford?«, sagte Cooper und fuhr fort, zu rauchen und sich mit seinem Drink zu beschäftigen. Seine Stimme war, ebenso wie sein Gesicht, völlig unbewegt.

»Glauben Sie, dass er Sie gesehen hat?«, fragte Henderson.

»Nein. Ich bemerkte seinen Wagen. Daraufhin zog ich es vor, ein wenig zu warten.«

»Gut. Ihr Erscheinen hätte unerwünschte Fragen ausgelöst.«

»Ich nehme an«, äußerte Cooper gleichmütig, »dass irgendetwas schiefgegangen ist?«

»Leider«, bestätigte Henderson. »Jemand hat mich gestern Nachmittag auf dem Hausboot gesehen. Ein Mädchen.«

Cooper, weder überrascht noch betroffen, fragte: »Etwa eine gewisse Miss Walters?«

»Stimmt. Aber wie –«

»Sie wohnt bei Dr. Sheldon, nicht wahr?«

»Stimmt ebenfalls. Sie scheinen allerhand über sie zu wissen.«

»Freilich, einiges«, erwiderte Cooper. »Im übrigen ist diese Miss Walters der Anlass, weshalb ich Sie sprechen wollte. Sie sind ihr noch nicht begegnet, wie?«

»Nein. Aber ich kenne natürlich Dr. Sheldon. Was ist an Miss Walters so interessant?«

»Sie war vor zwei Wochen in Venedig.«

Henderson, das Glas an den Lippen, zuckte leicht zusammen. »In Venedig? Ein merkwürdiger Zufall!«

»Meinen Sie?«, fragte Cooper. »Ich bezweifle das.«

»Oh. Was wissen Sie denn sonst über Miss Walters?«

Cooper ignorierte diese Frage. »Sie sagten, Miss Walters habe Sie auf dem Hausboot gesehen?«

»Ja. Ich habe sie nicht gesehen. Nicht bewusst, meine ich.«

»Und Miss Walters erzählte Inspektor Ford von ihrer Beobachtung?«

»Genau das.«

Cooper überlegte. »Ist dieser Dr. Sheldon Ihr Arzt?«

»Ja. Ich kenne ihn gut. Und zufällig musste ich ihn vor vier Wochen wegen einer leichten Muskelzerrung in der Schulter konsultieren.«

»Ausgezeichnet«, erklärte Cooper. »Ich schlage vor, Sie suchen ihn wieder auf, weil Ihre Schulter immer noch ein wenig schmerzt.«

»Und was meinen Sie damit?«

»Dass es kein schlechter Gedanke wäre, Miss Walters ein wenig ins Auge zu fassen. Eine nicht unerfreuliche Aufgabe, glaube ich.«

4

Der nächste Tag war ein Sonnabend. Ford benutzte den dienstfreien Nachmittag, um mit Sergeant Broderick, den er in sein Haus mitgenommen hatte, bei einer Tasse Tee die Lage zu besprechen.

Der Wasserkessel begann zu pfeifen, und Ford füllte eine Handvoll Teeblätter in die Kanne. »Das gibt ein Prachtgesöff«, sagte er zu Broderick, während er das Wasser darübergoss, »einen richtigen starken Tee, mit dem wir uns den Verstand für unser kleines Problem schärfen werden.«

»Na, ich bin glücklich«, erwiderte Broderick, »dass Sie diesen Fall als kleines Problem bezeichnen, Mike! Mir erscheint er bisher ziemlich undurchsichtig, vor allem finde ich keinen Ansatzpunkt. Wo man auch anzupacken versucht, greift man ins Leere und hat das fatale Gefühl, irgendwie in die Irre geführt zu werden. Da ist zum Beispiel diese Billie Reynolds. Ich nehme doch an, dass Sie Miss Reynolds kennen – nicht wahr, Mike?«

»Freilich! Die blonde Lady, die das Hausboot mit dem poetischen Namen *Shangri-La* bewohnt, zweihundert Schritt von Coopers Boot entfernt. Ich halte diese Billie Reynolds zwar für ein ziemliches Flittchen, aber es war nicht nötig, sie in unserer Sache zu behelligen. Es stellte sich übrigens heraus, dass sie zur fraglichen Zeit gar nicht hier war – sie ist Montag Morgen mit dem Neunuhrzug nach London gefahren und erst Donnerstag Abend wieder zurückgekommen. Fred Burton, der Gepäckträger, erinnert sich, ihr beidemal den Koffer getragen zu haben. Außerdem stand ihr altes kleines Auto von Montag Morgen bis Donnerstag Abend vor dem Bahnhof. Warum fragten Sie?«

»Weil ich mich gestern Abend mit ihr unterhalten habe, und zwar in einem Gasthaus in Maidenhead. Ich spendierte ihr einen Drink. Oder, um genau zu sein, sogar drei Drinks.«

»Bisschen ulkig, wie?«, meinte Ford ironisch; er wusste, dass Broderick gewisse Schwächen für das andere Geschlecht hatte und auf viele Frauen höchst anziehend wirkte. »Was bezweckten Sie mit dieser Aufmerksamkeit, Bob?«

»Die holde Lady ein wenig über Cooper und Rocello auszuhorchen. Sie sagte, sie kenne Cooper vom Sehen, aber Rocello habe sie nie gesehen. Außerdem erzählte sie mir, sie sei Montag

Morgen nach London gefahren und erst Donnerstag Abend zurückgekommen.«

Ford nickte. »Nun ja – das deckt sich mit Fred Burtons Angaben. Haben Sie irgendwelche Zweifel, Bob?«

Broderick zuckte die Achseln. »Ich weiß nicht recht. Nach den Angaben Fred Burtons hätte sie ja ein Alibi. Aber ich kann einfach nicht glauben, dass sie so gar nichts von Rocello gesehen haben will. Der Italiener war immerhin fast zwei Wochen auf Coopers Hausboot. Und ich meine, innerhalb einer so verhältnismäßig langen Zeit bekommt man einen Nachbarn doch mal zu Gesicht!«

»Damit haben Sie eigentlich Recht«, bestätigte Ford und dachte ein Weilchen nach. Dann goß er zwei Tassen Tee ein und schob die eine zu Broderick hinüber. »Nun versuchen Sie mal meinen Tee, Bob! Sie werden finden, dass er wirklich den Verstand beflügelt!«

»Ausgezeichnet«, erklärte Broderick, nachdem er den ersten Schluck genossen hatte, »wirklich ausgezeichnet! Hoffentlich schärft er mir den Verstand, wie Sie verheißen! Ich grübele dauernd an unserem Fall herum, doch je mehr ich grübele, um so rätselhafter erscheint er mir! Wir finden einen Italiener namens Rocello ermordet auf einem Hausboot, das seinem Freund Cooper gehört. Cooper verschwindet, und es stellt sich heraus, dass er über seinen Beruf falsche Angaben gemacht hat. Aber es kommt noch besser! Wir erfahren, dass Miss Walters am fraglichen Nachmittag auf Coopers Hausboot einen Mann gesehen hat. Tags darauf erkennt Miss Walters diesen Mann als Mr. David Henderson, einen der Lehrer des Rockingham College. Henderson jedoch behauptet, nicht auf dem Hausboot gewesen zu sein. Und –«

»Henderson war auf dem Hausboot«, warf Ford ein, »das steht außer Frage. Die Frage ist nur noch – weshalb war er dort?«

»Vielleicht, um Cooper zu besuchen«, meinte Broderick nach kurzem Überlegen. »Nehmen wir an, er kommt auf das Boot, findet aber nicht Cooper, sondern die Leiche und gerät in Panik.«

»Bob, Sie kennen Henderson offenbar nicht!«, unterbrach Ford abermals. »Henderson ist nicht der Mann, der in Panik gerät, wenn er eine Leiche sieht! Und außerdem – welchen Grund hätte er gehabt, mir die Sache zu verschweigen, wenn er ahnungslos auf die Leiche gestoßen wäre.«

»Vielleicht wollte er einfach nicht, dass Sie von seinem Besuch auf dem Hausboot erfuhren. Dafür könnte er einen guten und harmlosen Grund gehabt haben. Mir erschiene das ganz naheliegend und einfach.«

»Es ist keinesfalls so einfach«, widersprach Ford. »Ich war vollkommen offen mit Henderson – er hätte mir ohne weiteres sagen können, was er auf dem Hausboot wollte. Aber er bestand darauf, nie in seinem Leben dort gewesen zu sein!«

»Könnte sich denn Miss Walters nicht doch geirrt haben?«

»Das bezweifle ich! Nein, Bob, für mich ist erwiesen, dass Henderson auf dem Hausboot war! Ebenso ist für mich erwiesen, dass er Rocello kannte!«

»Nun – ich will nicht darauf bestehen, dass er Rocello nicht gekannt hat. Ich meine nur – Rocello war schon tot, als Henderson auf das Hausboot kam.«

»Aber, was hätte Henderson dann zu verbergen?«, fragte Ford. »Weshalb sollte er dann nicht aufrichtig sein und uns sagen, was er auf dem Hausboot gewollt hat?«

»Nehmen wir an, er ist ein Freund von Cooper und wünscht nicht, in diese Angelegenheit hineingezogen zu werden! Was wissen Sie eigentlich über Cooper, Mike?«

»Cooper ist in diesem Fall der große Unbekannte«, erklärte Ford. »Tatsächlich wissen wir von ihm nur, dass ihm das Hausboot gehört. Ansonsten aber? Freilich, wir wissen jetzt, dass er nicht Syndikus einer Londoner Firma ist. Und wir wissen auch, dass er seit dem Mord verschwunden ist! Mich würde es gar nicht wundern, wenn Cooper, sofern dieser Mann überhaupt Cooper heißt, den Mord selbst begangen hat!«

»Und Henderson?«, fragte Broderick ruhig. »Er ist ein Freund von Ihnen, nicht wahr?«

»Ist er«, bestätigte Ford. »Aber das hindert mich nicht, schweren Verdacht gegen ihn zu hegen, solange seine Unschuld nicht erwiesen ist!«

Broderick leerte seine zweite Tasse Tee, zündete sich eine Zigarette an, stand auf und begann, im Zimmer auf und ab zu gehen. »Kommen wir auf Rocello zurück. Seit wann war er in England?«

»Soweit wir bisher feststellen konnten, seit ungefähr einem Monat. Zuerst drei Tage in London, dann knappe zwei Wochen in Liverpool, schließlich zwei Wochen auf dem Hausboot.«

»Daran scheint nichts Ungewöhnliches zu sein«, meinte Broderick. »Aber was ich in Bezug auf Rocello gerne erfahren würde –«, er hielt inne, spähte aus dem Fenster und wandte sich wieder an Ford: »Nanu – da kommt ja Ihr Junge! Die Ferien fangen doch erst nächsten Donnerstag an?«

»Ja, aber man hat ihn mir über das Wochenende hergeschickt«, entgegnete Ford. »Um mir eine Freude zu machen – wissen Sie? Er brachte einen Brief des Direktors mit, in dem mir offiziell mitgeteilt wird, dass Roger dank seiner guten Leistungen ein halbes Schuljahr überspringen soll.«

»Großartig!«, rief Broderick ehrlich erfreut. »Das ist eine bemerkenswerte Auszeichnung!«

Die Tür tat sich auf, und Roger kam herein. Nachdem er Broderick begrüßt und ziemlich verlegen dessen Glückwunsch entgegengenommen hatte, wandte er sich an seinen Vater: »Es ist draußen so heiß, Dad, und ich habe Durst. Darf ich mir ein Glas Milch nehmen?«

»Natürlich, Junge«, sagte Ford lächelnd. »Dort drüben im Kühlschrank steht Milch genug.«

Roger bedankte sich mit bemerkenswerter Wohlerzogenheit und ging durch die offen stehende Tür in die Küche hinüber.

»Um darauf zurückzukommen, was ich in Bezug auf Rocello

gerne erfahren würde«, sagte Broderick. »Was bedeutet eigentlich die Gravierung auf seiner Armbanduhr? Dieser Spruch *Suaviter in modo, fort…* Verwünscht, jetzt weiß ich nicht mehr, wie es weitergeht!«

»Suaviter in modo, fortiter in re«, meldete sich Roger, der mit seinem Glas Milch in der Hand aus der Küche zurückkam. »Das bedeutet: *Behutsam in der Art, aber hart in der Sache.«*

»Meine Hochachtung!«, rief Broderick anerkennend aus. »Wie du das auf Anhieb weißt, Junge!«

»Wie kommt es, dass du das so genau weißt, Roger?«, fragte Ford, etwas verwundert. »Mr. Henderson sagte mir doch erst dieser Tage, dass dein Latein ein wenig zu wünschen übrig ließe?«

»Mein Latein ist auch nicht besonders«, gab Roger errötend zu. »Aber was dieser Spruch bedeutet, hat mir Mr. Henderson neulich erklärt. Die Worte stehen nämlich als Widmung in einem Buch über die oberitalienischen Seen, das er mir geliehen hat.«

»In Mr. Hendersons Handschrift?«, fragte Ford gespannt.

»Ja, in Mr. Hendersons Handschrift.«

Ford und Broderick warfen sich einen vielsagenden Blick zu. »Hast du das Buch noch, Roger?«, fragte Broderick.

»Ja, und ich habe es sogar mitgebracht, um heute und morgen darin zu lesen. Es ist sehr interessant, und –«

Das plötzliche Schrillen der Haustürklingel schnitt Roger das Wort ab. Wer immer auf den Klingelknopf drücken mochte, schien es sehr eilig zu haben.

»Bitte, sieh doch mal nach, wer es ist, Junge«, sagte Ford.

»Nun, Mike, was machen Sie daraus?«, fragte Broderick, als Roger den Raum verlassen hatte.

»Ich will verdammt sein, wenn ich das jetzt schon weiß!«, knurrte Ford. »Aber eins scheint nun endgültig festzustehen – dass es irgendeine Verbindung zwischen Henderson und dem ermordeten Italiener gibt!«

»Danach sieht es aus«, pflichtete Broderick bei. »Und wie

passt, Ihrer Meinung nach, der mysteriöse Mr. Cooper in diese Sache?«

»Lassen wir Cooper, bis wir ihn haben«, brummte Ford. In diesem Augenblick kam Roger zurück. »Nun, Junge, wer ist es?«

»Ein gewisser Mr. Merson, Dad. Er möchte wissen, ob er dich sprechen kann. Es sei dringend.«

»Hol ihn herein, Junge.«

Ein langer, hagerer, von Kopf bis Fuß geschniegelter Mann von ungefähr fünfzig Jahren betrat zögernd das Zimmer. Sein tadellos sitzender dunkelgrauer Anzug, der steife Kragen und der sorgfältig gebundene schwarze Schlips waren von jener korrekten Art, wie sie für gewisse seriöse Geschäftsleute der Londoner City typisch ist. Nervös an seinem Schlips herumfingernd, sagte er mit ziemlich hoher, näselnder Stimme: »Äh – ich bitte, meine Störung zu entschuldigen, Inspektor. Aber ich glaube, ich habe dringend mit Ihnen zu sprechen.«

»Und weshalb, Sir?«, fragte Ford.

Merson bedachte Broderick und Roger mit schnellen Seitenblicken. »Nun, ich – ah – würde es vorziehen, Sie allein zu sprechen, Inspektor.«

Roger ging unaufgefordert zur Tür hinaus. »Also, Sergeant«, sagte Ford und nickte Broderick zu, »wir sehen uns nachher in der Polizeistation.«

Als sich die Tür hinter Broderick geschlossen hatte, wies Ford auf einen Stuhl. »Möchten Sie nicht Platz nehmen, Sir?«

Merson schien sich nicht wohl zu fühlen. Er vermied es, Ford in die Augen zu sehen, befingerte unablässig seinen Schlipsknoten, hüstelte und ließ sich umständlich auf dem Stuhl nieder. Ein Nervenbündel, dachte Ford. »Ich – äh – ich glaube«, begann Merson, »wir sind uns noch nicht persönlich begegnet, Inspektor.«

»Das glaube ich auch, Sir.«

»Ich – äh – ich wohne hier nämlich etwas außerhalb der Stadt, in Bolton House auf der Waverley Avenue. Kennen Sie es?«

Ford nickte. Natürlich kannte er dieses altenglische Landhaus mit seinem nicht eben kleinen Park.

»Ich kaufte es kurz vor dem Krieg als eine Art Landsitz«, fuhr Merson fort. »Aber jetzt wohne ich hauptsächlich dort. In London habe ich nur noch eine kleine Wohnung in der Nähe meines Geschäftes, müssen Sie wissen. Ja, aber eigentlich bin ich – äh – bin ich wegen des Todes dieses Italieners zu Ihnen gekommen. Das Wort Mord hat einen garstigen Klang für mich und –«

»Aber es war Mord, Sir«, warf Ford ein.

»Verstehe, verstehe – Sie dürften es ja einwandfrei festgestellt haben, Inspektor.« Merson fuhr sich nervös über sein gelichtetes Haar. »Ja, also – ich bin wegen – äh – dieses Mordes zu Ihnen gekommen, Inspektor.«

»Ja?«

»Inspektor, ich will zu Ihnen ganz offen sein. Ich sah in der Nacht von Dienstag auf Mittwoch oder – äh – genauer in den frühen Morgenstunden des Mittwochs etwas, worüber Sie Bescheid wissen sollten. Andererseits möchte ich nicht, dass Sie denken oder dass jemand anders, zum Beispiel meine Frau, denkt – äh –«, er unterbrach sich und schlang seine knochigen Finger ineinander, dass es knackte.

Jetzt kommt die alte Geschichte, dachte Ford. Irgendeine Affäre, von der seine Frau nichts erfahren darf.

Er lächelte Merson ermutigend zu. »Wenn diese Angelegenheit Ihre Gattin nicht betrifft, Sir«, sagte er, »sehe ich keinen Grund, weshalb sie davon erfahren sollte.«

Merson schien außerordentlich erleichtert. »Ich danke Ihnen, Inspektor«, murmelte er und zeigte ein dünnes Lächeln. »Tatsache ist, dass meine Frau seit Jahren den größten Teil des Sommers bei unserer verheirateten Tochter in Edinburgh verbringt und dass ich – dass ich – äh –«

»Und dass Sie«, warf Ford ein, »in der fraglichen Nacht mit – sagen wir – einer guten Bekannten zusammen waren.«

»Ja, genau das, Inspektor, genau das«, bestätigte Merson unter nervösem Grinsen und hob die wohlwattierten Schultern. »Sie wissen ja, kein Mensch ist vollkommen, und unter diesen Umständen – diese – äh – Bekannte von mir ist nämlich eine vorzügliche Canastaspielerin, müssen Sie wissen. Und ich liebe das Canastaspiel sehr, während sich zum Beispiel meine Frau überhaupt nichts aus Karten macht. So nehme ich jede Gelegenheit wahr –«

»Canasta zu spielen. Verstehe, Sir.«

»Nun hat meine Bekannte ein Hausboot namens *Shangri-La* –«

»*Shangri-La*? Sagten Sie *Shangri-La*, Sir?«

»Ja – äh –«

»Demnach sprechen Sie von Miss Reynolds? Billie Reynolds?«

»Ja. Aber was –? Ich meine, kennen Sie Miss Reynolds?«

»Freilich kennen wir Miss Reynolds. Wir haben über sie sogar ein paar routinemäßige Ermittlungen angestellt, die beiden Hausboote sind ja einander gewissermaßen benachbart. Wir wissen also, dass Miss Reynolds von Montagmorgen bis Donnerstagabend in London war.« Ford bedachte seinen Besucher mit einem freundlichen Nicken.

»Äh, natürlich«, stammelte Merson, »verstehe, verstehe. Aber diese Sache ist, um die Wahrheit zu sagen, ein wenig anders. Miss Reynolds fuhr tatsächlich am Montag früh nach London. Doch sie blieb nicht dort. Ich brachte sie abends in meiner Limousine zu ihrem Hausboot zurück – heimlich, ganz heimlich.«

»Ah, ich verstehe – eine bewährte Übung, der Diskretion halber, nicht wahr?« Ford mochte Mr. Merson von Minute zu Minute weniger leiden, aber um der Sache willen musste er ein freundliches und verständnisvolles Lächeln zeigen.

»Sie haben es erfasst, Inspektor«, entgegnete Merson zufrieden. »Die Idee stammt von mir, und es klappt jedesmal tadellos. Sie wissen ja, wie die Leute in einem kleinen Ort sind, und ich möchte begreiflicherweise nicht ins Gerede kommen.«

»Völlig klar, Sir. Aber nun wäre ich begierig zu erfahren, was Sie mir über die Ereignisse jener Nacht erzählen wollen.«

»Ach so, ja – natürlich. Billie – äh – Miss Reynolds und ich spielten also Canasta. Gegen halb drei in der Nacht gingen wir auf das Deck hinaus, um etwas Luft zu schnappen. Etwa fünf oder zehn Minuten später kam plötzlich ein Auto die Straße entlang und stoppte beim Zugang zu Mr. Coopers Boot. Zwei Männer stiegen aus, hoben einen dritten Mann heraus und trugen ihn auf das Boot. Dieser dritte Mann war der Italiener, der dann ermordet aufgefunden wurde.«

»Sind Sie dessen sicher, Mr. Merson?«

»Absolut. Es war heller Mondschein. Ich hatte den Italiener einige Male gesehen und erkannte ihn sofort wieder. Wir dachten, er wäre betrunken.«

»Erkannten Sie auch die beiden Männer, die ihn trugen? Oder einen davon?«

»Nein.«

»Und die Männer? Haben sie nichts von Ihnen und Miss Reynolds gesehen?«

»Das halte ich für unwahrscheinlich. Wir lagen ja in Liegestühlen hinter der stoffbespannten Reling, und auf unserem Boot brannte kein Licht. Ein Mann in meiner Position – äh –«

»– kann kein Risiko eingehen«, ergänzte Ford. »Völlig klar, Sir.«

»Ich nehme doch an, ich habe Recht getan, indem ich Ihnen das alles erzählte?«, erkundigte sich Merson besorgt.

»Bestimmt, Sir.«

Merson lächelte erleichtert und selbstgefällig. Dann sagte er: »Übrigens glaube ich jetzt, dass dieser Rocello schon tot war, als er auf das Hausboot gebracht wurde.«

»Das mag sein, Mr. Merson«, pflichtete Ford bei. »Weiß übrigens Miss Reynolds, dass Sie zu mir gekommen sind?«

Merson zuckte zusammen. »Gott im Himmel – nein! Niemand weiß es, und niemand darf es erfahren! Ich brauche Sie wohl nicht zu bitten, Inspektor, vor niemandem zu erwähnen, dass ich – äh –«

»Seien Sie versichert, Sir, dass ich Ihren Hinweis mit größter Diskretion behandeln werde.«

»Danke, Inspektor. Sie müssen zugeben, dass ich offen und uneigennützig war. Mancher Mann in meiner Lage hätte geschwiegen.«

»Ich weiß Ihre Freimütigkeit sehr hoch zu schätzen, Mr. Merson«, beteuerte Ford. »Und was Ihr Privatleben betrifft, so geht es die Polizei nichts an. Unsere Aufgabe ist es, den Mörder zu finden.«

»Ich darf also auch hoffen, dass Sie keinen – äh – verwerflichen Eindruck von mir gewonnen haben, Inspektor?«

»Unbedingt, Sir. Ich habe Verständnis für menschliche Schwächen, so lange ich mich nicht dienstlich damit befassen muss.«

»Gut, Inspektor.« Merson blickte auf seine Uhr und erhob sich. »Aber jetzt ist es höchste Zeit für mich, ich muss wieder gehen.«

Ford begleitete seinen Besucher hinaus. Als er ins Zimmer zurückkam, machte er es sich wieder in seinem Sessel bequem, zündete seine Pfeife an, dachte ein Weilchen nach und kam zu dem Schluss, dass ein Besuch bei Miss Billie Reynolds durchaus angezeigt sei.

Im Salon des Hausbootes *Shangri-La* herrschte eine exotisch-schwüle Atmosphäre. Schwere mauvefarbene Seidenvorhänge an den Fenstern verursachten, selbst wenn draußen die Sonne schien, ein dämmriges Zwielicht. Die Luft war von Parfümdüften und Zigarettenrauch erfüllt. An einer der Längsseiten des Raumes erstreckte sich eine übergroße, mit dunkelblauem Velours bezogene und mit zahlreichen Seidenkissen verzierte Couch. Vier dazu passende tiefe Klubsessel bildeten zusammen mit zwei niedrigen modernen Tischchen und einer Bar beachtlichen Ausmaßes das übrige Mobiliar. Den Boden bedeckte ein großer dunkelblauer Teppich.

Billie Reynolds kam, aus ihrem Nachmittagsschlaf erwacht, auf hochhackigen Pantöffelchen in den Salon gestelzt, streckte sich wohlig, gähnte elegant und begab sich in die kleine Kombüse, um sich ein Täßchen erfrischenden Mokka zu bereiten. Sie war eine außergewöhnlich wohlproportionierte, etwa achtundzwanzigjährige Blondine und stellte ein typisches Musterexemplar jener hübschen, aber recht einseitig begabten Frauen dar, die sich als Schauspielerinnen bezeichnen und tagsüber erfolglos die Theateragenturen, des Abends hingegen mit besserem Erfolg gewisse Nachtklubs bevölkern. Was Billie betraf, so hatte sie in den zehn Jahren ihrer Laufbahn als so genannte Schauspielerin tatsächlich einige Male als Statistin auf der Bühne gestanden. Für einen noblen Ausgleich ihrer mangelhaften beruflichen Verdienstmöglichkeiten pflegte Jahr für Jahr ein anderer wohlhabender älterer Gentleman zu sorgen, wie zum Beispiel jetzt, und schon seit beinah zwölf Monaten, die Verantwortung für ihren standesgemäßen Lebensstil auf den korrekt wattierten Schultern des nicht eben anbetungswürdigen, aber zahlungskräftigen Mr. Ralph Merson ruhte.

Billie kam mit ihrem Mokka aus der Kombüse zurück, nahm lässig auf einer Ecke der Couch Platz, zündete sich eine Zigarette an und fand das Leben so wunderschön, dass sie am liebsten vor Behagen geschnurrt hätte.

Als aber plötzlich die Klingel ertönte, blickte sie beinah verdrießlich auf und fragte sich, wer es wagen mochte, ihre Siesta zu stören – Mr. Ralph Merson pflegte doch niemals unangemeldet und keinesfalls bei Tage zu kommen, und auch für ihre anderweitigen heimlichen Besucher war es entschieden zu früh. Ein schneller Blick in den Spiegel sagte ihr, dass an ihrer äußeren Erscheinung nichts auszusetzen sei. Sie streifte ihr Negligé ein wenig von den hübschen Schultern zurück und rief mit weicher Stimme in die Sprechanlage hinein: »Ja? Wer ist es denn?«

Doch schon hörte sie Schritte draußen auf dem Deck. Dann öffnete sich die Tür zum Salon, und auf der Schwelle erschien Inspektor Ford. Er kam einen Schritt in den Raum, machte die Tür hinter sich zu und fragte dann freundlich: »Darf ich eintreten?«

»Pah –«, rief Billie, »Sie sind ja bereits eingetreten!«

Ford lächelte. »Tut mir Leid, dass ich Sie beim Nachmittagskaffee störe.«

»Das muss man in Kauf nehmen«, sagte Billie und zuckte dermaßen apart die Achseln, dass ihr Negligé vollends von den Schultern zu rutschen drohte. »Was führt Sie denn zu mir, Inspektor?«

»Das Bedürfnis nach einer kleinen Unterhaltung mit Ihnen – falls es genehm ist.«

»Und falls es nicht genehm ist?«

»Dann komme ich zu gelegener Zeit wieder.«

Billie bedachte ihren Besucher mit einem langen schrägen Blick durch die kunstvoll geschwungenen Wimpern. Eigentlich ein ganz gut aussehender Mann, dieser Inspektor, dachte sie. Gerade in den besten Jahren, und wenn man sich gut mit ihm stellt ... »Über was gedachten Sie sich mit mir zu unterhalten?«, fragte sie lächelnd. »Etwa über das Wetter?«

»Nein. Über Sie selbst.«

»Oh, wirklich?« Billie nippte an ihrem Mokka. »Gut, unterhalten wir uns über mich. Woher das plötzliche Interesse?«

»Nun, vielleicht wissen Sie es nicht, aber Sie gelten hier in der Gegend als bemerkenswerte Persönlichkeit.«

»Was Sie nicht sagen!« Das klang keineswegs unerfreut. »Darf ich vorsichtshalber fragen, ob Ihr Besuch dienstlicher Art ist?«

»Hmm – ja, mehr oder weniger.«

»Verstehe«, sagte Billie und schien etwas enttäuscht. Sie deutete auf einen Sessel. »Bitte, nehmen Sie Platz.«

»Danke.« Ford setzte sich. »Nun, Billie ... ich darf Sie doch Billie nennen?«

Sie lächelte. »Ich bin durchaus kein steifer Mensch«, bekannte sie leichthin. »Sie heißen doch – äh – Mike, nicht wahr?«

»Stimmt«, erwiderte Ford und grinste, »ich heiße Mike.«

»Schön. Also Mike, was haben Sie auf dem Herzen. Nun –?«

»Um damit anzufangen – wie lange kennen Sie Mr. Merson?«

»Ziemlich persönliche Frage, wie? Na, meinetwegen – ungefähr ein Jahr kenne ich ihn. Und ehe Sie auch das noch fragen – er besucht mich im allgemeinen zwei bis dreimal im Monat, zahlt mir dreihundert Pfund im Jahr, hat mir dieses Hausboot mit allem Zubehör geschenkt, hegt und pflegt ein kleines Magengeschwür und spielt lausig schlecht Canasta.«

Ford nickte anerkennend. »Eine erschöpfende Auskunft.«

»Längst nicht. Es gibt noch weitere Kleinigkeiten, die Sie interessieren dürften.«

Ford hob überrascht die Augenbrauen. »Sie sind außergewöhnlich freimütig, Billie!«

»Warum nicht? Ein Mädchen in meiner Lage sollte sich mit der Polizei immer gut stellen – nicht wahr, Mike? Also nehmen Sie noch zur Kenntnis, dass Mr. Merson die Ausgaben für mich von seiner Einkommensteuer absetzt, dass seine Frau ihn nicht versteht – was Ehefrauen wohlhabender älterer Herren bekanntlich niemals tun – und dass ihm unter einem wenig eindrucksvollen Äußeren ein Herz von Gold schlägt. Anders –«, sie machte eine weitausholende Geste, »anders wäre das alles hier nicht zu erklären.«

Ford nickte. »Sehr schön. Aber nun habe ich eigentlich genug über Mr. Merson erfahren. Kommen wir zu dem, was mich in erster Linie interessiert.«

»Und das wäre?«

»Von Ihnen, Billie, zu hören, was sich in der Nacht von Dienstag auf Mittwoch zugetragen hat.«

»Oh, Mike – wie indiskret! Da hatte ich doch Mr. Merson zu Besuch!«

Ford seufzte in gespielter Verzweiflung. »Sie wissen genau, was ich meine, Billie! Nämlich, dass Sie und Merson sahen, wie zwei Männer den Italiener auf Coopers Hausboot brachten!«

»Nein, wirklich – sah ich das?«

»Ja, wirklich – das sahen Sie! Und Sie erkannten Rocello, nicht wahr?«

»Falsch – nur Ralph erkannte Rocello und sagte es mir auch. Aber ich hatte Rocello nie zuvor gesehen.«

»Na schön. Und da Sie ihn nun sahen – was war Ihr erster Eindruck von ihm?«

»Wie meinen Sie das, Mike?«

»Dachten Sie, dass er – sagen wir – betrunken wirkte?«

Billie lachte ehrlich belustigt auf. »Da gab es nicht viel zu denken. Er war voll wie eine Strandhaubitze! Nicht mal auf die Füße konnte er kommen! Deshalb mussten seine beiden Freunde ihn ja tragen.«

»Wer waren diese beiden Freunde?«

»Ach, Mike – Sie fragen aber Sachen! Auch diese beiden hatte ich doch noch nie gesehen.«

»Würden Sie sie erkennen, wenn Sie sie wiedersähen?«

»Na, nun hören Sie aber mal, Mike – ich labte mich an der frischen Nachtluft und hing meinen Gedanken nach. Was ging es mich an, wenn ein unbekannter, stockbetrunkener Mann aus der Nachbarschaft von Freunden heimgebracht wurde? Ich habe nur ganz beiläufig hinübergesehen, weil Merson mich darauf aufmerksam machte.«

»Schön«, brummte Ford und lehnte sich in seinem Sessel gespannt nach vorn. »Zu der Frage, die ich Ihnen jetzt stelle, müssen Sie mir unbedingt die volle Wahrheit sagen!«

»Aber Mike – habe ich das denn bisher nicht getan? Wie lautet diese Frage?«

»Kennen Sie einen Mann namens Henderson – David Henderson?«

»Freilich«, entgegnete Billie Reynolds, ohne auch nur einen Augenblick zu zögern, »er ist Lehrer am Rockingham College.« Auf einmal bemerkte sie Fords veränderten Gesichtsausdruck und fügte bestürzt hinzu: »Lieber Gott – jetzt habe ich etwas Verkehrtes gesagt, wie? Aber weshalb sollte ich denn David Henderson nicht kennen?«

Ford machte eine beschwichtigende Handbewegung. »Es gibt keinen Grund, weshalb Sie ihn nicht kennen sollten, Billie. Ich möchte von Ihnen allerdings wissen, ob er einer der beiden Männer gewesen sein könnte, die Sie in der fraglichen Nacht bei Coopers Hausboot sahen?«

»Nein, natürlich nicht«, erklärte Billie prompt. »Wenn er dabeigewesen wäre, hätte ich ihn doch erkannt!« Sie blickte Ford misstrauisch an. »Was hat diese Fragerei nach Henderson zu bedeuten, Mike?«

Ford ging nicht darauf ein. »Wann sind Sie Henderson zum ersten Mal begegnet, Billie?«

»Gott im Himmel, Mike, werden Sie aber auf einmal amtlich! Das war im vorigen Sommer, vor zehn oder elf Monaten ungefähr. Ich hatte damals gerade dieses Boot von Ralph Merson bekommen.«

»Und bei welcher Gelegenheit begegneten Sie Henderson damals?«

»Bei einer ziemlich lächerlichen. Ein paar der Jungen vom College pflegten hier in der Nähe zu schwimmen. Nun, und manchmal schwamm ich dann auch ein bisschen. Das passte aber der Schulleitung nicht. Man schrieb mir, ich möge mich gefälligst des Badens enthalten, solange die Zöglinge des Instituts ihren Schwimmübungen oblägen. Na, Mike, Sie können sich vielleicht vorstellen, wie wohl mir das tat und wie ich darauf reagierte! Ich kaufte mir in London einen Bikini und –«

»Und fuhren fort, in gewohnter Weise zu baden?« Ford hatte Mühe, sein Lächeln zu unterdrücken.

»Natürlich! Mir schreibt doch niemand vor, was ich zu tun und zu lassen habe! Die Schulleitung schickte mir noch ein paar Briefe. Als das nichts half, schickte sie mir Henderson!« Billie lachte auf. »Und der hatte vielleicht Nerven! Er sagte mir doch glattweg, ich unterminiere die Moral der Jungen! Ich und irgendwelche Moral unterminieren, nur weil ich im Bikini bade? Lächerlich! Ich sagte ihm, ich nähme eher an, dass die Moral seiner Musterknaben dadurch ein wenig gestärkt werden könnte, und er täte vielleicht ganz gut daran, beim nächsten Mal mitzukommen und sich selbst zu überzeugen. Das war doch ganz richtig, nicht?«

»Dazu möchte ich mich jetzt nicht äußern«, brummte Ford. »Und wie ging die Sache weiter?«

»Ja – was glauben Sie wohl? Die Schulleitung verbot den Jungen, in diesem Flussabschnitt zu schwimmen! Ein starkes Stück, wie? Eigentlich eine Beleidigung, nicht wahr?«

»Haben Sie Henderson seitdem wiedergesehen?«

»Ach, ein einziges Mal nur – im Städtchen auf der Straße. Er beachtete mich nicht. Unhöflich, nicht wahr?« Sie blickte Ford fragend an. Dann schien ihr etwas einzufallen.

»Aber wir reden und reden, und ich habe Ihnen nicht mal ein Tässchen Mokka angeboten. Wie wär's damit, Mike?«

»Nein danke, Billie«, sagte Ford und erhob sich. »Ein andermal. Jetzt muss ich gehen.«

»Gut, dann ein andermal. Sie wissen ja, wo ich zu finden bin.« Sie bedachte Ford mit einem etwas zu eindeutigen Lächeln und blickte ihm nach, wie er durch die Tür entschwand. Dann räkelte sie sich bequem auf ihrer Couch und langte nach einer neuen Zigarette.

5

Dr. Sheldon hatte Hendersons angeblich immer noch ein wenig schmerzende Schulter untersucht und als Behandlung leichte Massagen unter Verwendung eines Einreibemittels empfohlen. Jetzt geleitete er seinen Patienten freundschaftlich zur Tür. Als er eben die Hand zum Türknopf ausstreckte, wurde die Tür von außen geöffnet, und Katherine Walters trat über die Schwelle. »Oh, es tut mir Leid, Onkel«, sagte sie und blieb bei Hendersons Anblick wie angewurzelt stehen, »ich wusste nicht –«

»Nun, nun – das macht doch nichts«, meinte Dr. Sheldon begütigend und wandte sich an Henderson. »Ich glaube, Sie kennen meine Nichte Katherine Walters noch nicht.«

»Sehr erfreut, Miss Walters«, murmelte Henderson mit einem gewinnenden Lächeln.

Sheldon blickte Katherine an. »Das ist Mr. Henderson«, sagte er, »einer der erfolgreichsten Lehrer des Rockingham College.«

»Als Buße für meine Sünden«, erläuterte Henderson liebenswürdig.

Katherine blickte Henderson verwirrt an. »Oh, das Rockingham College hat einen guten Eindruck auf mich gemacht.«

»Ah – Sie haben es schon gesehen?«, fragte Henderson.

»Ja, mein Onkel nahm mich neulich mit, als er bei dem erkrankten Pedell zu tun hatte. Es liegt landschaftlich wunderbar.«

»Besonders in dieser Jahreszeit ist es recht reizvoll«, bestätigte Henderson und begann, sich über die landschaftlichen Schönheiten von Rockingham und einige seiner sonstigen Vorzüge mit so ehrlichem Enthusiasmus auszulassen, dass Katherine ihn mit jedem Augenblick sympathischer fand.

»Ich sehe«, vermochte sie schließlich einzuwerfen, »Sie sind sehr eingenommen von Ihrem Institut.«

»Oh, es mag manches ebenbürtige College geben, aber wir würden mit keinem tauschen wollen«, erklärte Henderson überzeugt und fügte lächelnd hinzu: »Bleiben Sie länger hier, Miss Walters?«

Katherine wollte sich eben einreden, dass sie sich geirrt und jemand anders auf dem Hausboot gesehen haben musste, als Henderson sich eine Haarsträhne aus der Stirn strich. Die Bewegung, mit der er dies tat, war ihr bei dem Mann, den sie auf dem Hausboot gesehen hatte, besonders aufgefallen. Sie hatte Mühe, ihre

Bestürzung zu verhehlen und in einigermaßen unverfänglichem Ton zu antworten: »Ich weiß es noch nicht genau. Ich möchte recht gerne noch ein oder zwei Wochen bleiben – falls Onkel Dick mich nicht hinauswirft.«

Dr. Sheldon lächelte. »Diese Gefahr dürfte kaum bestehen, meine Liebe. Du kannst natürlich bleiben, so lange du magst.«

»Spielen Sie Tennis, Miss Walters?«, fragte Henderson.

»Oh, ich liebe Tennis.«

»Fein! Vielleicht können wir dann einmal miteinander spielen? Wir haben im College sehr gepflegte Tennisplätze.«

»Gewiss, das wäre nett. Ich fürchte nur, ich kann mich nicht mit Ihnen messen, Mr. Henderson.«

»Darüber sollten Sie sich keine Sorgen machen, Miss Walters. Am Donnerstag fangen die Ferien an, und die meisten Schüler fahren nach Hause. Dann haben wir keine Schwierigkeiten, zu jeder Zeit einen Platz für uns zu bekommen.«

Ein befangenes Schweigen entstand. Henderson lächelte Katherine erwartungsvoll an. Katherine blickte unsicher zwischen Henderson und ihrem Onkel hin und her. Dr. Sheldon, in eine tiefgründige Betrachtung seiner Stiefelspitzen versunken, spürte den Blick seiner Nichte, hob die Augen und murmelte, um irgendetwas zu sagen: »Ich glaube, Katherine, du hast hier in Medlow noch gar nicht Tennis gespielt?«

»Nein, das letzte Mal habe ich in Rom gespielt«, entgegnete sie, »und das ist jetzt schon wieder zwei Monate her.«

»Oh, Sie sind weit herumgekommen, Miss Walters«, bemerkte Henderson mit höflichem Interesse.

»Nun – ich war einige Monate in Italien.«

»Zur Erholung?«

»Nein, ich bin Modezeichnerin und hatte für ein Modehaus in Rom zu tun. Kennen Sie Italien, Mr. Henderson?«

»Recht gut, aber leider nicht als Privatmann«, erwiderte Henderson. »Ich war während des Krieges als Angehöriger der Royal

Navy dort stationiert – über zweieinhalb Jahre im Ganzen.« Als wäre ihm plötzlich etwas eingefallen, wandte er sich an Dr. Sheldon. »Da wir gerade von Italien sprechen – der Mord an diesem Italiener ist eine rätselhafte Sache, nicht wahr?«

Dr. Sheldon nickte. »Das kann man wohl sagen.«

»Tja, und für mich übrigens ziemlich unangenehm«, fuhr Henderson fort. »Denn irgendjemand – ich kann mir nicht vorstellen, wer – hat der Polizei erzählt, er hätte mich auf dem Hausboot gesehen!«

»Auf – äh – dem Hausboot?«, fragte Dr. Sheldon.

»Ja«, nickte Henderson, »auf dem Hausboot, auf dem der Mord begangen wurde.«

»Und Sie waren dort?«, fragte Katherine atemlos.

»Was?«

»Nun – auf dem Hausboot, meine ich«, sagte Katherine. Entweder ist dieser Mann ein erstklassiger Schauspieler, dachte sie, oder ich habe wirklich Gespenster gesehen.

Henderson zeigte eine höflich verständnislose Miene. »Gott im Himmel – nein«, sagte er ohne besondere Betonung. »Natürlich war ich nicht dort. Ich hatte zuvor nicht einmal von diesem armen Kerl gehört – diesem Rizotto, oder wie er hieß.«

»Rocello«, berichtigte Sheldon, »Paul Rocello.«

»Richtig – Rocello! Ich habe ihn nie gesehen. Das heißt, vielleicht bin ich ihm mal in der Stadt begegnet, ohne ihn zu kennen. Übrigens sagte Inspektor Ford, er sei aus Venedig gewesen. Eine schöne Stadt – ich war dort längere Zeit stationiert und –«, er hielt inne, da die Tür sich öffnete.

Das Hausmädchen Judy erschien. »Entschuldigen Sie, Sir«, sagte sie zu Dr. Sheldon, »da ist ein Mr. Craven gekommen, der Sie sprechen möchte.«

»Bestellen Sie ihm, Judy, dass ich in einer Minute zu seiner Verfügung stehen werde«, erwiderte Sheldon. Judy nickte und ging hinaus. Sheldon öffnete die Tür zum Wohnzimmer und wandte sich an Katherine und Henderson: »Gehen wir für einen Moment hier hinüber, bitte.«

Als sie im Wohnzimmer waren, fragte Henderson in beiläufigem Ton: »Waren Sie auch in Venedig, Miss Walters?«

Katherine nickte. »O ja. Sogar erst vor zwei Wochen.«

»Ach«, sagte Dr. Sheldon überrascht, »davon wusste ich ja gar nichts. Das hast du mir nicht erzählt.«

»Ich machte auf der Rückreise einen Abstecher dorthin«, erklärte Katherine. »Ich wollte Italien nicht verlassen, ohne Venedig gesehen zu haben.«

»Das kann ich verstehen«, sagte Henderson und schickte sich zum Aufbruch an. »Nun, Miss Walters, wenn Sie einmal Tennis spielen möchten, rufen Sie mich einfach an. Ihr Onkel weiß meine Telefonnummer.«

»Gewiss, das werde ich tun«, erwiderte Katherine.

»Ich habe mich gefreut, Sie kennenzulernen, Miss Walters«, versicherte Henderson. »Leider muss ich mich jetzt verabschieden, meine Pflichten rufen.« So scharf Katherine ihn beobachtete – er schien völlig heiter und gelassen. Er lächelte ihr noch einmal zu, dann schüttelte er Dr. Sheldon die Hand. »Leben Sie wohl, Doktor. Vielen Dank für die Untersuchung. Ich bin überzeugt, dass die Massagen und das Einreibemittel mir helfen werden.«

»Der Glaube des Patienten an die Behandlung ist eine wichtige Voraussetzung für die Heilung«, sagte der Doktor mit freundlichem Lächeln und klopfte Henderson auf die Schulter. »Lassen Sie mich bald wissen, wie es Ihrer Schulter geht.«

Sobald Henderson durch die offene Terrassentür entschwunden war, wandte sich der Doktor an seine Nichte. »Nun – was hältst du von ihm?«

»Oh«, sagte Katherine nach kurzem Überlegen, »er scheint ein recht netter Kerl zu sein. Aber etwas anders, als ich ihn mir vorgestellt hatte.«

»Wie hattest du ihn dir denn vorgestellt?«

»Das weiß ich nicht genau. Vielleicht seiner selbst nicht ganz so sicher.«

»Und du, liebes Kind?« Sheldon blickte seine Nichte fragend an. »Bist du deiner denn immer noch so ganz sicher? Ich meine – dass es Henderson war, den du auf dem Hausboot gesehen hast?«

Katherine blickte ihrem Onkel ruhig in die Augen. »Ja«, sagte sie mit leiser, fester Stimme, »es war Henderson. Dessen bin ich absolut sicher.«

Sheldon schüttelte langsam den Kopf und begann seine Pfeife zu stopfen. »Demnach muss er es also doch gewesen sein. Merkwürdig, merkwürdig. Was, zum Teufel, mag er auf dem Boot zu suchen haben?«

Katherine antwortete nicht. Sie hatte sich dem Bücherregal ihres Onkels zugewandt, wies nach einigem Suchen auf ein bestimmtes Buch und fragte: »Darf ich mir dieses Buch ausleihen?«

»Selbstverständlich, meine Liebe. Aber bitte, bleib noch einen Augenblick. Du sollst den jungen Craven kennenlernen.«

»Craven? Wer ist das?«

»Der junge Mann, der draußen auf mich wartet, der Sohn eines Patienten von mir. Er rief heute früh an und sagte mir, dass er dich gerne sprechen möchte. Es schien ihm sehr wichtig zu sein.«

»Oh – und weshalb möchte er mich sprechen?«

»Er ist Journalist, musst du wissen. Ich hatte den Eindruck, dass er in der Lokalzeitung ein Interview mit dir bringen möchte – international bekannte Modezeichnerin besucht Medlow und offenbart unserem Mitarbeiter, was die italienische Weiblichkeit in der nächsten Saison tragen wird.«

»Aha, ich verstehe«, sagte Katherine lächelnd. »Was für ein Mensch ist er denn?«

»Nun, ein etwas seltsamer Vogel«, meinte Sheldon schmunzelnd. »Er ist recht gescheit und wahrscheinlich sogar begabt, aber offenbar ein bisschen ziellos. Vor drei Jahren schrieb er einen Roman und erhielt sogar gute Kritiken, aber –«

»– aber niemand kaufte das Buch!«, ließ sich eine höchst lebendige Stimme von der offenen Terrassentür her vernehmen. »Darf ich eintreten?«

Katherine blickte auf und sah auf der Türschwelle einen schmächtigen jungen Mann stehen, der die dünne Gardine mit der Hand zur Seite hielt und gewinnend in das Zimmer hineinlächelte. Sein ursprünglich sicher eleganter hellgrauer Sommeranzug wirkte ein bisschen abgetragen, und die rote Fliege, die er trug, passte eigentlich nicht dazu. Er hatte das übertrieben selbstbewusste, leicht aggressive Gebaren eines Zeitungsreporters an sich, der schon daran gewöhnt ist, sich vorzugsweise mit wenig entgegenkommenden Fremden abgeben zu müssen, denen er schließlich doch die gewünschten Interviews abzuringen pflegt.

»Hallo, Robin«, sagte Dr. Sheldon freundlich, winkte den jungen Mann herein, begrüßte ihn und machte ihn mit Katherine bekannt.

Robin Craven schüttelte Katherine schwungvoll die Hand. »Sehr erfreut, Miss Walters! Reizend von Ihnen, dass Sie mich empfangen und mir ein Interview gewähren wollen.«

Katherine murmelte irgendeine höfliche Antwort und fand, dass Robin Craven nicht nur ein seltsamer Vogel zu sein schien, sondern mit seiner langen spitzen Nase und seinen eigentümlich ruckartigen Bewegungen wirklich wie ein Vogel aussah.

»Setzen Sie sich, Robin«, sagte Dr. Sheldon. »Möchten Sie einen Drink?«

»Nun, allenfalls einen ganz, ganz kleinen Sherry«, stimmte Craven zu, suchte sich einen bequemen Sessel und nahm darin Platz.

»Und du, Katherine?«, fragte Dr. Sheldon. »Was möchtest du trinken?«

»Danke, Onkel Dick – im Augenblick nichts.«

Während Dr. Sheldon an die Hausbar trat, lehnte sich Craven in seinen Sessel zurück, starrte Katherine aus seinen unruhigen

Vogelaugen an und begann eine höchst alltägliche Unterhaltung mit ihr.

Katherine, die sich wunderte, dass die Rede nicht auf das erwartete Thema kam, sagte schließlich: »Wie ich von meinem Onkel hörte, Mr. Craven, wollten Sie sich mit mir über die italienische Mode der kommenden Saison unterhalten?«

»Italienische Mode?«, wiederholte Craven verwundert. »Das wäre ein Thema, welches mich offen gestanden nur wenig interessiert.«

»Aber hören Sie, Robin«, mischte sich Dr. Sheldon ein, der mit den Drinks zurückkam und Craven ein Glas reichte, »sagten Sie mir nicht am Telefon, dass Sie meine Nichte zu interviewen wünschten?«

»Das tue ich ja«, behauptete Craven, trank einen Schluck von seinem Sherry und stellte das Glas beiseite.

»Ich bin Modezeichnerin, Mr. Craven«, erinnerte Katherine, »und ich fürchte, meine Ansichten über andere Dinge sind durchaus nicht kompetent.«

»Sagen Sie das nicht, Miss Walters«, widersprach Craven ernst, »ich jedenfalls bin darüber ganz anderer Meinung.«

»Aber worüber, in Gottes Namen, wollen Sie mich denn interviewen, wenn nicht über die kommende italienische Mode?«

»Nun, Miss Walters – darüber, wovon wir bereits sprechen«, erklärte Craven, »nämlich über den Hausbootmord! Sie haben mir zu verstehen gegeben, wie sehr Sie diese Tat verabscheuen, die so gar nicht in die liebliche Themselandschaft von Medlow zu passen scheint. Gut! Aber nun hörte ich, Sie seien an dem Tag, an dem der Italiener ermordet wurde, auf dem Fluss gewesen. Sahen Sie bei dieser Gelegenheit irgendjemanden oder irgendetwas, Miss Walters?«

»Wie kommen Sie darauf, dass ich an jenem Tag auf dem Fluss gewesen wäre, Mr. Craven?«

»Haben Sie etwa nicht beim Bootsverleih Gebrüder Barker ein

Paddelboot gemietet, Miss Walters?« Craven blickte Katherine herausfordernd an und kreuzte in triumphierender Geste die Arme vor der Brust.

»Sagen Sie, Mr. Craven«, erkundigte sich Katherine befremdet, »sind Sie nicht nur Journalist, sondern zugleich auch Detektiv?«

»Großer Gott, nein!«, rief Craven aus und schien über diese Vermutung recht schockiert. »Jeder hübsch säuberlich in seinem Fachgebiet. Andererseits –«, er lächelte bedeutungsvoll, »andererseits muss ich gestehen, dass ich vielleicht einen ganz guten Detektiv abgäbe. Ich besitze einen ziemlich scharfen Verstand, und wenn ich mich in eine Sache verbeiße, lasse ich so bald nicht wieder locker.«

»Und in was haben Sie sich momentan verbissen, Mr. Craven?«, fragte Katherine kühl.

»In den Mord an Paul Rocello natürlich!«, erklärte Craven pathetisch. »In was denn sonst?«

»Aha«, meinte Katherine ein wenig unsicher, »in den Hausbootmord – natürlich.«

»Ja, und ich habe bereits einen faszinierenden Artikel für die *Daily News* geschrieben«, fuhr Craven im Ton eines Mannes fort, der sich einer außergewöhnlich bedeutungsvollen Tat rühmen darf. »Sie halten doch die *Daily News,* Doktor, nicht wahr?«

»Wieso – ja«, entgegnete der Doktor, »aber das ist doch eine Londoner Zeitung. Und ich dachte, Sie –«

»Ich bin der hiesige Berichterstatter der *Daily News!*«

»Meinen Glückwunsch, Robin! Das war mir neu.«

»Ich selber wusste es bis heute früh auch noch nicht«, bekannte Craven mit unerwarteter Bescheidenheit. »Aber in der morgigen Ausgabe der *Daily News* wird, wie ich vorhin telefonisch erfuhr, der Artikel über Paul Rocello abgedruckt sein, den ich geschrieben und eingereicht habe.«

»Über Rocello?«, fragte Katherine verblüfft. »Wissen Sie denn so viel über ihn?«

Craven fuhr sich mit einer genialen Handbewegung über sein ungekämmtes Haar. »Nun – immerhin weiß ich, dass er Italiener, in Venedig geboren und ein guter Freund des bekannten Grafen Paragi war.«

»Graf Paragi?«, erkundigte sich Sheldon. »Das ist doch der italienische Admiral, der im Krieg mit den Unterseebooten zu tun hatte?«

Craven nickte. »Stimmt. Er kommandierte während des Krieges die sogenannte 12. Flottille der italienischen Kriegsmarine. Diese 12. Flottille bestand aus Zwerg-Unterseebooten, Einmanntorpedos und Froschmännern.« Er hielt einen Augenblick inne, um dann in dramatischem Ton zu verkünden: »Paul Rocello war einer der prominentesten italienischen Froschmänner!«

»Sind Sie dessen so sicher, Robin?«, fragte Sheldon skeptisch.

»Absolut sicher, Doktor! Sie werden morgen alles in dem Artikel finden, den ich geschrieben habe: *Mysteriöse Ermordung eines berühmten Froschmannes!*«

»Aber wie haben Sie das denn alles herausgefunden?«, wollte Katherine wissen.

Craven spreizte beide Hände. »Ich würde Ihnen ja gerne erzählen, dass es das Ergebnis aufregender Nachforschungen und eiserner Entschlossenheit ist. Aber leider war es weit weniger romantisch. Ich fand nämlich Sonnabend früh zu meiner eigenen Überraschung in meinem Briefkasten ein Kuvert, das diese Zeichnung enthielt.« Er zog ein Stück Papier aus der Tasche und reichte es Dr. Sheldon. Darauf war mit geschickter Hand die Ausrüstung eines Froschmannes gezeichnet, unter der die folgenden Worte geschrieben standen: Porträt von P. R. aus der Kriegszeit. Sheldon gab die Zeichnung an Katherine weiter, die sie sekundenlang betrachtete und dann Craven zurückreichte.

»Haben Sie eine Ahnung, wer Ihnen das in den Briefkasten gesteckt haben mag?«, fragte Dr. Sheldon.

»Nicht die leiseste«, bekannte Craven. »Aber als ich die Initialen P. R. als die des ermordeten Italieners erkannt hatte, fiel mir ein, dass die Froschmänner und die Zwerg-Unterseeboote eine italienische Errungenschaft waren und einige Zeit hindurch als entscheidende Geheimwaffe angesehen wurden. Ich fuhr sofort nach London, ging ins Britische Museum, wo man sich bekanntlich über alles und jedes bestens informieren kann, und begriff sehr bald, dass ich an etwas ganz Besonderes geraten war. Noch von London aus schickte ich ein dringendes Telegramm an den Grafen Paragi in Venedig, dessen Adresse ich gleichfalls in den Unterlagen des Britischen Museums fand, und erhielt schon zwei Stunden später sein Antworttelegramm. Rocello war seinerzeit tatsächlich einer der erfolgreichsten italienischen Froschmänner gewesen und hatte die höchste Tapferkeitsauszeichnung erhalten.«

»Interessant, äußerst interessant«, bemerkte Dr. Sheldon kopfschüttelnd. »Was sagt denn die Polizei dazu?«

»Die Polizei«, erwiderte Craven geringschätzig, »habe ich über all das natürlich nicht informiert. Sie mag es morgen in den *Daily News* lesen.«

»Mein lieber Robin«, sagte Sheldon besorgt, »ich möchte nicht in Ihrer Haut stecken.«

»Und warum nicht?«, meinte Craven herausfordernd. »Ich bin freier Journalist und lebe in einem freien Land.«

»Gewiss. Aber die Polizei wird Ihnen vorwerfen, Sie hätten ihr vorsätzlich Wissen vorenthalten.«

»Ich habe der Polizei kein Wissen vorenthalten!«, rief Craven. »Ich habe lediglich einige Tatsachen ausgegraben, die die Polizei genausogut hätte herausfinden können, und bringe diese Tatsachen nun über die *Daily News* an die Öffentlichkeit. Von vorenthaltenem Wissen kann also keine Rede sein!« Er blickte zu Katherine hinüber, und seine Miene wurde noch selbstbewusster. »Hätte, zum Beispiel, Miss Walters am Mittwochnachmittag irgendetwas beobachtet und der Polizei nichts davon gesagt – dann könnte man eher von vorenthaltenem Wissen sprechen!« Abermals kreuzte er die Arme vor der Brust und reckte den Kopf triumphierend empor.

»Ich habe am Mittwochnachmittag nichts beobachtet, was Sie oder die Polizei interessieren könnte«, erklärte Katherine kurz.

»So?«, sagte Craven und hob verwundert die Augenbrauen. »Wie kommt es denn dann, dass die Polizei Sie vernommen hat?«

»Ganz einfach – eben weil ich an jenem Nachmittag auf dem Fluss gewesen bin«, sagte Katherine in gleichmütigem Ton.

»Ja, ja«, meinte Craven ironisch, »unsere Polizei vernimmt niemanden ohne guten Grund.«

»Oh, Mr. Craven – ich bezweifle nicht, dass Ihnen die Gepflogenheiten unserer Polizei bekannt sind«, gab Katherine zurück. »Aber ich nehme an, dass sich diese Ihre Kenntnis demnächst noch vertiefen wird.«

»Bitte – wie darf ich das verstehen?«, fragte Craven.

Katherine lächelte. »Ich habe die vage Vermutung, dass die Polizei schon sehr bald Veranlassung finden wird, Sie zu vernehmen, Mr. Craven.«

6

Stocksteif vor Überraschung blieb Henderson auf der Schwelle seines Studierzimmers stehen, denn in seinem besten Sessel hatte es sich Billie Reynolds bequem gemacht und stellte ziemlich viel von ihren hübschen Beinen zu Schau. »Hallo, Fremder!«, grüßte sie Henderson heiter und lächelte ihm verheißungsvoll entgegen.

»Guten Tag«, erwiderte Henderson kühl. »Sie sind – äh – Miss Reynolds, nicht wahr?«

»Eben diese«, bestätigte Billie huldvoll, »und mein Hiersein stellt eine Art Gegenbesuch dar. Sie waren vor etwa einem Jahr mal bei mir. Erinnern Sie sich, Mr. Henderson?«

»Und ob ich mich erinnere!«

»Ihre Haushälterin sagte, ich könne hier auf Sie warten. Gut – so habe ich also gewartet. Ich hoffe, es macht Ihnen nichts aus?«

»Und was kann ich für Sie tun, Miss Reynolds?«, fragte Henderson förmlich.

Billie blieb unbeeindruckt von seiner Zurückhaltung. »Mir zunächst eine Zigarette anbieten«, schlug sie vor.

Henderson nahm das messinggetriebene Zigarettenkästchen, das auf dem Tisch neben Billies Sessel stand, klappte es auf und hielt es ihr hin. »Bitte hier. Sie hätten sich übrigens selbst bedienen können.«

Billie nahm sich mit wohlmanikürten Fingern eine Zigarette aus dem Kästchen, ließ sich Feuer reichen, tat einen tiefen Lungenzug und flötete durch den Rauch, der ihr aus Mund und Nase strömte: »Ladies bedienen sich nicht selbst, Mr. Henderson. Oder denken Sie, ich sei keine Lady?«

Henderson musterte sie mit einem vielsagenden Blick. »Oh, doch«, meinte er dann, »ich denke, Sie sind eine Lady.«

»Den Teufel tun Sie das!«, fauchte Billie in weitaus natürlicheren Tönen. Süßlich und lauernd fügte sie hinzu: »Tat mir Leid, diese schreckliche Sache über Ihren italienischen Freund zu hören.«

»Über meinen italienischen Freund?«

»Ja – Rocello, oder wie er hieß.«

»Das war doch kein Freund von mir.«

»Oh, war er das nicht?«

»Nein.«

Billie zuckte die Achseln. »Ach, und ich dachte, er hätte Ihnen nahe gestanden.«

»Wie kommen Sie auf diese Idee?«

»Vielleicht, weil ich sah, wie Sie ihn nach Hause brachten – oder vielmehr auf Mr. Coopers Hausboot.«

»Wann soll das gewesen sein?«

»Na – in der Nacht, als er so furchtbar betrunken war.«

»Betrunken?«

»Ja, betrunken! Oder wollen wir lieber sagen – stinkbesoffen?« Billie brachte aus ihrem Handtäschchen einen kleinen Spiegel zum Vorschein und prüfte ihr tadelloses Make-up.

»Bedauere, Miss Reynolds«, erklärte Henderson ablehnend, »ich habe keine Ahnung, wovon Sie sprechen.«

»Nein? Aber, aber – Schulmeisterchen! Ich glaube, Sie wissen ganz genau, wovon ich spreche! Sie und Mr. Cooper brachten Rocello in der Nacht zum Mittwoch auf das Boot, und er war, wie ich schon sagte, stinkbesoffen! Es war gegen halb drei Uhr an dem Morgen des nämlichen Tages, an dem Rocello gegen Abend ermordet aufgefunden wurde! Ihr beiden anderen schwanktet auch nicht schlecht!«

»Und das wollen Sie beobachtet haben? Von Ihrem Hausboot aus, nehme ich an?«

»Von wo aus denn sonst, Schulmeisterlein? Ich genoß auf dem Deck meines Bootes die kühle Nachtluft, übrigens zusammen mit einem guten Freund von mir.«

»Und dieser Freund erkannte Rocello?«

»Ja. Aber Sie, mein liebes Schulmeisterchen, erkannte er nicht«, beteuerte Billie in süßen Tönen. »Von ihm haben Sie also nichts zu befürchten.«

»Haben Sie schon irgendwem von dieser Sache erzählt?«, fragte Henderson.

»Nein«, entgegnete Billie und fügte bedeutungsvoll hinzu: »Noch nicht.«

»Wie meinen Sie das – noch nicht?«

Billie lächelte. »Nun – falls mich jemand danach fragen sollte, könnte ich doch vielleicht geneigt sein, die Geschichte zu erzählen, nicht wahr? Aber bis jetzt, Schulmeisterchen, hat mich noch niemand danach gefragt!« Sie bedachte Henderson mit einem langen und sehr vielsagenden Blick.

»Hören Sie, Miss Reynolds – Sie dürfen zu niemandem ein Wort darüber sagen, verstehen Sie?«, raunte Henderson eindringlich und trat ein wenig näher an Billies Sessel heran.

»Aber warum denn nicht?«, erkundigte sich Billie mit gespielter Naivität. Plötzlich setzte sie sich kerzengerade auf und fügte scheinbar verängstigt hinzu: »Sie waren es doch hoffentlich nicht, der Rocello ermordet hat?«

»Großer Gott – nein!«, raunte Henderson durch die zusammengebissenen Zähne. »Schlagen Sie sich diese Idee aus dem Kopf! Rocello war tatsächlich ein Freund von mir!«

Billie ließ sich wieder lässig in den Sessel zurücksinken und kreuzte elegant die Beine. »Aber dann verstehe ich nicht, weshalb Sie wegen dieser Sache so besorgt sind, Schulmeisterchen?«

Henderson lächelte etwas krampfhaft. »Weil ich nicht möchte, dass mir eine Menge unangenehmer Fragen gestellt werden. Sie müssen doch einsehen, Billie, dass ich in einer ziemlich schwierigen Lage bin.«

»Das will ich wohl glauben«, bestätigte Billie und nickte.

»Nun ja, Sie wissen doch, wie so etwas ist«, sagte Henderson. »Ein Lehrer am Rockingham College, auch nur am Rande in einen Mordfall verwickelt – Sie wissen schon, was ich meine.«

»Ich weiß, was Sie meinen, Schulmeisterchen«, flötete Billie, und ihr Lächeln wurde wieder verheißungsvoll wie eh und je. Ganz beiläufig lenkte sie den Blick zu dem Schachspiel, das auf dem Tisch neben ihrem Sessel aufgebaut war, fuhr mit spielerischen Fingern darüber hin und nahm schließlich einen Springer vom Brett, um ihn mit offensichtlich großem Interesse zu betrachten. »Was ist das?«, fragte sie endlich.

»Eine Schachfigur.«

»Das weiß ich doch, Dummerchen«, hauchte sie. »Ich meine – was für eine Schachfigur?«

»Ein weißer Springer.«

Billie nahm eine zweite Figur auf. »Und diese?«

»Ein weißer Läufer.«

»Oooh –«, hauchte Billie. »Man lernt eben nie aus. Und diese?«

»Ein weißer Turm.« Henderson zeigte der Reihe nach auf die verschiedenen Figuren. »Bauer, Läufer, Springer, König, Königin, Turm. Und drüben nochmal dasselbe in Schwarz.«

»Mein Daddy pflegte Schach zu spielen, als ich noch klein war«, bemerkte Billie verträumt.

Der Themawechsel, dachte Henderson, scheint tiefgründig und von Dauer.

Immer noch verträumt fuhr Billie fort: »Aber er schlief jedesmal über dem Schachbrett ein. Dabei hätte ich merkwürdigerweise gerade dieses Spiel so gerne gelernt.«

Henderson setzte ein freundliches Lächeln auf. »Möchten Sie, Billie, dass ich es Ihnen beibringe?«

»Sind Sie denn ein guter Lehrer? Für Schach – meine ich?«

»Klagen habe ich bisher noch nicht hören müssen.«

Billie lachte – ein echtes, glückliches und frohes Lachen. »Gut, Schulmeisterchen«, sagte sie, »dann haben Sie sich soeben eine lernbegierige Schachschülerin verschafft.«

Gegen acht Uhr abends verließ Henderson unauffällig das Collegegelände, um seine Verabredung mit Billie Reynolds wahrzunehmen. In einer Aktenmappe trug er das Schachbrett, das Kästchen mit den Schachfiguren und – eine Flasche Champagner bei sich. Er benutzte Seitenpfade und Nebenwege, und so gelang es ihm, von niemandem gesehen das Hausboot *Shangri-La* zu erreichen. Ohne sich um die Klingel am Zugang zu kümmern, balancierte er über den Laufsteg und klopfte an die Tür zum Salon. Da er keine Antwort erhielt, trat er nach kurzem Zögern ein. Gleich hinter der Tür blieb er stehen und rief: »Hallo – jemand zu Hause?«

Billies Antwort kam aus einer der anschließenden Kabinen, vermutlich dem Schlafzimmer. »Schulmeisterchen? Eine Minute nur! Gleich bin ich da!«

Henderson setzte die Mappe ab und holte die Champagnerflasche heraus. »Mögen Sie Champagner, Billie?«

»Und ob! Probieren Sie's mal, Schulmeisterchen!«

»Wo haben Sie Ihre Gläser?«

»In der Bar.«

Das gewichtige Möbel war nicht zu übersehen. Henderson öffnete das Gläserfach. Dort gab es Gläser über Gläser für alle Gelegenheiten. Durch einen flüchtigen Blick in das Fach mit den Flaschen fand Henderson bestätigt, dass Billie in dieser Hinsicht nichts mehr zu lernen brauchte. Er nahm zwei Champagnergläser heraus, brachte sie zum Tisch und machte sich daran, die Flasche zu öffnen.

In dem Augenblick, als der Pfropfen knallte, erschien Billie in einem seidenen Hausmantel. Sie war frisch zurechtgemacht und hatte sich ein zartrosa Seidenband in die blonden Locken geschlungen – Billie, das stille, häusliche Mädchen mit Herz. »Das ist die lieblichste Musik für meine Ohren«, flötete sie und ließ sich in einen der großen Sessel sinken.

»Was?«, fragte Henderson, der mit dem Füllen der Gläser beschäftigt war.

»Das Knallen eines Sektpfropfens, Dummerchen«, erklärte Billie und kicherte. »Champagner hatte ich nicht erwartet. Ich dachte, Sie wollten mich im Schachspiel unterrichten?«

»Alles zu seiner Zeit«, sagte Henderson lächelnd und reichte ihr ein Glas. »Auf Ihr Wohl, Billie!«

»Schachmatt!«, toastete sie zurück. Henderson lachte. »Sagt man denn das nicht beim Schach?«, fragte Billie irritiert. »Schachmatt?«

»Stimmt.« Henderson stellte, ohne getrunken zu haben, sein Glas auf den Tisch und schüttete die Schachfiguren aus dem Kästchen. »Haben Sie schon mal Schach gespielt, Billie?«

»Nun ja – als Kind mit meinem Vater. Höchst unvollkommene Partien, müssen Sie wissen.«

Henderson füllte Billies Glas von neuem. »Erinnern Sie sich noch an die Spielregeln?«

»Kaum.« Billie nahm einen langen Schluck aus ihrem Glas. »Aber ich werde es sicher schnell wieder lernen, wenn Sie es mir beibringen, Schulmeisterchen.« Henderson beobachtete lächelnd, wie sie das zweite Glas leerte. »Wuff!«, sagte sie und stellte das Glas auf den Tisch zurück. »Das Zeug hat's aber in sich.«

»Nur die ersten zwei Gläser«, tröstete Henderson und füllte Billies Glas zum drittenmal. »Nachher tut's nichts mehr.«

Billie blickte Henderson fasziniert an und wies mit dem Finger auf ihn. »Huch, Schulmeisterchen«, kicherte sie, »Sie stehen ja ganz schief da! Fallen Sie bloß nicht um!« Mit weitausholender Gebärde langte sie nach ihrem Glas und leerte es zum dritten Mal.

Henderson begann, die Schachfiguren aufzubauen. Er blickte erstaunt auf, als Billie plötzlich aus ihrem Sessel in die Höhe fuhr und sich schwankend mit einer Hand auf den Tisch stützte. »Donner –«, lallte sie, »da-das Zeug ist stark! Passen Sie bloß auf, Schulmeisterchen, dass ich – hick – keine Dummheiten mache! Fangen wir an zu spielen, ja?« Sie ließ sich wieder in den Sessel sinken.

»Schön, fangen wir an«, sagte Henderson. »Also, das erste, was Sie beim Schachspielen lernen müssen, ist –«, er unterbrach sich und blickte Billie forschend an. »Fühlen Sie sich nicht ganz wohl?«

Billie hatte sich, diesmal ziemlich mühsam, wieder erhoben. Sie schwankte besorgniserregend, ihre Augen waren gläsern und ausdruckslos.

»Ziemlich mi-mies«, lallte sie und griff sich mit der Hand an die Stirn. »In meinem Kopf – hick – geht alles rundum. Wünschte nur – hick – der verdammte Salon stände endlich still! Dachte immer, ich könnte – hick – wunder wer weiß was vertragen. Aber Ihr Zeug hau-haut mich glattweg um, Schulmeisterchen.«

»Wollen wir nicht ein bisschen auf das Deck gehen?«, schlug Henderson vor. »Die Luft hier drinnen ist etwas stickig.«

»N-nein danke«, keuchte Billie und starrte Henderson an. »Hee, Schulmeisterchen, Sie haben – hick – haben mir wohl was ins Glas getan, wie?« Sie begann wieder dermaßen zu schwanken, dass Henderson den Arm ausstreckte, um sie vor dem Fallen zu bewahren.

»Ihnen etwas ins Glas getan?«, sagte er bieder. »Gott bewahre – nein! Das dürfen Sie nicht glauben, Billie!«

»Hab' doch in meinem Leben – hick – Leben schon so manches getrunken«, keuchte Billie und gestikulierte wild mit den Händen, »aber noch nie –«, sie geriet ins Schwanken und warf dabei ein paar Schachfiguren vom Tisch. Henderson sprang auf, bewahrte Billie vor dem Sturz und setzte sie behutsam in einen der Sessel. Ihr Kopf rollte kraftlos zur Seite, ihr Mund klappte weit auf. Billie Reynolds war, wie sie selbst es bezeichnet haben würde, für einige Zeit außer Gefecht gesetzt.

Henderson blickte sie einen Moment lang forschend an. Dann sammelte er die Schachfiguren auf und tat sie in das Kästchen zurück, steckte Schachbrett und Kästchen in seine Aktenmappe, zog ein seidenes Taschentuch aus der Brusttasche und ging zur Tür. Nachdem er den inneren wie den äußeren Türknopf sorgfältig abgewischt hatte, kam er wieder an den Tisch, goß den Champagner aus seinem Glas in die Flasche zurück, reinigte Glas und Flasche mit seinem Taschentuch und stellte schließlich das Glas in die Bar zurück, deren Türgriff er ebenfalls abwischte. Er machte seine Sache schnell und gründlich.

Als er damit fertig war, zog er eine kleine Taschenlampe hervor, knipste die Salonbeleuchtung aus, trat an eines der Fenster, schob den Vorhang beiseite, öffnete das Fenster, hob die Taschenlampe und begann zu signalisieren.

7

Sergeant Broderick kam, mit einer zusammengefalteten Zeitung in der Hand, einigermaßen schwungvoll in Fords Büro marschiert. »Haben Sie das schon gesehen, Mike?«

»Was denn?«

»Die Londoner *Daily News!*«

»Nein. Die halten wir hier doch nicht.«

»Schade«, sagte Broderick. »Sie enthält nämlich einen Artikel von Robin Craven.«

»Craven – eh?«, knurrte Ford, der sowieso schlechter Laune war, und nahm die Zeitung von Broderick entgegen. Auf der dritten Seite war neben der verheißungsvollen Überschrift *Mysteriöse Ermordung eines prominenten Froschmannes – Sonderbericht unseres Medlower Mitarbeiters Robin Craven* zunächst ein Foto des Hausbootes *High Tor* zu sehen. Den dazugehörigen Artikel las Ford mit ständig steigendem Ingrimm. Als er seine Lektüre beendet hatte, knurrte er: »Was, zum Teufel, bedeutet das?«

»Es bedeutet«, sagte Broderick, »dass Robin Craven über Rocello eine ganze Menge mehr weiß als wir.«

»Das sehe ich selbst! Aber –«, Ford klopfte mit dem Zeigefinger ärgerlich auf den Artikel, »aber ich möchte wissen, woher dieser Craven seine Informationen hat!«

»Ja, merkwürdig«, bestätigte Broderick. »Ich, zum Beispiel, hätte das alles nicht gewusst, was Craven da mit aller Selbstverständlichkeit in seinem Artikel geschrieben hat.«

»Glauben Sie das, was in diesem Artikel steht, Bob?«

Broderick zuckte die Achseln. »Es klingt ziemlich wahrscheinlich.« Er wies auf eine bestimmte Zeile. »Sehen Sie dort: Graf Paragi, ehedem Admiral der italienischen Kriegsflotte und Kommandeur der 12. Flottille, bestätigte, dass Rocello ein erfolgreicher Froschmann war und der 12. Flottille angehörte.«

»Wie, zum Teufel, mag unser junger Craven an den italienischen Ex-Admiral geraten sein?«

»Na, Mike – Sie wissen doch, wie diese Reporter sind.«

Ford dachte ein Weilchen nach. Schließlich erklärte er: »Entweder ist das Ganze ein Haufen Unsinn, oder Craven ist tatsächlich auf etwas gestoßen. Aber im letzteren Fall hätte er nicht diesen Artikel schreiben dürfen, sondern die Pflicht gehabt, mit seinen Informationen sofort zu uns zu kommen!«

»Er ist Journalist, Mike«, erinnerte Broderick mit nachsichtigem Lächeln. »Es ist sein Beruf, Artikel zu schreiben.«

»Mag sein, Bob. Aber hier geht es nicht um Heiratsschwindel oder irgendeinen Gesellschaftsskandal, sondern um Mord! Im Moment, da Craven entdeckte, was Rocello früher gewesen ist, hätte er zu uns kommen müssen!«

»Mike, Sie kennen doch unseren Robin Craven«, beschwichtigte Broderick ihn. »Sie wissen so gut wie ich, dass er sich jahrelang vergeblich bemüht hat, Verbindung zu einer der bedeutenden Londoner Zeitungen zu bekommen. Was ihn betrifft, so war diese Sache eben die große Chance, die er wahrnehmen musste.«

»Soweit es mich betrifft, ist es alles andere als eine große Chance!«, widersprach Ford ergrimmt. »Was, meinen Sie, wird uns zum Beispiel der Chefinspektor erzählen, wenn er diesen Artikel gelesen und ihn mit unserem armseligen Bericht verglichen hat, in dem wir bekennen, dass wir nichts über Rocello wissen? Und das«, er unterbrach sich, um dem Polizeibeamten, der den Kopf zur Tür hereinsteckte, einen ärgerlichen Blick zuzuwerfen. »Was gibt es?«

»Mr. Robin Craven ist draußen«, sagte der Polizeibeamte. »Er behauptet, er sei zu Ihnen bestellt, Inspektor.«

»Ich rief ihn an«, erklärte Broderick schnell. »Als ich heute früh seinen Artikel in der Zeitung sah, rief ich ihn an und bestellte ihn hierher, da ich mir dachte, dass Sie ihn ganz gerne sprechen würden.«

»Darauf können Sie sich verlassen, Bob!« Ford nickte dem Polizeibeamten zu. »Gut, Martin, schicken Sie mir diesen Mr. Craven herein.«

»Hören Sie, Mike«, mahnte Broderick mit leiser Stimme, als sich die Tür hinter dem Polizeibeamten geschlossen hatte, »ich möchte Ihnen natürlich keine Ratschläge erteilen. Aber ich an Ihrer Stelle würde mir nicht anmerken lassen, dass er etwas entdeckt hat, was wir noch nicht wussten.« Grinsend fügte er hinzu: »Den Marsch können Sie ihm trotzdem blasen, wenn Ihnen danach zumute ist.«

Die Tür tat sich auf, und Robin Craven betrat lächelnd und in heiterster Laune das Zimmer. »Schönen guten Morgen, Inspektor«, sagte er, »schönen guten Morgen, Sergeant.« Als er Fords verbissene Miene bemerkte, fügte er hinzu: »Sie sehen ungewöhnlich unzufrieden aus, Inspektor. Ist irgendetwas nicht in Ordnung?«

»Guten Morgen, Craven«, brummte Ford unliebenswürdig.

Craven hob in leicht übertriebener Verwunderung die Augenbrauen. »Welch ein frostiges Willkommen!«, rief er aus. »Ich glaubte, Sergeant Brodericks Anruf entnehmen zu können, dass Sie das Verlangen hätten, mich zu sprechen, Inspektor?«

»Hab' ich auch!«, knurrte Ford. »Und zwar wegen Ihres Artikels in der heutigen Ausgabe der *Daily News!* Woher stammen Ihre Informationen?«

»Welche Informationen meinen Sie, Inspektor?«, fragte Craven unbeeindruckt.

»Sie wissen recht gut, was ich meine!«, erklärte Ford in scharfem Ton; er war vorwitzigen Reportern grundsätzlich wenig gewogen, und gegenüber Craven, der sozusagen unter seinen Augen als Medlower Kind herangewachsen war, empfand er doppelte und dreifache Skepsis. »Alle diese Einzelheiten über Rocello meine ich!«

»Ah – dass er gut mit dem Grafen Paragi bekannt war, wie?«

»Nicht nur das! Die ganze Geschichte! Woher wussten Sie, dass er mit Paragi bekannt war? Woher wussten Sie, dass er während des Krieges Froschmann gewesen ist? Woher wussten Sie –«

»Bitte, Inspektor –«, unterbrach Craven und hob protestierend die Hand, »immer nur eine Frage auf einmal! Hübsch nach den Vernehmungsvorschriften, ja?«

»Mr. Craven«, mischte Broderick sich ziemlich hastig ein, »Sie müssen verstehen, dass der Inspektor nicht eben erbaut über Ihren Artikel ist. Wir hätten, offen gesagt, gerade von Ihnen erwartet, dass Sie vorher zu uns gekommen wären, um sich mit uns zu beraten.«

»Interessant«, bemerkte Craven und lächelte maliziös. »Weshalb hätte ich mich denn vorher mit Ihnen beraten sollen, Inspektor? In welcher Vorschrift steht das?«

Ford hatte inzwischen erkannt, dass es sinnlos wäre und auf glatte Zeitverschwendung hinausliefe, Craven gegenüber massiv zu werden. »Wir erwarteten es aufgrund unserer persönlichen Bekanntschaft«, sagte er in verhältnismäßig freundlichem Ton. »Ihr Artikel enthält nämlich Informationen, die zum gegenwärtigen Zeitpunkt lieber nicht hätten veröffentlicht werden sollen.«

»Welch ein ungewöhnlicher Gesichtspunkt«, entgegnete Craven milde und schüttelte verweisend den Kopf. »Überlegen Sie doch mal, Inspektor – immerhin gelten wir«, er tippte sich auf die Brust, als sei er momentan der bevollmächtigte Repräsentant der gesamten englischen Presse, »als Organe der öffentlichen Meinung und als Diener der gesamten Öffentlichkeit. Und unser Recht, Dinge zu veröffentlichen, die wir durch eigene Initiative erfahren haben, ist auf jeden Fall unabhängig von den Ansichten und Wünschen lokaler Polizeibehörden!«

Bevor Ford etwas antworten konnte, sagte Broderick schnell und mit einem Entschuldigung heischenden Blick auf seinen Vorgesetzten: »Hören Sie, Mr. Craven – würden Sie nicht so nett sein, uns zu verraten, woher Sie Ihre Informationen über Rocello haben? Sie werden begreifen, wie sehr wir aus sachlichen Gründen daran interessiert sind, Ihre Quelle kennenzulernen.«

Craven zögerte und blickte einen Augenblick unschlüssig zwischen den beiden Polizeibeamten hin und her. Dann lächelte er, zog ein Stück Papier aus der Brusttasche und reichte es Ford. »Sehen Sie – damit fing es an. Das fand ich in meinem Briefkasten.«

Verwundert betrachtete Ford die Zeichnung, auf der die Ausrüstung eines Froschmannes zu sehen war. Noch verwunderter studierte er die darunter stehenden Worte *Porträt von P. R. aus der Kriegszeit.* Schließlich fragte er: »Wann haben Sie das bekommen, Sir?«

»Letzten Sonnabend«, erwiderte Craven.

»Wer hat es Ihnen geschickt?«

»Das weiß ich nicht. Ich fand es in einem mit Maschine adressierten Kuvert ohne Absender und ohne weitere Begleitzeilen in meinem Briefkasten.«

»Haben Sie das Kuvert noch?«

»Nein.«

»Wo war der Brief aufgegeben? Ich meine – welchen Poststempel trug er?«

»Gar keinen. Er muss durch einen Boten eingeworfen worden sein.«

Broderick, der die Zeichnung inzwischen betrachtet hatte, wandte sich an Craven: »Wie kamen Sie auf die Idee, Mr. Craven, diese Zeichnung mit Rocello in Verbindung zu bringen?«

»Das ist doch sehr einfach«, erklärte Craven und lächelte milde. »Welcher P. R. bewegt denn seit einigen Tagen die Gemüter in dieser Gegend? Ich erkannte sofort, wer gemeint sein musste. Und da wir Journalisten Sensationen zu wittern vermögen, verlor ich keine Zeit. Ich fuhr nach London und ging ins Britische Museum. Eine wundervolle Einrichtung, dieses Britische Museum, übrigens. Ich kann es auch Ihnen sehr empfehlen, meine Herren! Dort findet man nämlich beinahe jede gewünschte Information! Ich, zum Beispiel, hatte in diesem Fall nach kaum halbstündigem Herumstöbern in der Bibliothek der italienischen Abteilung alles beieinander, was ich brauchte.«

»So«, brummte Ford und sah nicht besonders überlegen drein. »Und was fanden Sie heraus?«

Craven wies auf den Zeitungsartikel. »Es steht alles darin.«

Ford rieb sich nachdenklich das Kinn. »Und als Sie es herausgefunden hatten, setzten Sie sich mit dem Grafen Paragi in Verbindung?«

»Erraten, Inspektor!« Craven lachte selbstgefällig. »Ich schickte ihm ein Telegramm. Seine Adresse verdankte ich übrigens gleichfalls dem Britischen Museum. Die Antwort, die ich an die Adresse der *Daily News* erbat, war nach zwei Stunden da.«

»Und was besagte sie?«

Wieder wies Craven auf den Artikel. »Es steht alles darin, Inspektor.« Ist es möglich, dachte er, dass Polizeibeamte derart begriffsstutzig sein können? In liebenswürdigem Plauderton fuhr er fort: »Graf Paragi bestätigte also, dass Rocello der 12. Flottille angehörte, die unter Paragis Kommando stand, und dass er ein sehr erfolgreicher Froschmann war – der erste aller Froschmänner. Ein wundervoller Titel übrigens, falls ich ein Buch darüber schreiben sollte: *Der erste aller Froschmänner!* Das muss ich mir einprägen.«

Ford räusperte sich kriegerisch. »Prägen Sie sich gleich noch etwas ein, Sir«, erklärte er. »Nämlich: Ein Mordfall ist eine Angelegenheit, in der die mit der Aufklärung befasste lokale Polizeibehörde sogar Journalisten gegenüber gewisse sachdienliche Auflagen machen kann! Ich lege Ihnen hiermit auf, dass Sie, wenn Sie sich in diesem Fall weitere private Informationen verschaffen, zunächst uns über diese Informationen zu unterrichten haben und sie nicht ohne weiteres in der Zeitung veröffentlichen dürfen! Drücke ich mich klar genug aus, Mr. Craven?«

»Kristallklar, Inspektor!«, erwiderte Craven und wies abermals auf den Artikel. »Ihren Worten entnehme ich, dass Sie nichts von alledem über Rocello gewusst haben. Nicht wahr, Inspektor – Sie hatten keine Ahnung, wer Rocello war?«

Cravens Lächeln und der Klang seiner Stimme strotzten von Ironie.

»Selbstverständlich wussten wir genau Bescheid!«, erklärte Ford gereizt und etwas zu laut. »Aber darum geht es jetzt nicht!«

»Sondern um was denn sonst?«

»Darum, dass ich diese Zeichnung einstweilen beschlagnahmen muss, Mr. Craven!«

Craven hob belustigt die Augenbrauen. »Ist das unbedingt erforderlich, Inspektor?«

»Ja, unbedingt!«, entgegnete Ford in scharfem Ton und ließ die Zeichnung in seiner Schreibtischschublade verschwinden.

»Diese Zeichnung wurde mir zugestellt und ist mein Eigentum«, gab Craven zu bedenken. »Ich hätte Lust, Ihnen meinen Anwalt zu schicken, Inspektor.«

»Wenn Sie damit Geld und Mühe verschwenden wollen, Sir«, erklärte Ford, »so ist das Ihre Sache. Die Zeichnung ist als mögliches Beweisstück in einem Mordfall einstweilen beschlagnahmt. Sie bekommen eine Quittung zugeschickt und werden Ihr Eigentum zurückerhalten, sobald wir es nicht mehr benötigen.«

Robin Craven grinste. »Wie gut, dass ich einige Fotokopien davon habe.«

»Mr. Craven«, bellte Ford, »ich warne Sie! Wenn diese Zeichnung in irgendeiner Zeitung veröffentlicht wird –«

»Warnen Sie nicht mich, Inspektor«, unterbrach Craven mit überraschend schneidender Stimme, »warnen Sie lieber den Herausgeber der *Daily News,* London W 1, Fleet Street. Und jetzt, meine Herren, müssen Sie mich entschuldigen.« Er winkte den beiden Polizeibeamten lässig zu und verließ das Zimmer.

Ford und Broderick blickten sich schweigend an. Einige Sekunden vergingen in tiefer Stille. Dann räusperte sich Ford und brachte die beschlagnahmte Zeichnung aus seinem Schreibtisch wieder zum Vorschein, um gleich darauf einer anderen Schublade ein Schreibheft und ein hübsch eingebundenes Buch zu entnehmen. Er schlug das Heft an einer bestimmten Stelle auf und winkte Broderick herbei. »Sehen Sie sich diese Zeilen an, Bob«, sagte er und wies auf einen mit roter Tinte geschriebenen Zensurvermerk am Ende eines Aufsatzes – *Nicht schlecht, Roger. Aber wenn du dich wirklich bemühst, kannst du noch Besseres leisten. H.* »Eine Zensurnotiz Hendersons unter einer Klassenarbeit meines Sohnes«, erläuterte Ford, »eindeutig und unbestreitbar Hendersons Handschrift. Und nun sehen Sie sich das hier an, Bob!« Ford schlug das Buch auf, ein Werk über die oberitalienischen Seen, und deutete auf die handschriftliche Eintragung, die das Vorderblatt zierte: *Suaviter in modo, fortiter in re.*

»Beidemal dieselbe Handschrift«, bestätigte Broderick.

»Und jetzt, Bob«, sagte Ford, »vergleichen Sie beides mit der Zeile, die unter der Zeichnung steht – *Porträt von P. R. aus der Kriegszeit.*«

»Wieder dieselbe Handschrift, wie es scheint«, murmelte Broderick und kratzte sich ratlos hinter dem Ohr. »Aber weshalb sollte Henderson diese Zeichnung an Craven geschickt haben?«

»Vermutlich«, meinte Ford versonnen, »weil er Craven darauf hinweisen wollte, wer Rocello war. Aber aus welchem Grund?«

Broderick überlegte. Schließlich sagte er: »Wollen Sie wissen, Mike, was ich an Ihrer Stelle täte? Ich ginge noch einmal zu Henderson, um mich mit ihm zu unterhalten. Dabei würde ich ganz offen mit ihm sein. Ich würde ihm von Craven erzählen, von dieser Zeichnung, überhaupt von allem, was wir wissen, und zusehen, was dabei herauskommt.«

Henderson stopfte sich sorgfältig seine Pfeife und zündete sie an. Dann lehnte er sich in seinen Schreibtischsessel zurück, blickte Inspektor Ford gleichmütig an und sagte: »Offenbar bin ich heute ein bisschen begriffsstutzig. Aber ich sehe wirklich nicht, wie wir weiterkommen sollen, Inspektor. Sie behaupten, es wäre meine Handschrift, und ich behaupte, sie ist es nicht. So steht eine Meinung gegen die andere.«

Ford schüttelte ernst den Kopf. »Ganz so einfach ist es nicht, Mr. Henderson.«

»Nein? Wieso denn nicht?«

»Als ich vermutete, Sie könnten diese Zeile geschrieben haben«, sagte der Inspektor, »brachte ich sie zusammen mit einigen Proben Ihrer Handschrift zu Mr. Stacey Boyd nach Maidenhead, und Mr. Boyd bestätigte mir die Richtigkeit meiner Vermutung.«

»Wer ist denn dieser Mr. Stacey Boyd?«

»Ein seit Jahrzehnten bekannter Handschriftensachverständiger, der häufig sogar von Scotland Yard zu Rate gezogen wird.«

»Dennoch muss ich annehmen«, entgegnete Henderson ungerührt, »dass Mr. Boyd sich in diesem Fall geirrt hat. Vielleicht ist er mittlerweile doch schon ein bisschen alt geworden?«

Ford seufzte. »Ich fürchte, hier gibt es nichts zu scherzen, Mr. Henderson. In meinen Augen ist es eine sehr ernste Angelegenheit.«

»Darin, Inspektor, stimme ich völlig mit Ihnen überein. Ich wünschte nur, ich könnte Ihnen etwas behilflicher sein.«

»Versuchen Sie denn, uns behilflich zu sein, Sir?«, fragte Ford.

»Aber selbstverständlich.« Henderson zündete seine Pfeife an. »Hmm – Sie sagten, Sie hätten Mr. Boyd einige Proben meiner Handschrift vorgelegt. Woher hatten Sie diese Proben denn genommen?«

»Sehr einfach – ich fand ein Schulheft meines Sohnes, in dem sich Zensurvermerke von Ihrer Hand befinden, und außerdem ein Buch, das Sie ihm geliehen haben.« Ford blickte Henderson durchdringend an. »Ein Buch über die oberitalienischen Seen, Sir.«

»Ja, ich erinnere mich«, bestätigte Henderson.

»In dieses Buch haben Sie etwas auf die erste Seite geschrieben.«

»So, habe ich das?«, murmelte Henderson und schien nachzudenken. »Ja richtig, jetzt erinnere ich mich. Es war ein Sinnspruch: *Suaviter in modo, fortiter in re.*«

»Stimmt, Sir. Und Sie wissen sicher auch noch, dass ich Sie neulich fragte, was diese Worte bedeuten?«

»Natürlich«, lächelte Henderson, »das weiß ich noch.«

»Ich weiß es auch noch sehr gut«, sagte Ford, ohne Henderson aus den Augen zu lassen. »Diese Worte bedeuten: *Behutsam in der Art, aber hart in der Sache.*«

»Bravo, Inspektor«, lachte Henderson, »das haben Sie sich wirklich gut gemerkt!«

Ford, offensichtlich alles andere als amüsiert, beugte sich vor. »Erscheint es Ihnen nicht seltsam, Sir«, fragte er, »dass eben dieser Sinnspruch, den Sie in das Buch schrieben, auch in die Rückseite der Armbanduhr des Ermordeten eingraviert war?«

Henderson nickte. »Das ist in der Tat merkwürdig.«

»Aber eine Erklärung für diesen merkwürdigen Umstand haben Sie wohl nicht, Sir?«

»Ich fürchte, nein«, gab Henderson unumwunden zu. »Und selbst wenn ich eine hätte, würden Sie sie wohl kaum akzeptieren.«

Ford zuckte die Achseln. »Vielleicht darf ich erfahren, Sir, aus welchem Grund Sie gerade diesen Sinnspruch in das Buch schrieben?«

»Weil ich ihn bemerkenswert fand und ihn nicht vergessen wollte.«

»Das heißt also, Sir, Sie haben ihn irgendwo gelesen und dann niedergeschrieben?«

»Genau das«, bestätigte Henderson. »Was ist daran auszusetzen, Inspektor?«

Ford überging diese Frage und erkundigte sich seinerseits: »Wo haben Sie den Spruch gelesen, Sir? In einem Buch?«

»Vermutlich«, sagte Henderson leichthin. »Wo denn sonst?«

»Nun, ich überlegte mir eben«, meinte Ford nachdenklich, »dass es ein Sinnspruch ist, wie man ihn auf Grabsteinen findet.«

»Richtig, Inspektor«, sagte Henderson und lächelte entwaffnend, »er würde auch ausgezeichnet auf einen Grabstein passen. Ich hätte nichts dagegen, ihn dereinst auf meinen Grabstein zu bekommen.« Er blickte auf seine Uhr und erhob sich. »Wenn Sie mich jetzt entschuldigen möchten, Inspektor – auch am letzten Tag vor den Ferien müssen die Unterrichtsstunden pünktlich beginnen.«

Ford stand ebenfalls auf. »Sie werden während der Ferien nicht verreisen, Sir?«

»Nein, ich bleibe die ganze Zeit hier und stehe ständig zu Ihrer Verfügung.«

»Freut mich, das zu hören, Sir«, entgegnete der Inspektor ruhig, setzte sich seinen Hut auf, nickte Henderson zu und verließ das Zimmer.

Auf dem Rückweg nach Medlow gestand sich Ford ein, dass es ihm eine große Erleichterung wäre, wenn er wenigstens ein schwaches Licht am Ende des langen finsteren Tunnels entdecken könnte, zu dem sich der Mordfall Rocello entwickelt zu haben schien.

Wüsste ich doch nur, dachte er, welche Rolle dieser verwünschte Henderson in der Sache spielt.

8

Ein billiges amerikanisches Köfferchen in der Hand, schob sich Chris Reynolds durch den Ausgang des bescheidenen Bahnhofsgebäudes von Medlow und beäugte geringschätzig den stillen Bahnhofsvorplatz und die ziemlich verlassen daliegende Hauptstraße. Was, um alles in der Welt, mochte Billie, seine Halbschwester, veranlasst haben, sich in dieses verschlafene Kaff zurückzuziehen? Nur ein einziges Kino, keine Tanzcafés, keine Bars mit Glücksspielautomaten – nichts, was einem Mann seines Schlages das Leben erst lebenswert macht!

Womit verbringt Billie in diesem tristen Loch bloß ihre Zeit, fragte er sich. Das Hausboot dient ihr doch sicher nur als Platz zum Schlafen. Na ja, sie wird schon ihre Gründe haben – hahaha!

Er hielt einen Passanten an und fragte nach dem Weg zum Fluss.

Chris war, wie leider nicht verschwiegen werden kann, einer jener Typen, die sowohl der Polizei wie auch den braven Steuerzahlern allerlei Kummer bereiten. Geregelten Beschäftigungen ging er nur ungern und höchst selten nach; lieber widmete er sich bald dieser, bald jener zwielichtigen und nicht ganz sauberen Verdienstmöglichkeit, bei der sich auf einen Schlag gutes Geld machen ließ – oder auch nicht, je nachdem. Geld jedenfalls hatte er nie genug. Da gab es die Kinos, die Tanzcafés, die Mädchen, die Glücksspielautomaten, die Saufereien, nicht zu vergessen die Pferderennen, bei denen man, immer in der Hoffnung auf den ganz großen Coup, einstweilen bedauerlicherweise mehr verlor als gewann.

Anzusehen war er auf den ersten Blick aus gewisser Entfernung gar nicht so schlecht. Eine kritische Betrachtung zeigte dann allerdings, dass seine Augen zu dicht beieinander standen, dass sein Kinn dick und doch weichlich war und der Mund lasterhaft. Schwarze Koteletten, die bis unter die Ohren hinabreichten, zierten seine recht rundlichen Wangen. Seine lange, dichte schwarze Mähne, die er in Abständen von etwa zwanzig Minuten mit schwungvollen Bewegungen zu kämmen pflegte, war stark pomadisiert. Natürlich bevorzugte er extrem enge Röhrenhosen, handbemalte Krawatten, auffallend karierte Jacketts mit wuchtig ausgestopften Schultern und Schuhe mit überdicken Kreppsohlen.

Einem stillschweigenden Übereinkommen zufolge sahen sich

die Halbgeschwister Reynolds nur dann, wenn einer von ihnen irgendetwas vom anderen wollte. Meistens – oder genauer gesagt, fast immer – war es Chris, der ein Anliegen hatte. Fast immer auch dasselbe Anliegen übrigens: ein wenig – oder etwas mehr – Geld zu leihen, was allerdings, wie zu seiner Ehre vermerkt werden muss, seit beinahe zehn Monaten nicht mehr der Fall gewesen war. Er hatte die liebenswerte Angewohnheit, seine Halbschwester bei diesen Gelegenheiten mit kleinen Gegengaben zu erfreuen – eine Geste zwar nur, aber bei einem Mann seines Schlages immerhin anzuerkennen; diesmal enthielt sein Köfferchen ein beachtliches Sortiment Nylonstrümpfe, dem keinesfalls anzusehen war, dass es aus einem Einbruchdiebstahl herrührte – Hehlerware natürlich, denn für das Risiko der schmutzigen Arbeit, für den Einbruch selbst, war ein Mann wie Chris nicht geschaffen.

Unnötig zu sagen, dass er sich dem Hausboot mit gewohnheitsmäßiger Vorsicht näherte und dass er scharf nach allen Seiten Ausschau hielt, ehe er sich an Bord begab. Dann allerdings verschwendete er keine Zeit auf Förmlichkeiten, sondern suchte sofort die Tür zum Salon, fand sie unverschlossen und trat ein.

Die luxuriöse Ausstattung dieses Raumes nötigte ihm einiges Erstaunen ab – Billie schien sich seit dem letzten Male beachtlich verbessert zu haben. »He, Billie«, rief er in jenen nasalen Tönen, die er durch den allzu häufigen und intensiven Genuß amerikanischer Filme angenommen hatte, »wo steckst du?«

Es kam keine Antwort. Nachdem er vergeblich im Schlafzimmer, in der Kombüse und dem winzigen Bad nachgesehen hatte, kehrte Chris in den Salon zurück und kratzte sich nachdenklich am Kinn. Irgendwie wollte es ihm seltsam erscheinen, dass von Billie so gar nichts zu sehen war. Er wäre nicht imstande gewesen, einen Grund für sein Unbehagen zu nennen. Aber er hatte jenes mulmige Gefühl, das ihn jedesmal überkam, wenn irgendetwas nicht stimmte.

Dann entdeckte er die Bar, und er fühlte sich augenblicklich erleichtert. Als er sich wohlgemut dem sympathischen Möbel nähern wollte, das eine Fülle von Genüssen verhieß, trat er unversehens auf einen kleinen Gegenstand, bückte sich und hob ihn auf. Es war eine Schachfigur.

Einigermaßen verwundert betrachtete Chris seinen Fund. Dann zündete er sich eine Zigarette an und grinste. Eine etwas merkwürdige Nummer war Billie zwar schon immer. Aber Schach, das fühlte er mit absoluter Sicherheit, Schach war bestimmt nie ihre Sache gewesen …

»Das können ja reizende Ferien werden!«, murmelte Inspektor Ford sorgenvoll vor sich hin, während er unruhig in seinem Wohnzimmer auf und ab ging. »Klappt mir der Junge gleich am ersten Abend mit einer Magenkolik zusammen!« Roger hatte nämlich bei der Rückkehr von einem ausgedehnten Nachmittagsstreifzug über Kopfschmerzen und Übelkeit geklagt und so erbärmlich ausgesehen, dass der bestürzte Vater sofort den Arzt herbeitelefonierte.

Ford unterbrach sein ruheloses Hin- und Herwandern, als er draußen im Flur Dr. Sheldons Stimme sagen hörte: »Dann also gute Nacht, Roger.« Gleich darauf betrat der Doktor das Wohnzimmer, lächelte Ford beruhigend zu und erklärte: »Ich an Ihrer Stelle würde mir wegen dieses jungen Mannes keine schlaflose Nacht machen, Inspektor.«

»Aber was hat er denn bloß?«, fragte Ford. »Er krümmte sich ja richtig vor Schmerzen, als er nach Hause kam, und war ganz blass im Gesicht.«

Dr. Sheldon lachte. »Etwas überfressen hat er sich, mit Verlaub zu sagen. Er gestand mir, er habe im Lauf seines ausgedehnten Spazierganges, weil es so furchtbar heiß gewesen sei, nach und nach nicht weniger als sechs Portionen Schokoladeneis gegessen und außerdem vier Glas Orangeade getrunken.«

»Da soll doch aber –«, wollte Ford auffahren.

»Ruhig, ruhig«, mahnte der Doktor, »nur keine Aufregung, Inspektor. Und erwähnen Sie ihm gegenüber nicht, dass Sie von seiner – hm – kulinarischen Ausschweifung wissen. Er vertraute mir die Sache unter dem Siegel der Verschwiegenheit an, und ich habe ihm volle Diskretion zugesichert.«

Ford lächelte und nickte. »Schön – Sie haben mir also nichts gesagt, Doktor. Er ist sonst sehr genügsam. Was mag ihn nur zu dieser Maßlosigkeit veranlasst haben?«

»Die Freude über seinen großen Erfolg in der Schule. Dass er ein halbes Jahr überspringen wird, meine ich. Er hat von mir ein paar Opiumtropfen und etwas doppeltkohlensaures Natrium bekommen und fühlt sich schon wieder besser. Morgen wird er vermutlich frisch und munter sein wie ein Fisch im Wasser.« Schon zum Gehen bereit, hielt Dr. Sheldon an der Tür noch einmal inne und fragte: »Übrigens, Inspektor – haben Sie in den letzten Tagen zufällig unseren Freund Henderson gesehen?«

»Ja«, erwiderte Ford etwas überrascht. »Gestern habe ich mit ihm gesprochen.«

»Bei mir war er am Montag in der Sprechstunde«, sagte Dr. Sheldon. »Er suchte mich wegen einer leichten Muskelzerrung in der Schulter auf.«

»Erwähnte er dabei irgendetwas?«

»Ja. Er sagte, irgendwer hätte Ihnen gegenüber behauptet, ihn am Mittwochmorgen letzter Woche bei Coopers Hausboot gesehen zu haben. Er gab meiner Nichte und mir zu verstehen, dass er nicht wüsste, wer das behauptet habe, und bezeichnete das Ganze als lächerlich.«

»Was meinte Miss Walters dazu?«

»Sie versicherte mir nachher, sie sei fest davon überzeugt, dass es Henderson war, den sie gesehen hat.«

Ford nickte. »Daran kann es keinen Zweifel geben. Es war Henderson. Wie verhielt er sich, als er mit Miss Walters sprach?«

»Oh, überaus nett und freundlich. Katherine schien ihn, unter uns gesagt, sehr sympathisch zu finden.«

»Das überrascht mich nicht«, bemerkte Ford trocken.

»Er ist aber auch ein überaus sympathischer Kerl«, murmelte Dr. Sheldon und wandte sich endgültig der Tür zu. »Morgen früh schaue ich Rogers wegen vorsichtshalber noch einmal herein. Aber ich bin sicher, dass Sie sich um ihn keine Sorgen zu machen brauchen.«

Etwa fünf Minuten, nachdem Dr. Sheldon gegangen war, klingelte es. Ford öffnete die Tür und sah sich Chris Reynolds gegenüber – ein Anblick, der ihn nicht sonderlich erfreute.

»Inspektor Ford?«, fragte Chris munter.

»Ja, ich bin Inspektor Ford. Und wer sind Sie?«

»Ich hätte Sie gerne mal gesprochen, Inspektor«, erklärte Chris, ohne auf Fords Frage einzugehen.

»So? Und wer schickt Sie?«

»Niemand schickt mich. Auf der Polizeistation hieß es, Sie wären schon nach Hause gegangen, und da suchte ich mir Ihre Adresse aus dem Telefonbuch heraus. Kann ich eintreten?«

»Ja«, sagte Ford. »Wie heißen Sie?«

»Chris Reynolds.« Chris schlurfte durch den Flur in das Wohnzimmer, wo er sich sorglos und wie selbstverständlich auf der Armlehne des besten Sessels niederließ.

»Tun Sie ganz, als wären Sie zu Hause, Mr. Reynolds«, bemerkte Ford ironisch. »Was führt Sie zu mir?«

»Sie kennen mein Schwesterchen – eh?« Das war eher eine Feststellung als eine Frage.

»Ihre Schwester? Ich glaube nicht. Wer ist Ihre Schwester?«

»Meine Halbschwester, sollte ich sagen. Billie Reynolds, die draußen am Fluss das Hausboot *Shangri-La* hat.«

»Ach so. Ja, ich kenne sie.«

»Also – Billie ist verschwunden!«

»Verschwunden? Möchten Sie mir das nicht etwas genauer erklären, Mr. Reynolds? Erzählen Sie mir alles, was Sie darüber wissen.«

»Leicht gesagt, Inspektor«, erwiderte Chris. »Ich weiß eben nur, dass sie verschwunden ist. Einfach weg ist sie! Und das gefällt mir gar nicht.«

»Seit wann ist sie verschwunden?«, fragte Ford.

Chris hob die wohlwattierten Schultern. »Keine Ahnung, Inspektor. Ich traf gestern Nachmittag hier ein, in der Erwartung, vom lieben Schwesterchen mit offenen Armen empfangen zu werden. Aber was fand ich vor? Ein verlassenes Hausboot und keine Spur von Billie.«

»Wurden Sie von Miss Reynolds erwartet?«

»Nicht direkt. Sie hatte mir bei unserer letzten Begegnung gesagt, ich könne sie hier mal besuchen. Das war vor ungefähr vier Wochen in London.«

»Waren Sie schon mal hier?«

»Nein. Und ich gedenke auch nicht zu bleiben. In London warten bald wieder Geschäfte auf mich. Ich hätte nur gerne gewusst, was mit Billie ist, ehe ich wieder abhaue.«

»Was lässt Sie vermuten, dass mit Miss Reynolds etwas nicht in Ordnung ist?«, fragte Ford und fixierte Chris. »Zum Beispiel könnte sie doch verreist sein?«

»Nicht doch, Inspektor! Wäre sie verreist, hätte sie bestimmt etwas zum Anziehen mitgenommen, nicht wahr? Scheint aber alles da zu sein – Kleiderschrank und Wäschetruhe sind übervoll, daraus fehlt nichts. Außerdem hätte sie wohl auch das Boot abgeschlossen – ich meine die Tür zum Salon.«

»Die Tür war nicht abgeschlossen?«

»Nein. Wie wäre ich denn sonst hineingekommen? Ich sagte ja schon, dass ich gestern Nachmittag in Medlow eingetroffen bin. Nun – und seitdem habe ich mich, bis jetzt vor einer Stunde, ununterbrochen auf dem Boot aufgehalten, über vierundzwanzig Stunden im Ganzen. Übrigens stinklangweilig dort draußen!

Ganz still bis auf das ewige Gegluckse des Wassers rings um das Boot.«

»Ihrer Stiefschwester scheint es zu gefallen«, meinte Ford. »Sie wohnt schon seit einem Jahr auf dem Boot.«

Chris grinste. »Komisch, nicht wahr? Passt gar nicht zu Billie, wie sie früher war. Möchte wetten, unsere kleine Billie hat hier in der Nähe einen reichen Freier. Sonst hielte sie es doch in dieser trostlosen Einsamkeit gar nicht aus. Mal unter uns, Inspektor – hat sie hier einen Freund?«

»Nicht, dass ich wüsste.«

»Schade, dass Sie nichts davon wissen. Der Herr hätte uns vielleicht helfen können, Billie zu finden.« Chris schwieg, brachte einen ziemlich großen Kamm zum Vorschein und kämmte sich die schwarze Mähne. Als er den Kamm wieder wegsteckte, kam seine Hand mit einer Schachfigur aus der Tasche zurück. Die Figur achtlos zwischen den Fingern drehend, meinte er nachdenklich: »Wie ich meine Schwester kenne, muss sie hier einen Freund haben. Andernfalls wäre sie gar nicht hier. Und wovon sollte sie sonst hier draußen leben?«

»Hat sie Ihnen gegenüber denn mal so etwas erwähnt? Von einem Freund, meine ich?«

»N-ein«, entgegnete Chris zögernd, »das gerade nicht. Über solche Sachen schweigt man doch lieber. Aber ich weiß, dass es bei ihr immer zumindest einen reichen Freier im Hintergrund gibt. Wie hätte sie mir zum Beispiel denn sonst –«, er hielt inne, als wäre ihm plötzlich bewusst geworden, dass diese Angelegenheit eigentlich nicht hierher gehöre.

»Reden Sie ruhig weiter«, ermunterte ihn Ford, »wir sind ja unter uns.«

»Na ja«, meinte Chris und begann von einem Ohr bis zum anderen zu grinsen, »im vorigen Jahr war ich mal in einer geschäftlichen Klemme und brauchte dringend fünfzig Pfund. Zufällig traf ich Billie in London, und Billie versprach mir, das Geld binnen drei Tagen zu beschaffen. Das tat sie auch. Natürlich –«, Chris hüstelte vornehm, »habe ich nicht gefragt, woher sie es hatte. Aber es stammte bestimmt von einem Freier.«

»Wer dieser Freier gewesen sein könnte, ahnten Sie wohl nicht?«

Chris schüttelte den Kopf. »Nein, das ahnte ich nicht. Es interessierte mich auch nicht. Mir war nur wichtig, dass ich die fünfzig Pfund rechtzeitig bekam.«

»Wann, sagten Sie, haben Sie Ihre Stiefschwester zuletzt gesehen?«, fragte Ford.

»Vor ungefähr vier Wochen. Wir trafen uns in London zufällig auf der Straße. Bei dieser Gelegenheit lud sie mich ein, irgendwann mal hier herauszukommen und mir ihr Hausboot anzusehen.«

Ford erhob sich. »Nun gut, Reynolds. Ich werde Ermittlungen einleiten. Sowie ich etwas weiß, benachrichtige ich Sie. Bleiben Sie einstweilen noch auf dem Hausboot?«

Auch Chris stand auf. »Höchstens bis übermorgen Nachmittag. Aber bevor ich abfahre, komme ich zur Polizeistation, um mich zu erkundigen, was es Neues gibt. Dort hinterlasse ich dann auch meine Londoner Adresse. Recht so?« Ford nickte, und Chris ging zur Tür. Plötzlich blieb er stehen und drehte sich zu Ford um. »Sehen Sie mal, Inspektor«, sagte er und hielt Ford die Schachfigur hin, »dieses Ding habe ich in Billies Salon gefunden. Kann mir nicht vorstellen, was es dort zu suchen hatte.«

»Eine Schachfigur«, murmelte Ford verwundert, »Spielt Ihre Stiefschwester denn Schach?«

Chris lachte. »Billie spielt allerlei, aber bestimmt nicht Schach!«

»Würden Sie mir diese Figur dalassen?«, fragte Ford.

»Hier haben Sie sie, Inspektor. Was soll ich mit dem Ding? Und ich höre von Ihnen, wenn Sie etwas herausfinden, nicht wahr?«

»Ja, Sie hören von uns.«

Die Tür schloss sich hinter Chris Reynolds. Inspektor Ford

aber stand da, voll und ganz in die Betrachtung der kleinen Schachfigur versunken …

»War Canasta das einzige Spiel, mit dem Sie sich auf Miss Reynolds Hausboot die Zeit vertrieben, Sir?«, fragte Ford und blickte Mr. Ralph Merson scharf in die Augen.

Nervös auf der Stuhlkante herumrutschend, stammelte Merson: »Ich – äh – ich verstehe nicht recht, Inspektor?«

Ford zog die Schachfigur aus der Tasche und hielt sie Merson hin. »Haben Sie diese Schachfigur je gesehen?« Merson schüttelte den Kopf. »Sind Sie dessen ganz sicher?«, wollte Ford wissen.

»Unbedingt!«, erklärte Merson. »Wo sollte ich sie denn schon gesehen haben?«

»Darauf komme ich noch, Sir. Spielen Sie Schach?«

»Nein, noch nie in meinem Leben habe ich Schach gespielt. Aber – äh – was sollen alle diese Fragen, Inspektor? Hat – hat die Schachfigur irgendetwas mit Billie Reynolds zu tun?«

»Hmm – jedenfalls wurde sie im Salon des Hausbootes *Shangri-La* gefunden.«

»Merkwürdig, äußerst merkwürdig«, sagte Merson. »Trotzdem verstehe ich noch nicht, was das – äh – mit mir zu tun haben könnte?« Plötzlich schien ihm eine Erleuchtung zu kommen. »Sagen Sie, Inspektor – ist Billie Reynolds – äh – etwas zugestoßen?«

»Verschwunden ist sie«, erwiderte Ford geradeheraus.

»Ver-schwunden?«, jappte Merson. »Woher wissen Sie das?«

»Billies Stiefbruder hat es mir erzählt.«

»Billies Stiefbruder? Ich wusste gar nicht, dass sie einen Stiefbruder hat.«

»Hat sie aber«, versicherte Ford. »Und ich, an Ihrer Stelle, würde um diesen Herrn einen weiten Bogen machen.«

»Das entspräche durchaus meinen Intentionen«, bekannte Merson unverhohlen. »Ich hege nicht das mindeste Interesse für Billies Stiefbruder oder ihre sonstige Verwandtschaft.«

»Das nahm ich sowieso nicht an, Sir«, erklärte Ford. »Doch dieser Stiefbruder scheint seinerseits ein starkes Interesse für Sie zu hegen, Mr. Merson!«

Merson zuckte merklich zusammen. »Wie – wie kommen Sie darauf, Inspektor?«

»Oh – er erkundigte sich sehr genau, ob Billie einen reichen Freund hätte.«

»Großer Gott«, murmelte Merson bestürzt. »Sie haben ihm doch hoffentlich nicht erzählt –«

»Nichts habe ich ihm erzählt«, sagte Ford. »Trotzdem möchte ich Sie warnen, Sir! Falls Chris Reynolds, so heißt dieser Stiefbruder, sich irgendwie mit Ihnen in Verbindung setzen will – halten Sie ihn sich vom Leibe! Er scheint eine höchst unerfreuliche Persönlichkeit zu sein.«

»Wieso mag er gefragt haben, ob – äh – Billie einen Freund hat?«, erkundigte sich Merson mit bebender Stimme. Die Angst eines ältlichen Lebemannes vor einem Skandal schien ihn befallen zu haben.

»Er mag angenommen haben, Billie sei mit ihrem Freund verreist oder hielte sich bei ihm auf.«

»Ach so, natürlich«, sagte Merson und zeigte sich ein wenig erleichtert. »Übrigens habe ich Billie seit Mittwoch voriger Woche nicht gesehen.«

»Haben Sie irgendeine Ahnung, Sir, wo sie sein könnte?«

Merson schüttelte den Kopf. »Nicht die geringste.«

»Jetzt, Sir, muss ich Ihnen eine peinliche Frage stellen, die Sie mir nicht verübeln dürfen. Halten Sie es für möglich, dass Billie außer Ihnen noch andere – hm – Bekanntschaften hat?«

Überraschend kühl und unbeteiligt erwiderte Merson: »Das weiß ich nicht, Inspektor.«

»Hm – nun etwas ganz anderes, Sir. Haben Sie Billie im Spätsommer vorigen Jahres fünfzig Pfund geliehen?«

»Nein«, sagte Merson prompt. »Warum fragen Sie?«

»Oder hat Billie seinerzeit versucht, sich von Ihnen fünfzig Pfund zu leihen?«

Merson zögerte. »Das allerdings. Im September vorigen Jahres, ja. Aber ich lehnte es ab, ihr das Geld zu geben.«

»Von wem könnte sie es dann bekommen haben?«

Merson zuckte die Achseln und machte ein verdrießliches Gesicht. »Keine Ahnung, Inspektor. So weit besaß ich Billies Vertrauen nicht.«

»Ich weiß aber, dass sie sich anderweitig fünfzig Pfund geliehen hat«, sagte Ford abschließend und erhob sich. »Ich werde Sie verständigen, Sir, wenn sich irgendetwas Neues ergibt. Und falls Billie sich bei Ihnen meldet, rufen Sie mich unverzüglich an, nicht wahr?«

»Sehr wohl, Inspektor«, murmelte Merson in ungewohnter Demut und befingerte nervös seinen Schlipsknoten. »Sie glauben doch hoffentlich nicht, dass es – äh – dass es Grund zur Besorgnis gibt?«

»In welcher Hinsicht, Sir?«

»Ich meine, dass Billie irgendetwas zugestoßen sein könnte?«

»Was sollte ihr zugestoßen sein?«, fragte Ford und beobachtete Merson sehr genau.

»Ich weiß nicht – äh – ich dachte nur«, erwiderte Merson achselzuckend. »Man kommt doch manchmal auf solche Gedanken.«

»Ich, an Ihrer Stelle, Sir«, sagte Ford, »würde mir keine unnützen Gedanken machen.«

Wieder zu Hause angelangt, setzte sich Ford mit seiner Lieblingspfeife in seinen Lieblingssessel und begann zu grübeln. Die Lösung des Rätsels schien immer noch in weiter Ferne zu liegen. Ford ließ die Hauptbeteiligten an seinem geistigen Auge vorüberziehen: Ralph Merson, hochmütig und voller Angst vor einem Skandal; Billie, die plötzlich spurlos verschwunden war; Chris Reynolds, den durchtriebenen, zwielichtigen Burschen, der sicherlich allerlei Dreck am Stecken hatte; David Henderson, der bisher auf keine der verfänglichen Fragen eine befriedigende Antwort zu geben vermochte; schließlich Mr. James Cooper, der immer noch eine völlig unbekannte Größe darstellte.

Ford seufzte. Er wusste nur allzu gut, dass ihm – sollte sich nicht bald ein Hoffnungsschimmer zeigen – demnächst zur weiteren Bearbeitung des Falles ein Beamter von Scotland Yard beigeordnet werden würde – einer jener neunmalklugen Großstadtdetektive mit der überlieferten Geringschätzung für ländliche Polizeimethoden.

Seine Gedankengänge wurden jäh unterbrochen, als die Tür sich auftat und Roger im Zimmer erschien, immer noch ein bisschen blass im Gesicht, aber offensichtlich schon wieder ganz guter Dinge.

»Nanu, Junge – was treibt dich denn aus dem Bett?«, lauteten die Begrüßungsworte des leicht verwunderten Vaters.

»Ach, Dad, ich habe Durst«, begann Roger mit kläglicher Stimme, »und –«

»Ich werde dir ein Glas Wasser bringen«, unterbrach ihn der Vater. »Geh nur schnell wieder ins Bett.«

»Lieber würde ich ja ein Glas Orangeade trinken, Dad – falls es dir nichts ausmacht?«

»Das kann ich mir denken«, lachte Ford. »Gut, ich bringe dir eine. Aber Schokoladeneis, mein Lieber, haben wir nicht im Haus!«

»Oh, du weißt?«, fragte Roger bestürzt. »Dr. Sheldon wollte doch –«

»Der Doktor hat nichts verraten! Aber wozu wäre ich Detektiv, wenn ich nicht mal meinem ungeratenen Sohn auf die Schliche käme? Wie fühlst du dich denn jetzt, du zügelloser Schokoladeneisvertilger?«

»Ach danke, Dad, schon viel besser.«

»Na fein, mein Junge. Doch nun geh schnell wieder ins Bett. Ich bringe dir deine Orangeade.«

Roger rührte sich nicht vom Fleck. Verwundert betrachtete er die kleine Schachfigur, die ziemlich verloren auf dem Tisch stand. Schließlich fragte er: »War denn Mr. Henderson hier?«

Ford war überrascht. »Nein. Wie kommst du darauf?«

»Da steht doch eine seiner Schachfiguren.«

»Diese?« Ford nahm die Figur vom Tisch und hielt sie Roger hin. »Warum glaubst du, es sei eine von Mr. Hendersons Schachfiguren?«

»Ich erkenne sie wieder. Ich habe oft mit Mr. Henderson Schach gespielt. Es ist der weiße Bauer mit dem Kratzer an der einen Seite.«

Ford untersuchte die Figur genau. »Du hast Recht, Roger«, murmelte er, »es ist der weiße Bauer mit dem Kratzer an der Seite.«

Mrs. Williams sagte: »Mr. Henderson wird nicht lange ausbleiben, Sir. Er ist nur eben ins Hauptgebäude hinübergegangen.«

»Ja danke, Mrs. Williams«, erwiderte Ford, »ich werde warten.«

»Darf ich Ihnen irgendeine Erfrischung bringen, Sir?«

»Nein danke, Mrs. Williams. Aber sagen Sie – kennen Sie zufällig eine gewisse Billie Reynolds?«

Mrs. Williams schien ein wenig indigniert. »Doch, diese Lady kenne ich«, sagte sie in einem Ton, als spräche sie eigentlich nicht gerne darüber. »Sie hat Mr. Henderson erst vor wenigen Tagen einen Besuch abgestattet.«

»Ah, wirklich?«, fragte Ford interessiert. »Aber weshalb sie Mr. Henderson besuchte, wissen Sie wohl nicht?«

»Nein, das weiß ich nicht«, gab Mrs. Williams ziemlich spitz zurück, argwöhnisch geworden durch des Inspektors allzu offensichtliches Interesse. »Danach werden Sie Mr. Henderson persönlich fragen müssen. Gewiss ist er gleich wieder da.« Als sie eben die Türe öffnete, um hinauszugehen, erschien Henderson mit einem Stoß Bücher unter dem linken Arm und einem Stapel Briefe in der rechten Hand.

»Hallo, Inspektor«, sagte er ohne besondere Überraschung. Dann gab er Mrs. Williams den Briefstapel. »Würden Sie so nett sein, Mrs. Williams, diese Briefe recht bald zur Postnebenstelle zu bringen?«

Mrs. Williams nahm die Briefe entgegen und entfernte sich schnell, allerdings nicht ohne den Inspektor mit einem letzten missbilligenden Blick über die Schulter zu bedenken.

Unbeeindruckt von Fords strenger Miene lächelte Henderson dem Inspektor zu und wies auf einen Stuhl. »Was kann ich heute für Sie tun, Inspektor?«, fragte er, indem er sich hinter seinen Schreibtisch setzte und seine Pfeife zu stopfen begann.

Ford, der ihm gegenüber Platz genommen hatte, sagte in ernstem Ton: »Zunächst dieses, Sir – kennen Sie eine Miss Reynolds?«

Henderson lachte. »Freilich kenne ich sie«, lautete seine recht belustigte Antwort. »Diese Lady bewohnt ein Hausboot und hat uns im vorigen Sommer einigen Kummer bereitet. Sie pflegte nämlich immer gerade dann zu baden, wenn unsere Jungen zum Schwimmen in der Nähe waren. Und damit verursachte sie, oder vielmehr ihr überaus sparsamer Badeanzug, eine kleine Sensation.«

»Wann haben Sie sie zuletzt gesehen?«, fragte Ford.

»Am Montag dieser Woche«, bekannte Henderson freimütig.

»Wo?«

Henderson seufzte. »Gott sei's geklagt«, sagte er mit nachsichtigem Lächeln, »es geschah in diesem Zimmer! Miss Reynolds kam, um mir einen Vergleich anzubieten. Es bedrücke sie, gab sie mir zu verstehen, dass wir unseren Jungen nach den Zwischenfällen im vorigen Sommer verboten hätten, in der Nähe ihres Hausbootes zu schwimmen, obwohl doch gerade dort der Fluss am schönsten sei. Aber wir könnten das Verbot getrost wieder aufheben. Sie verspräche jedenfalls, Zurückhaltung zu üben und sich künftighin nur in einem sehr züchtigen Badeanzug zu zeigen.«

»War dieser – äh – Vorschlag der einzige Grund für ihren Besuch?«

»Ja. Aber weshalb alle diese Fragen über Billie Reynolds?«

»Sie ist verschwunden, Sir!« Ford bellte es förmlich hinaus.

»Oh! Aber ich fürchte, bei mir werden Sie sie nicht finden, Inspektor.«

Ohne den geringsten Anflug eines Lächelns fragte Ford weiter: »Haben Sie Billie Reynolds je besucht, Sir?«

Henderson nickte. »Ja, im vorigen Sommer anlässlich der Bikini-Affäre. Unser Direktor schickte mich hin, um ihr ins Gewissen zu reden. Viel Erfolg hatte ich damit nicht.«

»Sie waren nicht kürzlich bei ihr?«

»Großer Gott – nein!«, rief Henderson. »Wir tauschten doch keine gegenseitigen Besuche aus!«

Ford blickte Henderson scharf in die Augen. »Spielen Sie Schach, Sir?«

»Allerdings«, entgegnete Henderson befremdet. »Wieso fragen Sie?«

»Besitzen Sie ein Schachspiel?«

»Freilich.«

»Darf ich es sehen?«

Henderson hob die Augenbrauen, verwundert und amüsiert zugleich. »Was hat denn das nun wieder zu bedeuten, Inspektor?«

»Darf ich Ihr Schachspiel sehen, Sir?«, wiederholte Ford.

Henderson zuckte die Achseln. »Nun«, sagte er, »ich nehme an, Sie haben einen triftigen Grund für Ihr Verlangen.« Er bückte sich und holte das Schachbrett und das Kästchen mit den Schachfiguren aus einem Schreibtischfach. »Da haben wir es, Inspektor. Übrigens besitze ich außerdem noch ein paar Kartenspiele, ein Domino- und ein Damespiel. Möchten Sie auch diese sehen?«

»Nein«, bellte Ford, öffnete das Kästchen, schüttete die Figuren aus und begann, sie auf das Schachbrett zu setzen. Schließlich verkündete er: »Hier fehlt ein weißer Bauer!«

»Oh – vielleicht ist er noch im Kasten?«

»Nein, Sir – er ist nicht im Kasten«, erwiderte Ford, zeigte den leeren Kasten vor und holte mit der anderen Hand die Schachfigur, die er von Chris Reynolds erhalten hatte, aus der Tasche. »Hier ist der fehlende weiße Bauer, Mr. Henderson. Er wurde in Billie Reynolds Hausboot gefunden!«

Henderson schien völlig unberührt. Er ließ sich die Schachfigur von Ford aushändigen, betrachtete sie eingehend, gab sie dem Inspektor zurück und sagte: »Tut mir Leid, aber ich glaube nicht, dass diese Figur mir gehört. Sie gleicht zwar meinen Figuren, aber das besagt nichts. Alle normalen Schachfiguren gleichen einander, sie werden ja zu Tausenden nach den gleichen Mustern hergestellt. Gedulden Sie sich einen Augenblick, Inspektor, ich will noch einmal nachsehen.« Er erhob sich, begann zwischen den Bücherstapeln und Papieren auf seinem Schreibtisch herumzukramen und brachte nach kurzem Suchen tatsächlich eine Schachfigur zum Vorschein. Es war ein weißer Bauer. »Da hätten wir ihn«, erklärte Henderson heiter und setzte den Bauern auf das leer gebliebene Feld des Schachbretts. »Jetzt ist es komplett.«

»Nun, Bob, was meinen Sie dazu?«, fragte Ford. Er saß mit Broderick in seinem Büro.

»Schwer zu sagen«, meinte Broderick achselzuckend. »Henderson kann eine oder mehrere Reservefiguren besitzen. Aber wie sollen wir ihm irgendetwas beweisen? Solche Schachfiguren gibt es tatsächlich zu Tausenden.«

»Demnach hätte also Henderson in diesem Fall die Wahrheit gesagt«, sagte Ford nachdenklich. »Nun gut – machen wir uns mit dem Gedanken vertraut, dass ihm die Schachfigur tatsächlich nicht gehörte.«

»Dann müsste Ihr Sohn sich geirrt haben.«

»Warum nicht? Auch der Sohn eines Kriminalinspektors ist nicht unfehlbar.«

Broderick schüttelte nachdrücklich den Kopf. »Nein, nein und nein! Ich glaube nicht, dass Ihr Junge sich geirrt hat, und Sie, Mike, glauben es auch nicht! Roger wusste von dem Kratzer an der Seite. Es ist also Hendersons Figur! Und –«, Broderick hielt inne, da die Tür aufging und ein uniformierter Polizeibeamter eintrat.

Ford blickte den Beamten fragend an. »Was gibt's, Sanders?«

»Draußen ist ein Mr. Merson, der Sie sprechen möchte, Inspektor. Es sei dringend.«

»Merson – eh?«, knurrte Ford und wechselte einen bedeutungsvollen Blick mit Broderick. Dann nickte er und sagte zu Sanders: »Schicken Sie mir Mr. Merson herein.« Der Polizist ging hinaus. Ford raunte Broderick zu: »Sollte mich nicht wundern, wenn Billie sich bei ihm gemeldet hat.«

Bevor Broderick etwas antworten konnte, kam Merson hereingestolpert; er war allem Anschein nach äußerst erregt und keuchte, indem er ein kleines Päckchen aus der Tasche zerrte: »Tut mir Leid, Sie – äh – förmlich überfallen zu müssen, meine Herren. Aber soeben habe ich das hier mit der Post bekommen und –«, er entnahm dem Päckchen einen modernen, ziemlich auffallenden Goldohrring, »und ich dachte, Sie – äh – Sie sollten es sofort erfahren. Es ist nämlich einer der beiden Ohrringe, die ich Billie voriges Jahr zu Weihnachten geschenkt habe. Und außerdem lag diese Nachricht dabei.« Er reichte Ford einen Zettel.

Verwundert las Ford die Worte: *Wenn Sie den anderen finden wollen, suchen Sie beim Fallow End.*

»*Den anderen* – damit ist natürlich der zweite Ohrring gemeint«, erklärte Merson in kläglichem Ton. »Doch ich verstehe nicht, was das Ganze bedeuten soll! Wenn wir gelegentlich – äh – einen kleinen Streit hatten, drohte Billie, mir die Ohrringe zurückzugeben. Aber wir haben uns schon seit Monaten nicht mehr gestritten, und überhaupt, das ist gar nicht Billies Handschrift!«

Schweigend nahm Ford die Umhüllung des Päckchens auf und verglich die Schriftzüge der Adresse mit denen der Nachricht.

Dann betrachtete er den Poststempel. »Adresse und Nachricht sind in der gleichen Handschrift geschrieben«, sagte er schließlich, »und die Sendung wurde heute Nacht gegen zwei Uhr in London aufgegeben. Mr. Merson, wissen Sie zufällig, wo Miss Reynolds zu wohnen pflegte, wenn sie nach London kam?«

»Nein, nein – das weiß ich nicht«, erwiderte Merson nervös. »Im übrigen bin ich – äh – überzeugt, dass Billie nichts mit der Sendung zu tun hat, gar nichts. Was ist – äh – Fallow End? Ich muss diesen Namen schon gehört haben.«

»Fallow End«, mischte Broderick sich ein, »ist ein toter Themsearm bei Cane Lock, eine Art Bucht, ungefähr eine halbe Meile unterhalb der Stelle, wo die Hausboote liegen.«

Ford erhob sich. »Den Ohrring können Sie mitnehmen, Mr. Merson«, sagte er in einem Ton, der erkennen ließ, dass er Mersons Besuch als beendet anzusehen wünschte. »Aber die Notiz und die Umhüllung des Päckchens lassen Sie uns bitte hier. Wir werden sofort Ermittlungen einleiten und geben Ihnen Bescheid, sobald wir etwas Neues wissen.«

Merson nahm den Ohrring, schlich mit hängenden Schultern zur Tür, blieb einen Moment stehen und machte ein Gesicht, als hätte er gerne noch etwas gefragt, überlegte es sich aber wieder anders, nickte den beiden Beamten zu und verließ dann das Zimmer.

Broderick, der sich mit der Notiz und der Umhüllung des Päckchens beschäftigt hatte, sagte mit halblauter, erregter Stimme: »Mike – beidemal Hendersons Handschrift.«

»Ich weiß«, erwiderte Ford ruhig.

»Aber was, zum Teufel, hat das zu bedeuten?«, wollte Broderick wissen. »Weshalb sollte er den Ohrring an Merson –«

»Hören Sie, Bob«, unterbrach Ford, »ich wünsche eine Durchsuchung des Flusses! Holen Sie alle verfügbaren Polizeibeamten zusammen! Die ganze Strecke von Billies Hausboot bis zum Fallow End muss systematisch mit Schleppnetzen abgefischt werden!«

»Gut, Mike«, erwiderte Broderick mit skeptischem Unterton, »ich veranlasse sofort alles Nötige. Aber ich glaube nicht, dass wir damit Erfolg haben werden.«

»Nun – und was glauben Sie?«

»Ich glaube, Billie hat unseren Freund Merson abgehängt«, erklärte Broderick mit Entschiedenheit. »Ich möchte wetten, dass sie irgendwo in London sitzt – wahrscheinlich in einem verschwiegenen Hotel oder in einer noch verschwiegeneren Junggesellenwohnung, aber auf jeden Fall zusammen mit einem neuen Freier!«

»Ich wünschte, Bob, Sie hätten Recht«, entgegnete Ford. »Aber ich glaube es nicht. Ich glaube, Billie ist tot, und wir werden ihre Leiche aus dem Fluss fischen.«

»Zehn Schilling will ich wetten, dass wir alles Mögliche aus dem Fluss fischen, aber nicht Billie!«, sagte Broderick überzeugt.

»Sie werden Ihr Geld verlieren, Bob«, verhieß Inspektor Michael Ford.

Ford stand am Flussufer beim Fallow End und starrte Billie Reynolds Leiche an. Sie hatte, seiner Meinung nach, etwa drei oder vier Tage im Wasser gelegen.

Ford seufzte. Welche Ironie des Schicksals, dachte er, dass Billies Dasein in eben demselben Fluss hatte enden müssen, auf dem sie in solch verschwenderischem und unverdientem Luxus dahingelebt hatte. Im Leben war sie ein ausgekochtes, berechnendes, selbstsüchtiges und unnützes Ding gewesen. Jetzt, im Tode, sah sie Mitleid erregend aus. Ford konnte sich, sosehr er in seiner langen Laufbahn gegen den Anblick von Leichen aller Art abgestumpft war, eines gewissen Bedauerns nicht erwehren.

Die Ankunft des Ambulanzwagens mit seinem gellenden Sirenengeheul riss den Inspektor aus seinen Betrachtungen. Billie Reynolds hatte aufgehört, Billie Reynolds zu sein. Sie war zu einer neuen Komplikation im Mordfall Rocello geworden und zu einem Objekt, an dem nun der amtliche Leichenbeschauer seine Untersuchungen vornehmen und die übrigen Formalitäten vollziehen würde.

Inspektor Ford und Sergeant Broderick fuhren nach Medlow zurück. »Meines Erachtens hat sie drei bis vier Tage im Wasser gelegen«, sagte Ford, »und Doktor Sheldon schien nach der ersten flüchtigen Untersuchung der gleichen Meinung zu sein.« Er hielt inne und fügte nach kurzem Schweigen bedeutungsvoll hinzu: »Vier Tage aber ist es auch her, dass sie Henderson aufgesucht hat.«

»Das weiß ich«, erwiderte Broderick und schüttelte den Kopf, »aber es ist mir unfasslich, dass Henderson es getan haben sollte! Sie kennen ihn besser als ich, Mike. Sagen Sie doch selbst – welchen Anlass müsste ein Mann wie Henderson gehabt haben, um diese abscheuliche Tat zu begehen?«

»Einen sehr schwerwiegenden«, bemerkte Ford gelassen, »nämlich – dass Billie ihn gesehen hat, als er Rocello in der Nacht zum Mittwoch voriger Woche auf Coopers Hausboot brachte.«

»Aber –«

»Ich werde mich noch einmal mit Henderson befassen«, fuhr der Inspektor fort, »und auch mit Mr. Merson sprechen. Sie, Bob, werden Chris Reynolds benachrichtigen.«

»Gut«, nickte Broderick. »Ich überlege mir nur, wie der ehrbare Chris es aufnehmen wird?«

»Ja, was meinen Sie wohl?«, fragte Ford zynisch. »Blutige Tränen wird er um sein Schwesterchen weinen.«

»… aber es kann durchaus Selbstmord gewesen sein, Inspektor«, widersprach Ralph Merson, ohne ein Hehl aus seiner peinlichen Betroffenheit zu machen. »Nach allem, was Sie mir über diese Sache sagten, sehe ich nicht ein, weshalb es nicht Selbstmord gewesen sein sollte – es sei denn, Sie verschweigen mir etwas.«

Ford schüttelte den Kopf. »Soweit wir die Sache übersehen, hat

Miss Reynolds keinen Anlass zum Selbstmord gehabt. Oder wüssten Sie mir einen Grund zu nennen, Sir?«

»Inspektor«, ächzte Merson und rang die knochigen Hände, »das alles ist so scheußlich für mich –«

»Gewiss, Sir«, unterbrach Ford, »aber Sie werden dennoch die Güte haben, meine Frage zu beantworten!«

Merson machte ein unwilliges Gesicht und sagte in entsprechendem Ton: »Natürlich habe ich keine Ahnung, weshalb Billie – äh – Selbstmord begangen haben könnte. Andererseits erscheint es mir aber auch – äh – völlig rätselhaft, weshalb sie ermordet worden sein soll. Ich wünschte nur –«

»Ich weiß, Sir«, warf Ford ein. »Sie wünschten, unbehelligt zu bleiben oder wenigstens keinesfalls offiziell in diese Angelegenheit hineingezogen zu werden.«

Merson nickte krampfhaft: »Ja! Meine Frau – äh –«

Ford machte eine abwehrende Handbewegung. »Lassen wir das für den Augenblick, Sir! Sagen Sie mir klipp und klar, ob Sie wirklich nicht ahnen, wer Ihnen den Ohrring und die beigefügte Nachricht geschickt hat?«

»Nein, Inspektor! Aber wer immer es getan hat, muss gewusst haben, dass Billie tot war!«

Ford nickte zustimmend, blickte Merson scharf in die Augen und fragte: »Und wann war es doch, Sir, dass Sie Billie zuletzt gesehen haben?«

»In der Nacht von Dienstag auf Mittwoch voriger Woche«, erklärte Merson prompt, »in der nämlichen Nacht, als dieser – äh – Rocello auf Coopers Hausboot gebracht wurde.«

»Wie verhielt sich Miss Reynolds in jener Nacht? Ich meine – benahm sie sich wie immer? Oder fiel Ihnen irgendetwas an ihrem Verhalten auf?«

Merson dachte nach. »Sie – äh – war vielleicht ein bisschen nervös und schnippisch zu mir«, sagte er leise, »aber das kann ich mir auch eingebildet haben. Sonst wüsste ich nichts –«

»Mr. Merson«, sagte Ford betont, »ich erwarte völlige Offenheit von Ihnen, und ich hoffe, dass Sie das verstehen! Falls Sie mir bisher, ganz gleich aus welchem Grund, irgendetwas verschwiegen haben, müssen Sie es mich jetzt wissen lassen!«

»Nichts habe ich Ihnen verschwiegen, Inspektor«, näselte Merson indigniert. »Im Gegenteil – ich war jederzeit ganz offen mit Ihnen! Hätte ich Ihnen den Ohrring und die – äh – Begleitnachricht nicht gebracht, würden Sie die Leiche nie gefunden haben!«

»Stimmt, Mr. Merson«, nickte Ford und rang sich ein verbindliches Lächeln ab. »Vielleicht sagen Sie jetzt nur noch –«, er unterbrach sich, da Wachtmeister Sanders hereinkam.

»Der Herr, den Sie erwarten, ist eingetroffen, Sir«, meldete er.

Ford nickte. »Gut, Sanders«, sagte er, »ich werde läuten, wenn ich ihn zu sehen wünsche. Hat Dr. Sheldon den endgültigen Untersuchungsbefund schon geschickt?«

»Noch nicht, Sir.«

»Bringen Sie mir bitte den Bericht, sobald er kommt.«

Als sich die Tür hinter dem Wachtmeister geschlossen hatte, beugte sich Merson zu Ford hinüber und raunte angsterfüllt: »Sagen Sie, Inspektor – wird diese Sache – äh – in die Zeitungen kommen?«

»Ich glaube kaum, dass sich das vermeiden lässt, Sir.«

»Und – äh – wird man mich dabei erwähnen?«

Ford zuckte die Achseln. »Das wird ganz davon abhängen –«

»Wovon?«, fragte Merson erbleichend dazwischen.

»– wie die Sache sich weiterentwickelt«, erklärte Ford seelenruhig; die häuslichen Sorgen Mr. Ralph Mersons nötigten ihm keine besondere Anteilnahme ab. Er stand auf. »Im Augenblick gibt es weiter nichts, Mr. Merson«, sagte er. »Sie hören telefonisch wieder von mir.«

Merson erhob sich und stand einen Moment lang unschlüssig da. Dann nickte er Ford zu und verließ, immer noch zögernd und offensichtlich von allerlei peinlichen Empfindungen beherrscht, das Zimmer. Das nächste Mal, dachte Ford, wird er sich besser überlegen, mit wem er – Canasta spielt.

Ford setzte sich wieder hin und drückte einen Klingelknopf. Wenig später betrat Henderson den Raum. »Setzen Sie sich, Mr. Henderson«, sagte Ford ausdruckslos. Als Henderson ihm gegenüber vor dem Schreibtisch Platz genommen hatte, fuhr der Inspektor fort: »Sie wissen, weshalb ich Sie hierhergebeten habe?«

»Vermutlich, weil Sie mir noch einige Fragen stellen wollen?«, gab Henderson leichthin zurück. »Anscheinend ist Ihnen das ja zur Gewohnheit geworden.«

Ford maß Henderson mit einem durchdringenden Blick. »Kennen Sie eigentlich einen Mann namens Merson – Ralph Merson?«

Henderson schüttelte den Kopf. »Nein.«

Ford überging diese Antwort: »Haben Sie ihm eine Nachricht und einen Ohrring geschickt«, fragte er weiter, ohne Henderson aus den Augen zu lassen, »einen Ohrring, der Miss Reynolds gehörte?«

Henderson blickte Ford beinahe mitleidig an. »Nun werden Sie bitte nicht albern, Inspektor«, sagte er in einem Ton, als hätte er einen seiner Schüler vor sich. »Ich habe Ihnen eben erklärt, dass ich diesen Mann nicht einmal kenne! Wie könnte ich ihm dann einen Ohrring geschickt haben, der Billie Reynolds gehört? Was in aller Welt soll ich überhaupt mit Billie Reynolds' Ohrringen zu schaffen haben?«

»Ich – glaube – Ihnen – nicht, Sir«, erwiderte Ford mit unheimlicher Ruhe. »Ich glaube Ihnen kein Wort!«

Henderson hob den Blick in gelinder Verzweiflung zur Zimmerdecke empor. »Bitte, Inspektor – möchten Sie mir nicht erklären, was das alles bedeuten soll?«

»Sie wissen recht gut, was das bedeuten soll, Sir! Sie haben Merson eine Nachricht geschickt – sie ist unverkennbar in Ihrer Handschrift geschrieben! Die Frage ist nur – weshalb haben Sie ihm diese Nachricht geschickt? Glaubten Sie, er würde daraufhin irgendetwas tun, womit er einen Verdacht auf sich lenkte? Oder glaubten Sie –«

»Ich erklärte Ihnen bereits«, unterbrach Henderson laut und ärgerlich, »dass ich diesem Mann weder eine Nachricht noch sonst etwas geschickt habe und dass ich ihn überhaupt nicht kenne! Was meinen Sie damit – einen Verdacht auf sich lenkte? Ist Miss Reynolds etwas zugestoßen?«

»Billie Reynolds ist tot«, sagte Ford ruhig, »ermordet! Wir haben ihre Leiche erst vor wenigen Stunden aus dem Fluss geborgen.«

»Aber was ist geschehen, in Gottes Namen?« Die Erregung in Hendersons Stimme war nicht zu überhören. »Wie ist sie ermordet worden?«

»Das wissen wir nicht. Der ärztliche Befund liegt noch nicht vor.«

»Dazu brauchen Sie doch keinen ärztlichen Befund!«, fuhr Henderson auf. »Sie als langgedienter Polizeibeamter werden wohl erkennen können, auf welche Art jemand ermordet worden ist! Also – was ist mit Billie Reynolds geschehen?«

Überrascht von Hendersons Ausbruch, sagte Ford ruhig: »Möchten Sie mir meine Frage nicht beantworten, Sir?«

»Worauf wollen Sie hinaus?«, rief Henderson. »Dass ich sie ermordet habe?«

»Großer Gott – nein!«

In diesem Augenblick betrat Wachtmeister Sanders den Raum und legte Ford einen Aktendeckel auf den Schreibtisch. »Dr. Sheldons Bericht, Sir. Soeben eingetroffen.«

Ford griff nach dem Aktendeckel und nickte Sanders zu. Als dieser daraufhin wieder hinausgehen wollte, hielt Ford ihn zurück: »Warten Sie einen Moment, Sanders.«

Der Wachtmeister blieb neben der Tür stehen, und Ford vertiefte sich in den Bericht. Eine Minute verging in völliger Stille. Dann fragte Henderson: »Nun, was besagt der Bericht? Wie ist Billie Reynolds ermordet worden?«

Ford bedachte Henderson mit einem kurzen Seitenblick, antwortete aber nicht, sondern widmete sich weiterhin dem Bericht. Als er ihn endlich zu Ende gelesen hatte, klappte er den Aktendeckel zu und legte ihn auf den Schreibtisch. Dann hob er den Kopf und nickte Sanders abermals zu. »Mr. Henderson kann gehen«, sagte er ohne jede Betonung. »Begleiten Sie ihn hinaus, Sanders …«

Von der Polizeistation begab sich Henderson eilends zu Dr. Sheldons Haus, wo ihm das Hausmädchen Judy mitteilte, dass der Doktor nicht anwesend sei. »Er ist, glaube ich, nach Maidenhead hinübergefahren«, sagte sie, »und ich weiß nicht, wann er zurück sein wird.«

»Ich werde warten«, erklärte Henderson. »Ist Miss Walters da?«

»Miss Walters ist im Garten, Sir.«

»Meinetwegen brauchen Sie sie nicht zu stören, Judy«, sagte Henderson zuvorkommend.

An der Tür blieb Judy stehen. »Soll ich Ihnen irgendeine Erfrischung bringen, Sir? Einen eisgekühlten Fruchtsaft vielleicht, oder –«

»Nein danke, Judy«, unterbrach Henderson. »Es ist sehr freundlich, aber ich habe eben eine Erfrischung zu mir genommen.« Er lächelte und nickte Judy zu. Judy ging zögernd hinaus, offensichtlich gequält von unbefriedigter Neugier.

Sobald Judys Schritte im Flur verklungen waren, trat Henderson an die geöffnete Terrassentür und spähte durch die dünne Gardine in den Garten hinaus. Dann eilte er an das auf einem Tischchen im Hintergrund des Zimmers stehende Telefon und nahm den Hörer ab. Als die Vermittlung sich meldete, sagte er: »Bitte – Westwood neun, vier, fünf, eins.«

Ohne die Tür aus den Augen zu lassen, lauschte er auf das Rufzeichen. Es klickte in der Leitung, und eine kühle, unbeteiligte Stimme sagte: »Ja –?«

»Sind Sie es, Cooper?«, fragte Henderson.

Die Stimme antwortete: »Ja, hier spricht James Cooper.«

»Hier Henderson.«

»Oh, hallo!«, erwiderte Cooper. »Ich habe Ihren Anruf beinahe erwartet.«

»Hören Sie, Cooper«, sagte Henderson dringlich, »ich komme eben von Ford. Man hat Billie Reynolds gefunden.«

»Ich weiß«, erklärte Cooper gleichmütig.

»Was – Sie wissen?«

»Ja. Ich wollte Sie deswegen schon anrufen. Aber unglücklicherweise –«

Henderson, der draußen Schritte vernahm, unterbrach ihn hastig: »Cooper – ich kann nicht weitersprechen. Ich rufe Sie später wieder an.«

Er legte den Hörer wieder auf, trat schnell ein paar Schritte zur Seite und tat, als sei er in die Betrachtung eines Bildes an der Wand versunken, als Katherine Walters durch die Terrassentür ins Zimmer kam. »Oh, Mr. Henderson«, sagte sie überrascht und blickte ihn verwundert an. »Ich wusste nicht –?«

»Guten Tag, Miss Walters«, entgegnete Henderson mit einer kleinen höflichen Verbeugung. »Ich wollte Ihren Onkel sprechen, aber er ist leider nicht da. Wissen Sie wohl, wann er zurück sein wird?«

»Leider nein. Hat Judy Ihnen denn nicht gesagt, dass er fort ist?« Katherine gab sich betont kühl und zurückhaltend.

»Doch, aber ich wollte auf ihn warten.«

»Ah, ich verstehe. Schmerzt Ihre Schulter immer noch?«

»O nein, meine Schulter ist ganz in Ordnung. Ich kann sogar schon wieder Tennis spielen.«

»Nun, das freut mich«, sagte Katherine eisig. »Aber jetzt müssen Sie mich entschuldigen.« Sie bedachte Henderson mit einem Nicken und ging auf die Tür eines Nebenzimmers zu.

»Miss Walters …«

Katherine blieb stehen. »Ja bitte?«

»Haben Sie Ihren Onkel heute Nachmittag gesprochen?«

»Ja, vor einer Stunde ungefähr.«

»Erzählte er Ihnen von Billie Reynolds?«

»Von dem verschwundenen Mädchen, das man aus dem Fluss gezogen hat?«

»Ja.«

Katherine nickte. »Onkel Dick sagte, sie sei ermordet worden.«

»Sagte er auch, auf welche Art sie ermordet worden ist?«

Sichtlich verwundert über diese Frage, entgegnete Katherine abweisend: »Mein Onkel pflegt nicht mit mir über seine Patienten zu sprechen, Mr. Henderson!«

»Demnach wäre Miss Reynolds eine Patientin von ihm gewesen?«

»Vielleicht. Aber ich bin dessen nicht sicher. Mein Onkel wurde in dieser Angelegenheit zu Rate gezogen, da der Polizeiarzt vorübergehend abwesend ist. Doch sagen Sie, Mr. Henderson –« Katherines Neugier schien die Oberhand über ihre Zurückhaltung zu gewinnen, »wollten Sie meinen Onkel deswegen sprechen? Ich meine – wegen Miss Reynolds?«

»Ja«, erwiderte Henderson ruhig. »Ich möchte erfahren, wie sie ermordet worden ist.«

»War sie denn – eine Freundin von Ihnen?«

»Nein.«

»Weshalb sind Sie dann aber so sehr daran interessiert?«

Henderson zuckte die Achseln und lächelte. »Aus einer ganzen Menge von Gründen. Hauptsächlich aber, weil die Polizei glaubt, ich hätte sie ermordet.«

»Und – haben Sie es getan?«, fragte Katherine schlicht.

»Nein. So befremdlich es Ihnen erscheinen mag – ich habe nicht die Gewohnheit, andere Leute umzubringen.«

»Weshalb aber werden Sie dann von der Polizei verdächtigt?«

»Weil die Polizei zu glauben scheint, dieser Mord hänge mit dem Mord an Paul Rocello zusammen.«

»Ah – ich verstehe«, erklärte Katherine.

»Verstehen Sie das wirklich, Miss Walters?«, fragte Henderson.

»Mr. Henderson«, sagte Katherine, »darf ich Ihnen eine unverblümte Frage stellen?«

»Bitte.«

»Sie suchten am Montag meinen Onkel auf, angeblich weil Sie Beschwerden in Ihrer Schulter hatten. Schmerzte Ihre Schulter wirklich, oder war das nur ein Vorwand?«

Henderson blickte Katherine nachdenklich an. »Es war nur ein Vorwand«, bekannte er nach kurzem Zögern. »Ich wusste, was Sie der Polizei über mich erzählt hatten, und wollte mir einen persönlichen Eindruck von Ihnen verschaffen.«

»So? Am Montag aber behaupteten Sie, nicht zu wissen, wer der Polizei von Ihnen erzählt hatte.«

»Ich wollte Sie nicht beunruhigen.«

»Oh, wirklich?« Katherine blickte Henderson aus kühlen blauen Augen an. »Aber Sie waren der Mann, den ich gesehen habe, nicht wahr?«

»Nein«, sagte Henderson, »ich war es nicht.«

»Sie waren es«, beharrte Katherine. »Ich habe Sie gesehen.«

Henderson schüttelte lächelnd den Kopf. »Tut mir Leid, Miss Walters. Es mag jemand gewesen sein, der mir ähnlich ist. Aber ich kann Ihnen versichern, dass ich es nicht war.«

Katherine warf Henderson einen langen, durchdringenden Blick zu. Dann wandte sie den Kopf zur Seite. Ihr Schweigen sagte mehr als tausend Worte.

Die eingetretene peinliche Stille wurde durch Dr. Sheldons Erscheinen beendet. »Hallo«, rief er Henderson zu, »hoffentlich haben Sie nicht zu lange auf mich warten müssen?«

»Nein«, sagte Henderson, »nicht so sehr lange …«

Sheldon begrüßte seine Nichte. Dann setzte er seine Instrumententasche ab und wandte sich wieder an Henderson. »Kommen Sie wegen Ihrer Schulter?«

»Nein. Über Billie Reynolds wollte ich mit Ihnen sprechen«, erklärte Henderson geradeheraus. Als er Dr. Sheldons überraschten Ausdruck bemerkte, fügte er hinzu: »Inspektor Ford sagte mir, Sie hätten die Leiche untersucht.«

Sheldon nickte. »Stimmt. Ich vertrete den Polizeiarzt.«

»Was war, genau, die Todesursache, Doktor?«

»Billie Reynolds ist ermordet worden«, entgegnete Sheldon und warf Katherine einen Blick zu.

»Das weiß ich«, sagte Henderson. »Aber auf welche Art wurde sie ermordet?«

Sheldons Miene blieb unbewegt. »Sie sagten, Sie hätten mit Inspektor Ford gesprochen?«

»Ja, ich bin von der Polizeistation direkt hierher gekommen«, bestätigte Henderson. »Durch den Inspektor erfuhr ich von dem Mord.«

»Und weshalb haben Sie Ihre Frage dann nicht dem Inspektor gestellt?«

Henderson zuckte die Achseln. »Nun, ich dachte, von Ihnen könnte ich es genauer erfahren. Sie sind ja der Arzt.«

»Richtig«, erwiderte Sheldon, »ich bin der Arzt und habe der Polizei den Untersuchungsbefund übermittelt. Aber dieser Befund ist vertraulich. Wenn Sie genauere Auskunft wünschen, müssen Sie sich an Inspektor Ford wenden.«

»Tut mir Leid, Doktor, dass ich Sie damit behelligt habe«, sagte Henderson. »Entschuldigen Sie bitte.«

Offensichtlich befremdet über Hendersons Neugier, die ihm zumindest recht geschmacklos erschien, nahm Sheldon die Entschuldigung durch ein kühles Neigen des Kopfes zur Kenntnis. »Übrigens«, fragte er, um auf ein anderes Thema zu kommen, »was macht Ihre Schulter?«

»Danke, es geht ihr viel besser«, antwortete Henderson heiter. »Ich kann sogar schon wieder Tennis spielen. Die Massagen und das Einreibemittel haben geradezu Wunder gewirkt.«

Sheldon lächelte. »Das hatte ich gehofft …«

Als Henderson sich verabschiedet hatte und hinausging, blickte der Doktor ihm kopfschüttelnd nach. Das offenbar höchst ungesunde Interesse dieses sympathischen Menschen an Billie Reynolds Tod kam ihm schlechterdings unbegreiflich vor.

9

Missbilligend und mit gerümpfter Nase, die Hände in die Hüften gestemmt, beäugte Mrs. Williams den jungen Mann, der mit größter Selbstverständlichkeit in Mr. Hendersons bequemstem Sessel Platz genommen und dann sogleich begonnen hatte, sich seelenruhig die Fingernägel mit einer Taschenfeile zu bearbeiten. Beim besten Willen konnte sie nicht mehr gutheißen, was Mr. Henderson neuerdings für Besucher empfing: neulich erst jene extravagant gekleidete Blondine, die man – was bei solcher Sorte Mädchen eigentlich kaum verwunderlich war – inzwischen tot aus der Themse gezogen hatte; heute dieser verderbt aussehende junge Mann mit dem fettigen schwarzen Haar, das bestimmt auch noch Flecken auf der Sessellehne hinterlassen würde!

Erleichtert hörte sie die Haustüre klappen und sagte: »Jetzt kommt Mr. Henderson!«

»Na sehen Sie, Tantchen«, gab Chris Reynolds jovial zurück, »ich habe Ihnen ja gleich geflüstert, dass er bald da ist!«

»Bald –!«, zischte Mrs. Williams verächtlich. »Fast eine Viertelstunde hocken Sie jetzt hier herum und verschönern sich die Fingernägel, junger Mann!« Sie hatte nicht gewagt, den zweifelhaften Besucher auch nur einen Augenblick lang in Hendersons Studierzimmer allein zu lassen, und hatte daher lieber, so unangenehm es ihr auch sein mochte, die ganze Zeit wachsam neben der Tür gestanden.

Henderson kam herein und nickte Mrs. Williams zu. Dann erblickte er Chris Reynolds und stutzte. »Ein Herr, der Sie zu sprechen wünscht, Sir«, erläuterte Mrs. Williams mit vielsagender Betonung und verließ wie erlöst das Zimmer.

»Wer Sind Sie?«, fragte Henderson.

»Sind Sie Henderson?«, näselte der junge Mann aus der Tiefe des Sessels zurück.

»Ja. Was wollen Sie?«

Chris stand grinsend auf und hielt Henderson die rechte Hand hin. »Sehr erfreut, Sie kennenzulernen, Sir. Reynolds ist mein Name, Chris Reynolds.«

Henderson übersah die hingestreckte Hand. »Und?«, fragte er kurz angebunden.

Chris zeigte sich unbeeindruckt von dem wenig liebenswürdigen Empfang. »Sagt Ihnen der Name Reynolds gar nichts?«, erkundigte er sich. »Bin nämlich Billies Bruder.« Er zündete sich die Zigarette an, die ihm schon lange zwischen den Lippen hing, tat einen tiefen, genußvollen Zug und blies die Rauchwolke zur Zimmerdecke empor.

»Tat mir Leid, von dem tragischen Ende Ihrer Schwester zu hören«, murmelte Henderson ohne nennenswerte Sympathie für den leidtragenden Anverwandten.

»Ja – traurig, traurig«, erklärte Chris und machte eine ungewisse Handbewegung. »Aber ich habe ja immer gesagt, dass es mit ihr doch noch mal ein bitteres Ende nehmen würde. Man kann nicht dauernd mit dem Feuer spielen, ohne sich schließlich doch die Finger zu verbrennen – nicht wahr, Mr. Henderson?«

Henderson maß seinen Besucher mit kühlem Blick. »Vielleicht sagen Sie mir jetzt geradeheraus, was Sie wünschen?«

Chris fuhr sich mit der Hand über die fettige Mähne, grinste Henderson augenzwinkernd an und schnippte die Asche seiner Zigarette auf den Teppich. »Was ich will? Ein kleines freundliches Schwätzchen unter Männern, wissen Sie? Sie waren doch ein Freund von Billie, und deshalb –«

»Wer sagt, dass ich ein Freund Ihrer Schwester gewesen wäre?«

»Billie selbst! Sie hat immer sehr nett von Ihnen gesprochen! ›Mr. Henderson ist anders‹, pflegte sie zu sagen, ›er ist solch ein Gentleman!‹ Sonst machte mein Schwesterchen sich ja nichts aus Lehrern –«

»Moment mal, Reynolds«, warf Henderson ein. »Da scheint ein erheblicher Irrtum zu bestehen. Ich bin Ihrer Schwester nur einmal begegnet, und das ist beinahe ein Jahr her.«

Chris Reynolds Grinsen wurde tückisch. »Nein, wirklich?«, bemerkte er mit einer Betonung, die er selbst für sarkastisch zu halten schien. »Ihr Gedächtnis dürfte Sie im Stich lassen, Sir! Erinnern Sie sich denn nicht, dass Billie Sie hier besucht hat?«

»Wann soll das gewesen sein?«, fragte Henderson ruhig.

»Angenommen, Sie verraten es mir, Schulmeister? Na? Vielleicht am letzten Montag?«

»Sagen Sie, Reynolds«, erkundigte sich Henderson beiläufig, »sind Sie etwa auf eine kleine Erpressung aus?«

Chris zeigte sich geradezu schockiert über eine derartige Unterstellung. »Ich – Sie erpressen?«, sagte er kopfschüttelnd. »Was für eine Idee! Sie waren ein Freund meiner Schwester, Mr. Henderson! Und die Freunde meiner Schwester sind auch meine Freunde! Verstehen Sie nicht?«

»Doch, doch«, erwiderte Henderson, »ich glaube, ich verstehe recht gut.«

»Sie müssen nämlich wissen, Mr. Henderson«, fuhr Chris fort, »dass ich überaus freundschaftlich für Sie empfinde, und –«

»Ich bin entzückt, das zu hören«, unterbrach Henderson. »Aber ich kenne Ihren Typ, Reynolds! Ich weiß, dass Sie irgendetwas im Schilde führen. Und ich wüsste gerne – was?«

»Spielen Sie Schach?«, fragte Chris lauernd.

Mit einem Satz war Henderson bei seinem Besucher und packte ihn an den Jackettaufschlägen. Chris' Grinsen erlosch, seine Augen weiteten sich vor Schreck, die Zigarette fiel ihm aus dem

Mund. »Ich fragte Sie, was Sie im Schilde führen, Freundchen«, knurrte Henderson. »Wollen Sie mir das jetzt verraten?«

Chris japste. Als er gewahr wurde, dass Henderson ihn schon wieder losgelassen hatte, wich er vorsichtshalber ein paar Schritte zurück und näselte: »Bisschen neugierig, wie? Na – mein Schwesterchen pflegte ein indiskretes kleines Tagebuch zu führen, und meine Wenigkeit hatte das Glück, dieses Büchlein zu finden.« Er hielt inne, spitzte die dicken Lippen und wies mit dem Finger auf Henderson. »Sie stehen in dem Tagebuch verzeichnet, Schulmeister! Und noch ein ganzer Haufen Leute!«

»Und –?«

»Was heißt hier ›und‹?«, fauchte Chris. »Gebrauchen Sie Ihre Phantasie, Schulmeister!« Er grinste höhnisch und zündete sich mit gespielter Gelassenheit eine neue Zigarette an.

»Wo ist dieses Tagebuch?«, fragte Henderson.

»Aber, aber«, zischte Chris geringschätzig, »Sie glauben doch wohl nicht, dass ich dieses Wertstück mit mir herumschleppe?«

»Im Ernst – wo ist es?«, wiederholte Henderson.

»Interessiert Sie wohl, dieses Ding – wie?«, schnarrte Chris. »Na – wie viel würden Sie bieten?«

Henderson blickte den anderen nachdenklich an und zuckte die Achseln. »Wie soll ich wissen, was es mir wert ist, bevor ich es gesehen habe?«

Chris zwinkerte mit den Augen. »Allerhand dürfte es Ihnen wert sein, Schulmeister!«, verhieß er triumphierend. »Wirklich allerhand!« Dann schwieg er und schien zu überlegen. Schließlich sagte er: »Gut, Sie können es sehen. Kommen Sie heute Abend um acht Uhr auf das Hausboot.«

»Ich werde zur Stelle sein«, entgegnete Henderson verbindlich. »Aber sagen Sie – haben Sie das Tagebuch schon irgendjemandem gezeigt?«

Chris machte, soweit ihm dies möglich war, ein würdevoll gekränktes Gesicht. »Sir – für was halten Sie mich? Niemand hat es bisher gesehen! Dieses Buch ist ein Geheimnis zwischen uns beiden und soll es bleiben!«

»Bestimmt, Reynolds?«

»Ganz bestimmt!«

»Umso besser«, bemerkte Henderson leichthin. »Pünktlich um acht Uhr werde ich bei Ihnen sein.«

Chris nickte. Dann riskierte er das, was er für einen drohenden Blick hielt. »Aber keine Tricks, Schulmeister!«, mahnte er. »Vergessen Sie das nicht!«

Henderson schien amüsiert. »Machen Sie sich nicht lächerlich, Reynolds«, sagte er, »sonst sehen Sie am Ende noch Gespenster.«

»Und außerdem, Mr. Henderson«, fuhr Chris in kaltem, näselndem Ton fort, »warne ich Sie! Versuchen Sie das Ding nicht noch einmal!«

»Was?«

Chris reckte die gepolsterten Schultern. »Mich bei den Jackettaufschlägen zu packen! So etwas liebe ich nicht! Dagegen bin ich äußerst empfindlich, Sir!« Mit schneller Bewegung holte er ein Schnappmesser aus der Tasche und ließ die Klinge herausspringen. »Sie sind ein furchtbares Risiko eingegangen, Sir!«

Jetzt reichte es Henderson. Er kam zu dem Schluss, dass er seines Besuchers endgültig überdrüssig sei, und handelte sehr schnell. Wieder war er mit einem Satz bei Chris. Dieses Mal packte er ihn bei den Handgelenken. Chris versuchte sich zur Wehr zu setzen und dem stählernen Griff zu entkommen. Als er merkte, dass es aussichtslos war, begann er vor Angst zu schwitzen.

»Sie sollen erfahren, wogegen ich äußerst empfindlich bin, Reynolds«, sagte Henderson beinahe freundlich. »Ich bin nämlich äußerst empfindlich gegen alberne kleine Männer mit Schnappmessern! Jetzt werden Sie vernünftig sein und das Ding wieder wegstecken, ja?« Damit ließ er Chris' Handgelenke los.

Chris warf ihm einen langen vielsagenden Blick zu und ließ das Messer in der Tasche verschwinden. Da ihm trotz krampfhaften

Überlegens nichts Besseres einfallen wollte, begnügte er sich damit, ein bedeutungsvolles »Okay, Schulmeister« zu murmeln. Hierauf rückte er sein Jackett zurecht, straffte die Schultern, warf Henderson noch einen letzten giftigen und zugleich ängstlichen Blick zu, drehte sich um und ging hinaus.

Henderson wartete, bis die Haustür hinter Chris Reynolds zugefallen war. Dann nahm er den Telefonhörer ab, und als die Vermittlung sich meldete, sagte er: »Bitte – Westwood neun, vier, fünf, eins …«

10

»Hallo, Mike«, grüßte Broderick, als er zu Ford ins Büro kam. »Wissen Sie, dass Robin Craven draußen sitzt und Sie sprechen möchte?«

Ford ließ den Bericht sinken, den er eben durchgesehen hatte. »Ich weiß«, brummte er, »aber ich lasse ihn nicht rein.«

»Warum?«, fragte Broderick.

»Weil ich keine Journalisten zu sehen wünsche, und den jungen Craven schon gar nicht. Aber sagen Sie, Bob«, Ford blickte seinen Mitarbeiter durchdringend an, »wo, zum Teufel, haben Sie in den letzten vier oder fünf Stunden gesteckt – eh?«

»Ich war doch bei Chris Reynolds«, entgegnete Broderick leichthin. »Und anschließend bin ich nach Slough hinübergefahren, um eine gewisse Mrs. Myers zu vernehmen, angeblich eine Bekannte von Billie Reynolds. Leider stellte sich heraus, dass sie Billie überhaupt nicht gekannt hat.«

»Und von wem hatten Sie diesen famosen Tipp?«, fragte Ford.

»Von Chris Reynolds.«

»So, so – von Chris Reynolds. Nun, mit diesem jungen Mann werden wir uns demnächst noch ein wenig genauer befassen! Wie verhielt er sich, als Sie ihm die Nachricht überbrachten?«

»Von blutigen Tränen habe ich nichts bei ihm gesehen«, meinte Broderick achselzuckend. »Mancher Fremde hätte sich betroffener gezeigt als dieser Stiefbruder. Offenbar hat er schon immer gewusst, dass es mit Billie eines Tages ein böses Ende nehmen würde. Ich glaube, der smarte Chris weiß über die ganze Sache mehr, als wir annehmen.«

»Warum glauben Sie das?«

»Nach seiner ganzen Art und seinem Verhalten zu urteilen. Es wäre bestimmt nützlich, ihn genauer unter die Lupe zu nehmen.«

»Nun gut, Bob«, entschied Ford, »gehen Sie gleich heute Abend noch einmal zu ihm. Etwas später, wissen Sie? Zu einer Zeit, wo er keinen Besuch mehr erwartet.«

»Heute Mittag hat er mich auch nicht erwartet, und es schien ihm trotzdem nichts auszumachen«, entgegnete Broderick lächelnd. Nach kurzem Schweigen fügte er hinzu: »Übrigens, Mike – hat eine Miss Maria Rocello Sie angerufen?«

»Ja, vor einer Stunde«, bestätigte Ford und blickte auf seine Uhr. »Ich erwarte die Dame um sechs.«

»Sie ist Paul Rocellos Schwester«, fuhr Broderick fort, »und erst heute Nachmittag in Medlow eingetroffen. Sie wohnt im Hotel *Weißer Hirsch.*«

»Das weiß ich«, knurrte Ford und blickte Broderick argwöhnisch an, »aber woher wissen Sie es?«

»Schließlich bin ich ja Detektiv«, meinte Broderick amüsiert und grinste. »Aber im Ernst – ich traf zufällig den Hotelportier. Ihm verdanke ich meine Kenntnisse. Was mag Miss Rocello bei uns wollen?«

»Das hat sie mir am Telefon noch nicht verraten. Sie sagte nur, dass sie mich sprechen möchte.«

Broderick betrachtete seine Fingernägel. »Der Hotelportier behauptet«, teilte er seinem Vorgesetzten mit, »sie sei eine wahre Wolke.«

»Ich weiß nicht, was dieser Jargonausdruck besagen soll, Sergeant«, knurrte Ford und bedachte Broderick mit einem vielsagenden Blick. »Im übrigen wird die Dame in einer Minute hier sein. Aber sie kommt, um mit mir zu sprechen.«

Broderick nickte grinsend, er hatte den Wink verstanden. Als er sich eben erhob, um hinauszugehen, steckte Wachtmeister Sanders den Kopf zur Tür herein und meldete: »Miss Rocello ist eingetroffen, Inspektor.«

»Führen Sie sie herein, Sanders«, sagte Ford.

Broderick ging zögernd zur Tür. »Ich soll gewiss verschwinden, Mike – wie?«

»Sie können bleiben«, erwiderte Ford. »Aber es handelt sich um eine absolut dienstliche Unterhaltung – verstehen Sie, Bob? Keine Gelegenheit zur Vorführung des oft bewährten Broderick-Charmes!«

»Verstehe«, murmelte Broderick.

Die Tür öffnete sich, und Maria Rocello trat ein. Ford, der von italienischen Frauen nicht viel wusste, hatte eine kleine, rundliche, vielleicht etwas schmuddelige Person mit olivfarbenem Teint erwartet. Maria Rocello jedoch, etwa Ende Zwanzig, war weder klein, noch rundlich, noch schmuddelig und hatte auch keinen olivfarbenen Teint. Sie war vielmehr groß, schlank, schön und gepflegt, hatte schwarzes, in der Mitte gescheiteltes Haar, zarte, alabasterfarbene Haut, feingeschnittene rote Lippen und ausdrucksvolle dunkle Augen.

Ford erhob sich. »Miss Rocello? Ich bin Inspektor Ford.« Sie lächelte und reichte ihm ihre schmale, weiße Rechte. Ford wies mit einem Blick auf Broderick. »Das ist mein Assistent, Sergeant Broderick.«

»Guten Abend, Inspektor! Guten Abend, Sergeant!« Sie hatte eine melodische Altstimme und sprach fast ohne Akzent. »Es war sehr freundlich von Ihnen, Inspektor, mir sofort Gelegenheit zu einer Unterredung zu geben.«

»Bitte, nehmen Sie Platz, Miss Rocello«, sagte Ford. Er präsentierte sein für besondere Besucher bestimmtes Zigarettenetui, aber Maria lehnte dankend ab.

Ford setzte sich wieder auf seinen Schreibtischstuhl. Er erkannte aus den Augenwinkeln, wie Broderick die Besucherin förmlich mit Blicken verzehrte, räusperte sich und sagte: »Sie erwähnten am Telefon, Miss Rocello, Sie seien direkt aus Italien gekommen?«

Sie neigte graziös den Kopf. »Ja, Inspektor. Erst heute früh um sieben Uhr bin ich von Mailand abgeflogen.«

»Ich frage mich nun«, meinte Ford in verbindlichem Ton, »ob es für Sie zweckmäßig war, zu uns nach Medlow zu kommen. Auskünfte, wie Sie sie vermutlich wünschen, hätten Sie wohl besser bei Scotland Yard in London erhalten können.«

»Bei Scotland Yard war ich, Inspektor«, entgegnete Maria. »Ich sprach dort mit Chefinspektor Harringay. Er sagte, Sie seien der Mann, bei dem die Bearbeitung des Falles läge.« Ihre Stimme wurde plötzlich gespannt und eindringlich. »Inspektor – warum wurde mein Bruder ermordet?«

Ford zuckte die Achseln. »Ich fürchte, Miss Rocello, wir kennen den Grund noch nicht. Unsere Ermittlungen haben bisher noch keine Anhaltspunkte ergeben.«

»Aber Sie müssten doch irgendeine Vorstellung haben, weshalb sich diese schreckliche Tat ereignet hat!«, beharrte Maria.

»Hätten Sie denn eine Idee oder könnten Sie uns einen Hinweis geben, weshalb es geschehen sein mag, Miss Rocello?«, fragte Ford.

»Wieso – nein! Als ich davon hörte, konnte ich es zuerst gar nicht glauben! Ich dachte, es müsse ein Irrtum sein, eine Verwechslung – verstehen Sie?«

Ford blickte die Besucherin nachdenklich an. »Können Sie mir etwas über Mr. James Cooper sagen, Miss Rocello? War er ein sehr guter Freund Ihres Bruders?«

»Oh – sie schienen recht gute Freunde zu sein. Paul hat mir Mr. Cooper vor zwei Jahren vorgestellt – ich hatte einen guten Eindruck von ihm. Stimmt es, dass er verschwunden ist?«

»Es stimmt, Miss Rocello«, bejahte Ford. Dann entnahm er einem Schubfach seines Schreibtisches die Armbanduhr des Ermordeten und hielt sie Maria hin. »Kennen Sie diese Uhr, Miss Rocello?«

»Ja«, antwortete sie ohne zu zögern, »es ist Pauls Uhr.«

»Auf der Rückseite ist ein Spruch eingraviert«, sagte Ford.

Maria nickte. »Ja. *Suaviter in modo, fortiter in re* – das ist der Wahlspruch unserer Familie.«

»Es bedeutet *Behutsam in der Art, aber hart in der Sache,* nicht wahr?«

»Ja.«

Ford legte die Uhr wieder in sein Schreibtischfach zurück. »Miss Rocello«, fragte er gespannt, »hat Ihr Bruder je von einem Mann namens David Henderson gesprochen?«

Maria überlegte. »David Henderson?«, wiederholte sie. »Nein – diesen Namen habe ich noch nie gehört.«

»Sind Sie sicher, Miss Rocello?«

Sie nickte. »Absolut sicher! Wer ist dieser David Henderson?«

»Er ist Lehrer in einem College in der Nähe unserer Stadt. Wir vermuten, dass er irgendetwas mit der Ermordung Ihres Bruders zu tun hat.«

»Sie meinen – er hätte meinen Bruder ermordet?«

Ford machte eine vorsichtig abwehrende Handbewegung. »Wir wissen noch nicht, wer der Mörder ist, Miss Rocello«, entgegnete er, »und sind uns auch über Hendersons Rolle noch keineswegs klar.«

Maria schien von dieser Erklärung enttäuscht. Sie blickte von Ford zu Broderick und dann wieder zu Ford zurück – beide zeigten undurchdringliche Mienen, denen nichts zu entnehmen war. Schließlich sagte sie leise: »Ja, ich verstehe.«

»Seien Sie überzeugt, dass wir alles tun, was in unserer Macht steht, Miss Rocello«, versicherte Ford. »Wir sind nicht weniger interessiert als Sie, den Mörder zu finden.«

Maria neigte zustimmend den Kopf. »Selbstverständlich«, sagte sie, »darüber bin ich mir klar.«

Ein kurzes Schweigen entstand. Dann fragte Ford: »Wie lange werden Sie voraussichtlich in Medlow bleiben?«

»Bis eine Entscheidung fällt«, erklärte Maria schnell und bestimmt. »Ich meine – bis Sie den Täter verhaftet oder den Fall sonstwie zum Abschluss gebracht haben.«

»Ein Mordfall, Miss Rocello, kann eigentlich niemals anders als durch die Verhaftung und Verurteilung des Mörders abgeschlossen werden«, erläuterte Ford und zeigte ein teilnahmsvolles Lächeln. »Manchmal zieht sich so etwas sehr lange hin. Wenn ich es recht überlege, so gibt es keinen stichhaltigen Grund dafür, dass Sie während der ganzen Zeit hierbleiben sollten. Wir könnten Sie doch jederzeit über jede neue Entwicklung schnellstens benachrichtigen.«

Maria schüttelte den Kopf. »Ich bleibe!«, verkündete sie entschlossen. »Mindestens für einige Zeit bleibe ich hier!«

»Das ist natürlich Ihre eigene Sache, Miss Rocello«, pflichtete Ford bei und erhob sich. »Wenn Sie uns brauchen – wir stehen jederzeit zu Ihrer Verfügung. Ich danke Ihnen sehr, dass Sie uns aufgesucht haben.«

Maria stand ebenfalls auf. »Ich habe Ihnen zu danken, Inspektor.«

»Und wenn irgendjemand versucht, sich mit Ihnen in Verbindung zu setzen«, fuhr der Inspektor fort, »dann lassen Sie es mich sofort wissen.«

Maria lächelte und zuckte die Achseln. »Wer sollte sich mit mir in Verbindung setzen? Ich kenne hier doch niemanden! Ah – Sie meinen Journalisten? Zeitungsreporter?«

»Nicht nur die, Miss Rocello«, sagte Ford bedeutungsvoll. »Ganz gleich, wer sich mit Ihnen in Verbindung zu setzen versucht – ich möchte es sofort erfahren.«

Maria blickte Ford etwas befremdet an. »Gewiss, ich werde Sie unverzüglich anrufen, Inspektor, aber wieso –?«

»Glauben Sie mir, Miss Rocello«, entgegnete Ford ernst, »ich habe guten Grund, Sie darum zu bitten.«

Maria nickte. »Gut«, sagte sie. Dann lächelte sie den Beamten zu und verließ das Büro.

Wenige Minuten später ging auch Broderick. Ford blickte beiläufig auf die Uhr. Es war Viertel nach sechs.

Als Henderson geräuschlos über den Laufsteg des Hausbootes *Shangri-La* balancierte, war es nicht – wie Chris Reynolds vorgeschlagen hatte – acht Uhr, sondern erst sieben. Henderson schätzte es, manchmal vor der vereinbarten Zeit zu erscheinen.

Chris, der lässig mit dem Rücken zur Tür in einem Sessel ruhte und den Cha-Cha-Cha-Rhythmen lauschte, die aus dem Radio erklangen, fuhr erschrocken in die Höhe, als Henderson ihm auf die Schulter tippte. »He, Schulmeister«, japste er, »ich habe Sie doch erst um acht erwartet!«

»Eben«, sagte Henderson und zeigte ein eigentümliches Lächeln. »Nachher hätte ich nämlich keine Zeit mehr gehabt. Hauptsache ist ja, dass ich Sie angetroffen habe.«

Chris ließ sich durch Hendersons scheinbar gute Laune nicht täuschen. Im übrigen – was hatte ein ausgekochter Londoner Teddyboy schon von einem Schulmeister zu befürchten? Er lächelte ebenfalls und warf sich beruhigt wieder in seinen Sessel. »Machen Sie's sich bequem, Schulmeister«, näselte er gönnerhaft und deutete auf einen Sessel.

»Zigarette?« Er reichte Henderson ein Zigarettenetui.

»Danke«, erwiderte Henderson, plötzlich ganz ernst. Er hatte das in Wildleder gebundene Buch entdeckt, das neben Chris' Ellbogen auf dem Tisch lag.

»Wohl nicht sehr gesprächig heute Abend, wie?«, fragte Chris grinsend; er ließ sich nicht aus der Ruhe bringen.

Henderson beschloss, keine Zeit zu verlieren. »Sie wissen, weshalb ich gekommen bin, Reynolds«, sagte er schroff.

»Klar«, gab Chris zurück und wies auf das wildledergebundene Buch, »deswegen!«

»Stimmt«, bestätigte Henderson. »Zeigen Sie es her. Ich bin in Eile.« Er streckte versuchsweise die Hand in Richtung des Buches aus.

Chris' Augen zogen sich zusammen; Henderson erkannte hinter dem tückischen Funkeln Feigheit. »Immer sachte, Schulmeister!«, näselte Chris. »Was ist mit der Pinke?«

»Pinke?«, wiederholte Henderson.

»Klar. Hab' Ihnen doch zugeflüstert, dass das Ding allerhand wert ist! Pinke heißt Geld – verstehen Sie? Sie wissen doch – Pinke, Zaster, Kies, Kohlen, hahaha! Aber jetzt im Ernst, Schulmeister – wie viel? Will Sie ja nicht überfordern. Ich habe an fünfzig Pfund unter Freunden gedacht. Netter, vernünftiger Preis – wie?« Er machte eine bezeichnende Handbewegung. »Also – Sie geben mir die fünfzig Scheinchen, und ich gebe Ihnen das Buch. Einverstanden?«

Henderson schüttelte den Kopf. »Bedaure, Reynolds! Ich bin nicht gekommen, um das Tagebuch zu kaufen. Ich nehme es mir gratis mit! Gestatten Sie?« Er wollte nach dem Buch greifen.

Reynolds sprang auf. Im selben Augenblick hatte er sein Schnappmesser stoßbereit in der Hand. »Nicht doch«, fauchte er, während Henderson vorsichtshalber und aus taktischen Gründen ein wenig zurücktrat, »nicht doch! Kommt ja gar nicht in Frage, Sir! Kein Geld, kein Tagebuch!«

Henderson ließ seine Hände locker neben dem Körper pendeln. Er seufzte, als sei er der Sache überdrüssig. »Keine Dummheiten, Chris!«, mahnte er. »Sie wissen doch, wie empfindlich ich gegen alberne kleine Männer mit Messern bin!«

Chris schien sich mit dem Messer in der Hand ungeheuer überlegen zu fühlen. »Empfindlich!«, höhnte er. »Aber was wollen Sie dagegen tun – eh?«

»Ich wüsste schon, was ich am liebsten dagegen täte«, sagte

Henderson ruhig. »Nämlich – Sie übers Knie legen und Ihnen die Kehrseite vertrimmen, Freundchen!« Bevor diese Worte verklungen waren, hatte er ein Kissen gepackt und es Chris ins Gesicht geworfen.

Mit der Linken aber griff er nach Chris' Hand, in der sich das Messer befand.

Er war schnell, wenn auch nicht schnell genug – er spürte, wie ihm die Messerklinge den Handballen ritzte. Im nächsten Moment hatten sich die Finger seiner Linken wie eine Stahlklammer um Chris' Handgelenk geschlossen und drehten es herum. Das Messer klirrte zu Boden, Henderson stieß es mit einer Fußbewegung zur Seite. »Das Tagebuch, bitte«, sagte er und drehte noch ein wenig an Chris' Handgelenk, um seiner Forderung Nachdruck zu verleihen,

»Verdammter Hund!«, heulte Reynolds mit schmerzverzerrtem Gesicht und holte mit der freien Linken zum Schlag aus. Henderson fing den Schlag mit dem Unterarm ab und schmetterte mit der gleichen Bewegung die rechte Faust unter Chris' Kinn. Chris kippte rücklings gegen den Tisch, warf ihn um, fiel zu Boden und blieb liegen.

Henderson stand eine oder zwei Sekunden lang ruhig da und blickte auf den Bewusstlosen herab. Dann rieb er sich ein wenig die schmerzenden Knöchel der Rechten, wand sein Taschentuch um die leicht blutende Linke, nahm das Tagebuch auf und steckte es zu sich.

Offenbar hatte – wie der umgeworfene Tisch, ein gleichfalls umgefallener Sessel, der arg verrutschte Teppich und die fünf oder sechs Blutstropfen am Boden verkündeten – im Salon des Hausbootes *Shangri-La* so etwas Ähnliches wie ein Kampf stattgefunden.

Robin Craven, der – als er auf sein Klopfen keine Antwort bekam – mit der Ungeniertheit eines echten Journalisten einfach eingetreten war, stand mitten im Raum und betrachtete kopfschüttelnd die Unordnung.

Er war dermaßen in diesen Anblick und in einige spekulative Erwägungen versunken, dass er vor Schreck förmlich in die Höhe sprang, als er plötzlich hinter sich eine Männerstimme vernahm: »Guten Abend, Mr. Craven! Welch reizende Überraschung!«

Die Stimme gehörte Sergeant Broderick, der gelassen und mit spöttischem Lächeln in der offenen Eingangstür stand.

»Was – was tun Sie denn hier?«, fragte Craven.

Broderick hob die Augenbrauen. »Polizeibeamte, die mit der Aufklärung eines Mordfalles beschäftigt sind, haben es kaum nötig, irgendjemandem Auskünfte über ihre Anwesenheit zu erteilen«, belehrte er Craven in mildem Ton. »Viel berechtigter scheint mir die Frage: Was tun Sie denn hier, Mr. Craven?«

Craven räusperte sich. »Ich wollte mit Chris Reynolds sprechen.«

»Stellen Sie sich vor – das wollte ich auch!«, erklärte Broderick heiter. »Zwei Seelen, ein Gedanke – wie man so schön sagt. Aber wo steckt Reynolds?«

»Das weiß ich nicht«, sagte Craven. »Offensichtlich ist er nicht hier.«

»Offensichtlich nicht«, pflichtete Broderick bei und wies auf die umgefallenen Möbel. »Was war hier los?«

»Wie soll ich das wissen?«, gab Craven zurück. »Ich bin erst vor einer halben Minute gekommen.«

»Waren Sie mit Reynolds verabredet?«

»Nein.«

»Weshalb wollten Sie ihn sprechen?«

»Ich schreibe einen Artikel über seine Schwester. Ich hoffte, er könnte mir einige Informationen geben.«

Brodericks Ton wurde dienstlich. »Craven – wie gut kannten Sie Billie Reynolds?«

»Gar nicht, würde ich sagen. Ich habe nicht ein einziges Mal mit ihr gesprochen.«

»Sie müssen Sie gekannt haben, Craven!«, beharrte Broderick. »Als Journalist haben Sie sich doch bestimmt zur Aufgabe gemacht, alle Leute in dieser Gegend zu kennen.«

»Dessen ungeachtet kannte ich sie nicht«, erwiderte Craven mit einem Anflug spöttischer Aufsässigkeit. »Ich habe sie insgesamt nur zweimal gesehen – einmal bei einer Ruderregatta, das zweite Mal in einer Kneipe in Maidenhead.«

»So – in einer Kneipe in Maidenhead! Wann war das?«

»Vor ungefähr einer Woche.«

»War sie allein?«

»Nein, sie hatte einen Mann bei sich. Einen aus dieser Gegend übrigens, der mir schon häufiger begegnet ist.«

»Wirklich?«, fragte Broderick gespannt. »Und wer war das?«

Craven setzte ein zweideutiges Lächeln auf und sagte betont: »Das waren Sie, Sergeant.«

Das Telefon läutete beharrlich, als Henderson in sein Studierzimmer geeilt kam. Er sah etwas abgehetzt aus und atmete schnell. Um seine linke Hand war ein blutverfärbtes Taschentuch gewunden. Mit wenigen langen Schritten war er beim Telefon und nahm den Hörer ab. »Hallo, hier Henderson. Wer ist dort?«

»Hier spricht Cooper«, kam es ruhig und gelassen durch die Leitung.

»Alles in Ordnung, Cooper«, sagte Henderson, zog ein wildledergebundenes Buch aus der Tasche und legte es auf den Schreibtisch. »Ich habe mir das Tagebuch geholt. Diese Sorge sind wir los.«

»Gut«, erwiderte Cooper. »Aber hören Sie, da gibt es eine neue kleine Schwierigkeit – Maria Rocello ist nach England gekommen. Sie befindet sich bereits in Medlow.«

»In Medlow?«

»Ja. Und zwar wohnt sie im Hotel *Weißer Hirsch.*«

»Was soll ich tun?«

Kurzes Schweigen. Dann sagte Cooper: »Ich käme gerne selbst, aber das geht nicht. Ich muss nach Liverpool.«

»Jetzt schon?«, fragte Henderson. »Werden Sie an das denken, was wir besprochen haben?«

»Ja, natürlich«, entgegnete Cooper nachdenklich. In etwas entschiedenerem Ton fügte er hinzu: »Also gut, Henderson – Sie kümmern sich um Miss Rocello. Sie wissen ja Bescheid.«

»Ja, ich weiß Bescheid«, sagte Henderson. »Gute Nacht, Cooper, und gute Fahrt.« Er legte den Hörer auf und dachte einen Augenblick nach. Dann sperrte er das Tagebuch in ein Schreibtischschubfach, schlug das Telefonbuch auf, um die Nummer des Hotels *Weißer Hirsch* herauszusuchen, nahm den Hörer wieder ab und ließ sich mit dem Hotel verbinden. Als der Empfang des Hotels sich meldete, verlangte er Miss Rocello.

Versonnen legte Maria den Hörer auf den Apparat zurück; die Unterhaltung mit Henderson hatte ihr einigen Anlass zum Nachdenken gegeben. Dieser Mann, so gestand sie sich im Stillen, hatte eine sympathische Stimme – dezent, kultiviert, angenehm. Es tat ihr irgendwie Leid, über dieses Gespräch die Polizei informieren zu müssen. Aber gewiss hatte Inspektor Ford gute Gründe für sein Verlangen. Sie zuckte die Achseln und griff nach dem Telefon.

»Ja?«, meldete sich Inspektor Fords Stimme.

»Inspektor«, sagte Maria Rocello, »eben hat mich der Mann angerufen, den Sie erwähnten – David Henderson. Er möchte mich persönlich treffen.«

»Wann?«

»Heute Abend noch.«

»Wo?«

»In seiner Wohnung im Rockingham College. Er hat mich gebeten, kurz nach neun bei ihm zu sein.«

»Was haben Sie ihm geantwortet?«

»Ich fragte, weshalb er mich zu sprechen wünsche. Er sagte, er wolle mit mir über meinen Bruder sprechen, er habe ihn gut gekannt. Was soll ich tun, Inspektor?«

»Halten Sie die Verabredung ein«, erklärte Ford in bestimmtem Ton. »Seien Sie unbesorgt – Sergeant Broderick wird sich unauffällig in der Nähe aufhalten. Fahren Sie um neun Uhr mit einem Taxi vom Hotel zum Rockingham College hinaus. Lassen Sie das Taxi für die Rückfahrt warten.«

»Gut«, sagte Maria.

»Noch eins, Miss Rocello«, fügte Ford hinzu. »Sollte Henderson Ihnen irgendetwas zu trinken geben, lehnen Sie es unter allen Umständen ab. Gute Nacht, Miss Rocello. Ich melde mich morgen wieder bei Ihnen.«

Kopfschüttelnd blieb Maria ein Weilchen neben dem Telefon stehen, nachdem sie den Hörer aufgelegt hatte. Seltsam – trotz der kultivierten, dezent und angenehm klingenden Stimme schien dieser David Henderson also doch irgendwie verdächtig zu sein.

Als Maria Rocello das Studierzimmer betrat, kam ihr Henderson, lächelnd und offensichtlich hoch erfreut, mit ausgestreckter Hand entgegen. »Reizend von Ihnen, dass Sie gekommen sind, Miss Rocello«, sagte er. »Ich weiß das sehr hoch zu schätzen.«

Maria, so fest sie sich entschlossen hatte, diesen Mann sehr kritisch zu beurteilen, kam sogleich zu dem Schluss, dass sie ihn durchaus sympathisch fand. Dennoch fühlte sie sich unsicher, als sie ihm die Hand reichte. »Sie gaben mir am Telefon zu verstehen, Mr. Henderson«, sagte sie zurückhaltend, »Sie hätten mir etwas über meinen Bruder zu berichten.«

Henderson nickte. »In der Tat. Aber bitte, nehmen Sie erst einmal Platz, Miss Rocello.« Maria setzte sich in einen Sessel und fuhr fort, Henderson aufmerksam zu beobachten.

»Ich nehme an«, fügte Henderson im gleichen unverfänglichen Ton hinzu, »dass mein Anruf Sie etwas verwundert hat?«

»Gewiss, er hat mich verwundert«, bestätigte Maria. »Ich erinnere mich nämlich nicht, dass Paul, mein Bruder, Sie je erwähnt hätte, Mr. Henderson.«

»Das war eigentlich auch kaum zu erwarten«, entgegnete Henderson verbindlich. Er schwieg einen Augenblick, um dann zu sagen: »Es tat mir sehr Leid, Miss Rocello, von dieser schrecklichen Sache über Ihren Bruder zu hören. Es war ein Schock für uns alle.«

»Für uns alle?«, wiederholte Maria verwundert.

»Für uns alle, die wir ihn kannten«, erläuterte Henderson.

»Wie gut kannten Sie ihn eigentlich, Mr. Henderson?«

»Oh – recht gut, möchte ich sagen. Ich lernte ihn bei Kriegsende in Venedig kennen. Ich blieb dann noch bis Dezember 1946 in Italien. Aus welchem Teil dieses schönen Landes kommen Sie, Miss Rocello?«

»Ich wohne in Florenz.«

»Ah – Florenz!«, rief Henderson entzückt. »Wie sagt doch unser großer Dichter Shelley über diese einzigartige Stadt –«

»Mr. Henderson«, unterbrach Maria, »woher wussten Sie, dass ich in Medlow bin und im Hotel *Weißer Hirsch* wohne?«

Henderson, der an seine Bar getreten war und sich daran zu schaffen machte, blickte über die Schulter und lächelte. »Ein Mann namens Craven hat es mir erzählt. Er ist nämlich Journalist und infolgedessen über alles unterrichtet, was hier geschieht. Oder sagen wir lieber – über fast alles.«

»Craven? Ist das nicht der Mann, der den Artikel über meinen Bruder und den Grafen Paragi geschrieben hat?«

Henderson nickte. »Ja, das ist er. Ein ziemlich wissbegieriger Jüngling, aber auf seine Art nicht unbegabt.« Er kam mit zwei gefüllten Sherrygläsern von der Bar zurück. »Sie trinken doch ein Glas Sherry, Miss Rocello – nicht wahr?«

Maria zögerte, die Warnung des Inspektors fiel ihr ein. »Nein danke, danke.«

»Aber ich bitte Sie«, rief Henderson liebenswürdig und reichte ihr eins der beiden Gläser. »Wie lange beabsichtigen Sie in Medlow zu bleiben, Miss Rocello?«

»Das wird ganz davon abhängen –«

»Wovon?«

»Von verschiedenen Dingen.« Ein etwas seltsames Schweigen entstand. Maria betrachtete versonnen den bernsteinfarbenen Inhalt ihres Glases. Schließlich setzte sie das Glas, ohne daraus getrunken zu haben, auf den Tisch.

»Miss Rocello«, sagte Henderson, »bitte berichtigen Sie mich, falls ich mich irre. Sie sind aus zwei Gründen nach England gekommen. Erstens, weil Sie zu erfahren wünschen, weshalb Ihr Bruder ermordet wurde –«

»Wäre das so unverständlich?«, warf Maria ein.

»Keineswegs!«, versicherte Henderson und fuhr fort: »Zweitens, weil Sie zu erfahren wünschen, wer ihn ermordet hat.«

»Richtig«, bestätigte Maria, »aus diesen beiden Gründen bin ich nach England gekommen.«

Henderson lächelte gewinnend. »Sie werden es sehr seltsam finden, Miss Rocello, aber – ich kann Ihnen diese beiden Fragen beantworten.«

»Wirklich?«, fragte Maria erregt und mit kaum vernehmlicher Stimme.

»Ja, ich kann es wirklich.« Henderson hob sein Glas und nahm einen Schluck Sherry. Als er das Glas wieder sinken ließ, sagte er verwundert und in scherzhaft vorwurfsvollem Ton: »Aber Sie trinken ja gar nicht, Miss Rocello! Es ist ein ausgezeichneter Sherry, den ich Ihnen wärmstens empfehlen kann.«

»Bitte, nehmen Sie es mir nicht übel«, erklärte Maria achselzuckend, »aber ich mache mir nicht viel aus Sherry.«

»Oh, das tut mir Leid«, entgegnete Henderson höflich. »Vielleicht darf ich Ihnen etwas anderes anbieten? Ich hätte zum Beispiel eine Flasche recht guten Campari?«

»Nein, danke«, sagte Maria liebenswürdig, aber bestimmt, »ich möchte heute Abend wirklich nichts trinken, Mr. Henderson.«

»Wirklich nicht?«

»Nein, wirklich nicht.«

Henderson lächelte Maria zu. »Wie Sie wünschen, Miss Rocello.« Er leerte sein Glas. Dann fragte er: »Haben Sie mit Inspektor Ford gesprochen, nachdem wir miteinander telefonierten?«

»Inspektor Ford? Wer ist das?«, erkundigte sich Maria in einem Tonfall, der ihr selbst recht wenig glaubwürdig erschien.

Henderson lächelte noch breiter und erklärte: »Der Herr, den Sie heute abend um sechs Uhr besucht haben.«

»Tut mir Leid«, erwiderte Maria kühl, »ich weiß nicht, wovon Sie reden. Ich kenne niemanden namens Ford.«

Hendersons Lächeln wurde milde und nachsichtig. Er griff nach Marias unberührtem Glas und hielt es kritisch gegen das Licht.

»Ein Jammer, diesen schönen Sherry schal werden zu lassen«, sagte er, setzte das Glas an die Lippen und trank es mit offensichtlichem Behagen aus. Dann blickte er Maria fragend an. »Sie haben doch hoffentlich nicht geglaubt, ich hätte Ihnen Gift hineingetan?«

Maria rang sich ein ziemlich gekünsteltes Lächeln ab. »Nein, nein – natürlich nicht!«

»Miss Rocello«, sagte Henderson nach kurzem Schweigen und setzte eine sehr ernste Miene auf, »vielleicht werden Sie es nicht glauben wollen, aber ich war wirklich ein guter Freund Ihres Bruders. Und deshalb möchte ich Ihnen einen Rat geben – einen guten Rat!«

»Nun –?«

»Ich möchte Ihnen vorschlagen, unverzüglich nach Italien zurückzukehren.«

Maria runzelte die Stirn. »Und weshalb sollte ich das tun?«

»Weil es keinen Grund für Ihr Bleiben gibt.«

»Im Gegenteil«, erklärte Maria mit fester Stimme. »Ich habe

gute Gründe, hierzubleiben! Ich wünsche zu erfahren, warum und von wem mein Bruder ermordet wurde! Erst wenn ich das weiß, kehre ich nach Italien zurück.«

»Hören Sie, Miss Rocello«, sagte Henderson nachdenklich, »würden Sie morgen oder übermorgen nach Italien zurückfliegen, falls Sie von mir befriedigende Antworten auf Ihre beiden Fragen erhielten?«

Maria maß Henderson mit einem langen befremdeten Blick. »Wenn Sie wissen, wer meinen Bruder ermordet hat, Mr. Henderson«, sagte sie, »weshalb informieren Sie dann nicht die Polizei?«

Henderson ignorierte diese Frage. Stattdessen erkundigte er sich: »Sie beabsichtigen also ganz ernsthaft, vorläufig hier zu bleiben?«

Maria nickte entschlossen. »Selbstverständlich! Ich habe auch dem Inspektor gesagt, dass ich –« sie hielt plötzlich inne und hätte sich am liebsten auf die Zunge gebissen.

»Dem Inspektor?«, fragte Henderson und lächelte vielsagend. »Dem Inspektor, den Sie angeblich gar nicht kennen, haben Sie also gesagt, dass Sie –? Möchten Sie mir nicht verraten, Miss Rocello, was Sie ihm gesagt haben?«

Verärgert über ihr dummes Versehen, erklärte Maria in beinah kriegerischem Ton: »Nun – ich habe dem Inspektor gesagt, dass ich zu bleiben gedenke, bis der Mord an meinem Bruder geklärt ist!«

»Ich verstehe«, sagte Henderson. Dann trat er an seinen Schreibtisch und holte ein Fotoalbum heraus. Diesem Album entnahm er nach einigem Blättern ein Foto und betrachtete es genau, bevor er es Maria reichte. »Miss Rocello«, verlangte er in völlig verändertem, hartem und unnachgiebigem Ton, »sagen Sie mir, wer die beiden Personen auf diesem Foto sind!«

Sichtlich betroffen durch Hendersons verändertes Verhalten, blickte Maria das Foto an und rief: »Aber – das sind ja mein Bruder Paul und Carlo Marissa, mein Verlobter!«

»Wann und wo wurde diese Aufnahme gemacht?«

»Ich selbst habe diese Aufnahme gemacht – vor ungefähr zwei Jahren, in Sorrent, vor dem Hotel Excelsior!«

»Das waren die richtigen Antworten«, erklärte Henderson und hielt Maria ein zweites Foto hin. »Schnell noch eine Probe! Wer ist auf dieser Aufnahme zu sehen?«

»Meine Tante Aurelia vor ihrer Villa in Rom! Aber, Mr. Henderson – woher haben Sie diese Aufnahmen? Das ist doch das Fotoalbum meines Bruders!«

Henderson begann wieder zu lächeln und nickte. »Stimmt, es ist das Fotoalbum Ihres Bruders.« Seine Stimme klang angenehm, dezent und kultiviert wie zuvor. »Seien Sie mir nicht böse, aber ich musste mir doch Gewissheit verschaffen, ob Sie wirklich Miss Maria Rocello sind.« Mit diesen Worten trat er zum Telefon, nahm den Hörer ab und wartete auf die Vermittlung.

Maria beobachtete ihn verwirrt. »Mr. Henderson«, fragte sie, »wer sind Sie? Wie standen Sie zu meinem Bruder?«

Henderson bedachte sie mit einem freundlichen Seitenblick, antwortete aber nicht. Stattdessen sagte er ins Telefon: »Hier Medlow achtzehn. Bitte ein Ferngespräch nach Liverpool – Hogarth drei, sieben, null, eins, mit Voranmeldung für Mr. James Cooper.«

»Sie haben meine Fragen noch nicht beantwortet«, erinnerte Maria, als sie merkte, dass Henderson noch nicht verbunden war. »Wer sind Sie? Und wer ist dieser Mr. Cooper, den Sie anrufen?«

Henderson legte eine Hand auf die Sprechöffnung und erwiderte lächelnd: »James Cooper ist ein guter Bekannter von mir, übrigens auch ein guter Bekannter Ihres Bruders Paul. Neben vielen anderen Fähigkeiten besitzt er eine außergewöhnliche Überredungsgabe. Ich glaube, Miss Rocello, dass er Sie überreden wird, morgen wieder nach Italien zurückzukehren.«

11

Am nächsten Morgen saß Dr. Sheldon bei Inspektor Ford im Büro, um den Befund zu diskutieren, den die Obduktion von Billie Reynolds ergeben hatte.

»Ich verstehe noch nicht ganz«, sagte Ford, »wie Sie so sicher sein können, Doktor, dass der Tod durch Erwürgen verursacht wurde. Zugegeben, dass sich am Hals der Toten einige Druckstellen befanden. Aber sie hat doch immerhin einige Tage im Wasser gelegen. Wäre es also nicht möglich, dass –«

»Die Druckstellen«, unterbrach Dr. Sheldon, »sind einwandfrei von jemandem verursacht worden, der das Mädchen am Hals gepackt und mit roher Gewalt gewürgt hat. Ich könnte Ihnen das mit einer Fülle hochtrabender und für den Laien unverständlicher Fachausdrücke darlegen, Inspektor. Aber ob ich dies nun tue oder nicht – die schlichte Tatsache bleibt –«

»– dass sie erwürgt wurde«, warf Ford ein und lächelte Sheldon liebenswürdig zu. »Glauben Sie bloß nicht, Doktor, dass ich die Sache komplizieren möchte! Doch leider findet mein Vorgesetzter, Chefinspektor Harringay von Scotland Yard, Ihren Bericht nicht detailliert genug.«

»Das hätte ich mir eigentlich denken können«, seufzte Sheldon. »Ihr Polizeiarzt sagte mir ja, als ich seine Vertretung übernahm: ›Vergessen Sie bloß nicht, alter Freund, dass Sie die höheren Polizeistellen nur mit einem Haufen möglichst komplizierter Fachausdrücke zufrieden stellen können. Zwar verstehen die Beamten nicht einmal die Hälfte davon. Aber eben das macht einen Bericht in ihren Augen erst vollkommen.‹ Nun, Inspektor, ich muss bekennen, dass ich mir den Gebrauch vieler imponierender Fachausdrücke längst abgewöhnt habe, zumal sie den Sachverhalt auch nicht verändern. Und da ich keinen Ehrgeiz verspüre, eines schönen Tages offiziell zum Polizeiarzt bestellt zu werden –«

»– wird der Obduktionsbefund in Sachen Billie Reynolds allgemein verständlich bleiben, wie er ist«, ergänzte Ford und lachte. »Nun gut, Doktor – ich werde versuchen, Ihre Auffassung dem Chefinspektor begreiflich zu machen.«

»Danke, Inspektor«, sagte Sheldon und stand auf, als wolle er sich nun verabschieden, blieb dann aber doch noch am Schreibtisch stehen. »Ich weiß nicht recht, ob ich es Ihnen überhaupt erzählen soll«, meinte er und zuckte die Achseln, »aber gestern Nachmittag war Henderson bei mir. Er hatte von Billies Ermordung gehört und wünschte zu erfahren, wie sie ermordet worden sei.«

»Und, haben Sie ihm die Todesursache genannt?«

»Nein, ich sagte ihm, wenn er es wissen wolle, möge er sich an Sie wenden. Das war doch wohl in Ihrem Sinne?«

»Ja, danke.«

»Er schien sich um irgendetwas Sorgen zu machen«, fuhr Sheldon fort, »beträchtliche Sorgen. Es war beinah, als ob –«, er brach ab, da Sergeant Broderick den Raum betrat.

»Es war beinah als ob –«, versuchte Ford den Doktor zu ermuntern, aber Sheldon schüttelte den Kopf.

»Ich darf meiner Phantasie nicht erlauben, dass sie mit mir durchgeht«, sagte er, nahm seine Instrumententasche vom Schreibtisch und schickte sich endgültig an zu gehen. »Es ist nur – ach, Sie wissen ja, Inspektor, dass ich Henderson schon lange kenne und dass ich ihn mag. Auch Katherine scheint ihn zu mögen, und das würde die Sache gegebenenfalls nicht gerade sehr vereinfachen.«

»Ich verstehe nicht ganz, wie Sie das meinen, Doktor«, erklärte Ford und stand ebenfalls auf.

»Das ist es ja eben – Sie verstehen es nicht«, entgegnete Sheldon traurig. »Ich meine – wenn Sie Henderson wegen des Mordes an Rocello verhaften, ist Katherine Ihre Hauptzeugin.«

»Noch haben wir ihn nicht verhaftet«, murmelte Ford mit ernstem Gesicht.

»Nein, natürlich nicht«, sagte Sheldon entschuldigend. Er

blickte von Ford zu Broderick und dann wieder zu Ford zurück. »Nun muss ich aber gehen. Guten Morgen, Inspektor – Sie wissen ja, wo Sie mich erreichen können. Guten Morgen, Sergeant.«

Als sich die Tür hinter Sheldon geschlossen hatte, fragte Broderick neugierig: »Was hat denn der Doktor? Was wusste er von Henderson zu erzählen?«

»Henderson war gestern Nachmittag bei ihm«, erwiderte Ford. »Anscheinend interessierte er sich brennend für den Obduktionsbefund.« Stirnrunzelnd und nachdenklich fügte er hinzu: »Ich verstehe das nicht, Bob! Wenn Henderson für den Mord verantwortlich ist, müsste er doch wissen, auf welche Weise Billie Reynolds ermordet wurde!«

Broderick lächelte verlegen. »Vielleicht will er durch vorgespiegelte Neugier den Verdacht von sich ablenken?«

»Hm – das wäre möglich. Wir wollen es in Betracht ziehen ... Nun, Bob – waren Sie schon bei Miss Rocello?«

»Ja«, bestätigte Broderick. »Und heute früh zeigte sie sich etwas gesprächiger als gestern Abend nach ihrem Besuch bei Henderson. Aber was sie sagte, ist ziemlich überraschend. Sie wird nämlich schon morgen nach Italien zurückfliegen!«

»Was? Schon morgen fliegt sie wieder nach Italien zurück?«, fragte Ford verdutzt. »Das ist aber merkwürdig! Gestern war sie doch fest entschlossen, längere Zeit hier zu bleiben! Selbst als ich ihr vorschlug –«

»Gestern war gestern«, unterbrach ihn Broderick. »Heute ist sie wie ausgewechselt!«

»Was wollen Sie damit sagen, Bob?«

»Nun – als sie gestern abend hier war, schien sie doch recht bedrückt und über den Tod ihres Bruders bekümmert. Heute wirkte sie wie eine ganz andere Frau – völlig gelöst und heiter, als gäbe es überhaupt keinen Kummer mehr für sie.«

»Was mag diese seltsame Veränderung verursacht haben?«, fragte Ford kopfschüttelnd.

Broderick zuckte die Achseln. »Ehrlich gesagt, ich habe keine Ahnung.«

»Merkwürdig, verdammt merkwürdig«, murmelte Ford versonnen. »Ob es mit ihrem Besuch bei Henderson zusammenhängt?« Er nahm einen Rapportbogen zur Hand und las ihn gewissenhaft. Dann sagte er: »Ihr Bericht, Bob, deutet von einer derartigen Möglichkeit allerdings nicht das Geringste an. Sie schreiben: ›Miss R. begab sich, wie vereinbart, etwa gegen neun Uhr zu Henderson und blieb ungefähr eine Stunde in seiner Wohnung. Nachher begleitete Henderson sie zu ihrem Taxi und verabschiedete sich höflich von ihr; irgendetwas Auffallendes war hierbei nicht zu beobachten. Wir folgten dem Taxi zum Hotel *Weißer Hirsch* und hatten dort noch eine kurze Unterredung mit Miss R., bei der sie lediglich äußerte, Henderson habe sich ihr gegenüber tadellos verhalten und als guter Freund ihres Bruders zu erkennen gegeben. Darüber hinaus habe er ihr für die Zeit ihres Aufenthaltes in Medlow jegliche Unterstützung angeboten.«

Broderick nickte. »Freilich, mehr war darüber auch nicht zu berichten«, sagte er. »Allenfalls hätte ich noch hinzufügen können, dass Henderson von Miss Rocellos Anwesenheit in Medlow anscheinend durch Robin Craven erfahren hat. Auch hätte ich hinzufügen können, dass Miss Rocello offenbar einen recht günstigen Eindruck von Henderson hatte. Aber meines Erachtens gehören solche Dinge nicht unbedingt in einen sachlichen Polizeibericht.«

»Eigentlich nicht«, gab Ford zu. »Und doch mag hier des Rätsels Lösung liegen. Ich kann mir nicht vorstellen, dass jemand anders als Henderson für Miss Rocellos Sinnesänderung verantwortlich ist!« Nach kurzem Schweigen fügte er hinzu: »Jedenfalls möchte ich Miss Rocello vor ihrer Abreise noch einmal sprechen. Rufen Sie sie an, Bob, und vereinbaren Sie einen Termin mit ihr.«

Bevor Broderick antworten konnte, kam Wachtmeister Sanders ins Zimmer und legte Ford einen Briefumschlag auf den Schreibtisch. »Von Mr. Stacey Boyd«, sagte er und ging hinaus.

Als Ford das erhaltene Schreiben überlas, verfinsterte sich sein Gesicht. »Neue Schwierigkeiten«, sagte er zu Broderick. »Sie erinnern sich an die Nachricht, die Ralph Merson zusammen mit dem Ohrring erhalten hat?«

»Natürlich! Eindeutig Hendersons Handschrift!«

»Eben nicht«, erwiderte Ford und wies auf den Brief. »Laut Mr. Stacey Boyd war es nicht Henderson, der diese Nachricht geschrieben hat.«

»Aber hören Sie, Mike!«, rief Broderick. »Wir haben die Nachricht doch ganz genau mit den anderen Schriftproben von Henderson verglichen!«

»Und uns dabei geirrt«, erklärte Ford. »Mr. Stacey Boyd, der immerhin ein anerkannter Handschriftenexperte ist, führt in seinem Gutachten aus, dass es sich diesmal nicht um Hendersons Handschrift handele, sondern um eine recht geschickte Nachahmung.«

»Das kann doch nicht sein«, murmelte Broderick ungläubig, »da muss Mr. Boyd sich irren!«

»Nun«, meinte Ford nachdenklich, »falls er sich hierin irren sollte, könnte er sich auch in den anderen Analysen geirrt haben, und damit würde die ganze Sache noch mysteriöser. Aber aus irgendeinem Grund glaube ich nicht, dass er sich irrt.«

Auf Robin Cravens Klopfen öffnete Maria Rocello arglos die Tür ihres Hotelzimmers. Sofort setzte Craven mit oft erprobter Gewandtheit einen Fuß über die Schwelle und begann, ehe Maria sich von ihrem gelinden Schrecken erholen oder gar ihren Unwillen über dieses wenig manierliche Auftreten äußern konnte, überstürzt draufloszureden: »Entschuldigen Sie die Störung, Miss Rocello! Ich bin Journalist und vertrete die weltberühmten Londoner *Daily News.* Robin Craven ist mein Name. Hätten Sie die Liebenswürdigkeit, mir einige Minuten Ihrer kostbaren Zeit für ein kleines Interview zu opfern?«

»Da Sie ohnehin schon halb im Zimmer sind«, entgegnete Maria kühl, »können Sie auch ganz hereinkommen.«

Siegesbewusst lächelnd befolgte Craven diese Aufforderung und begann sogleich, sich neugierig im Zimmer umzusehen.

»Und jetzt«, fuhr Maria fort, »verraten Sie mir vielleicht genau, was Sie von mir zu erfahren wünschen?«

Craven rieb sich die Hände. »Nun, da wäre vorweg dieses, Miss Rocello: Gestern erst sind Sie in Medlow angekommen, und morgen fliegen Sie schon wieder nach Italien zurück, obwohl Sie anfangs erklärten, mindestens für einige Zeit bleiben zu wollen. Weshalb diese Sinnesänderung? Weshalb diese plötzliche Eile, hochverehrte Signorina?« Craven versuchte sich in einem Lächeln, das er für weltmännisch und charmant hielt; leider glückte es ihm nicht ganz.

»Woher, Mr. Craven«, entgegnete Maria argwöhnisch, »wollen Sie wissen, dass ich mich bereits wieder mit der Absicht trage, nach Italien zurückzukehren?«

»Weil Sie, Miss Rocello, für die Maschine der British European Airways, die morgen früh um halb zehn vom Londoner Flughafen nach Mailand startet, einen Platz gebucht haben!«

Maria lächelte kühl. »Sie scheinen bemerkenswert gut unterrichtet, Mr. Craven!«

Craven quittierte diese Bemerkung, die in seinen Ohren nichts als reine Anerkennung war, mit einer leichten Verbeugung. »Oh, ich bin längst nicht so gut unterrichtet, dass ich damit ganz zufrieden wäre«, äußerte er bescheiden und begann, recht ungezwungen im Zimmer umherzugehen. »Sie wissen zum Beispiel, hochverehrte Signorina, dass ich einen Artikel über Ihren Bruder geschrieben und darin behauptet habe, er sei ein guter Freund des Grafen Paragi gewesen?«

»Ja, dieser Artikel ist mir bekannt.«

»Sehr gut!«, rief Craven entzückt und lehnte sich, die Hände auf dem Rücken, in vermeintlich lässiger und eleganter Pose ein wenig gegen den kleinen Hotelzimmerschreibtisch. »Aber nun stellen Sie sich vor – gestern schreibt doch der *Globe*, eins unsrer Konkurrenzblätter, Ihr Bruder und Graf Paragi seien nicht befreundet, sondern nur dienstlich miteinander bekannt gewesen!«

»So?«, sagte Maria, die keine Ahnung hatte, worauf dieser ziemlich seltsame Reporter eigentlich hinauswollte. »Und –?«

»Mir geht es darum, diesen Punkt klarzustellen«, verkündete Craven, der mittlerweile an eins der Fenster getreten war und die Aussicht zu prüfen schien. Er drehte sich zu Maria um und wiederholte: »Diesen Punkt also möchte ich klarstellen! Habe ich Recht oder hat unser Konkurrenzblatt Recht? Sie, hochverehrte Signorina, müssten es doch wissen – war Ihr Bruder mit dem Grafen Paragi befreundet? Oder kannten sie sich nur dienstlich?«

»Ich sehe nicht recht ein«, erwiderte Maria zurückhaltend, »inwiefern diese Frage von Wichtigkeit sein könnte?«

»Das, hochverehrte Signorina, möchte ich versuchen, Ihnen zu erläutern«, rief Craven aus und erprobte ganz nebenher bereits den dritten Stuhl der Hotelzimmereinrichtung. »Es ist nämlich äußerst wichtig! Denn der Mörder Ihres Bruders hatte ein Motiv, und ich möchte in Übereinstimmung mit allen anderen interessierten Personen ermitteln, welches Motiv der abscheulichen Tat zugrunde gelegen hat!«

»Aber was«, meinte Maria, der Cravens Auftreten und Äußerungen immer rätselhafter erscheinen wollten, »was hätte das mit der Frage zu tun, ob mein Bruder mit Paragi befreundet war oder nicht?«

»Vieles, vieles!«, erklärte Craven mit wissendem Lächeln und wippte genießerisch auf dem Sofa herum. »Bitte – beantworten Sie mir meine Frage.«

»Ich fürchte, ich kann Ihnen darüber keine Auskunft geben. Mein Bruder hatte seinen eigenen großen Freundeskreis –«

»Sind Sie denn, verehrte Signorina«, unterbrach Craven, »sind Sie denn dem Grafen Paragi nie begegnet?«

»Doch – einmal auf einer Gesellschaft in Genua. Es ist einige Jahre her.«

»Hat Ihr Bruder Sie mit dem Grafen bekannt gemacht?«

In diesem Moment begann das Telefon zu läuten. »Ich erinnere mich nicht mehr, wer mich mit dem Grafen Paragi bekannt gemacht hat«, sagte Maria, »und jetzt entschuldigen Sie mich wohl.«

Damit trat sie an das Telefon und meldete sich. »Hier spricht Sergeant Broderick«, ertönte eine angenehme Männerstimme. »Miss Rocello – Inspektor Ford hätte Sie gerne noch einmal gesprochen, bevor Sie uns wieder verlassen. Würden Sie es einrichten können, gegen Abend zur Polizeistation zu kommen?«

Maria zögerte. »Ich muss den Zug nach London erreichen«, sagte sie. »Er fährt um sechs Uhr vierzig, und ich möchte nicht –«

»Das würde in Ordnung gehen, Miss Rocello«, warf Broderick ein. »Ich könnte Sie um Viertel vor sechs mit dem Wagen abholen und nach der Unterhaltung mit dem Inspektor zum Bahnhof bringen.«

»Gut, machen wir es so, Sergeant«, stimmte Maria zu. »Und besten Dank –«

»Wir haben zu danken, Miss Rocello«, sagte Broderick liebenswürdig.

Als Craven sah, dass Maria den Hörer aus der Hand legte, hörte er auf, an den Wasserhähnen des Waschbeckens herumzuspielen. »Also, hochverehrte Signorina«, wiederholte er, »Sie erinnern sich wirklich nicht, wer Sie mit dem Grafen Paragi bekannt gemacht hat?«

»Nein, und das sagte ich Ihnen bereits«, erwiderte Maria in leicht gereiztem Ton. »Im übrigen bin ich der Meinung, dass Sie meine Geduld jetzt lange genug strapaziert haben, Mr. Craven.«

Craven machte eine bedauernde Miene und zuckte die Achseln, begann aber, sich langsam zur Tür zu bewegen. Plötzlich blieb er wieder stehen. »Oh, Signorina«, rief er aus, »meine erste Frage haben Sie ja auch noch nicht beantwortet! Bitte – warum kehren Sie schon so bald wieder nach Italien zurück?«

Maria trat seufzend an die Tür und legte – eine unmissverständliche Aufforderung – die Hand auf die Türklinke. »Weil ich«, sagte sie betont, »mich inzwischen davon überzeugt habe, dass die englische Polizei alles tut, um den Mörder meines Bruders zu finden!«

»Ah – wenn Sie nur deswegen nach England gekommen sind«, murmelte Craven und schickte sich wohl oder übel zum Gehen an, »hätten Sie sich die kostspielige Reise ersparen können! Durch einen Telefonanruf bei mir, dem hiesigen Repräsentanten der weltberühmten *Daily News,* hätten Sie erfahren, dass unsere Polizei schlechterdings wunderbar ist.«

Katherine Walters saß, mit der Anfertigung einer Modezeichnung beschäftigt und völlig in ihre Arbeit vertieft, im Wohnzimmer ihres Onkels, als plötzlich von der offenen Terrassentür her die Frage erklang: »Darf ich eintreten, Miss Walters?«

Katherine blickte überrascht auf und gewahrte die schmächtige Gestalt Robin Cravens, der mit neugierig vorgestrecktem Kopf und in so eigentümlicher Haltung auf der Türschwelle stand, dass er wie ein lebendiges Fragezeichen wirkte. Unwillkürlich erheitert von diesem Anblick, unterdrückte Katherine einen Anflug von Ärger über die Störung, klappte ihr Skizzenbuch zu und sagte: »Nun gut – kommen Sie herein. Aber meinen Onkel treffen Sie nicht an, er macht Krankenbesuche.«

»Ihnen gilt mein Besuch, Miss Walters«, versicherte Craven pathetisch. »Ich möchte Sie nämlich um einen kleinen Gefallen bitten.«

»So? Und das wäre?«

»Sie sprechen doch Italienisch, nicht wahr?«

»Das stimmt. Weshalb fragen Sie?«

»Sehen Sie hier –«, mit der Geste eines Zauberkünstlers, der aus seinem Zylinderhut ein Kaninchen zum Vorschein bringt, zog Craven einen Bogen Löschpapier aus der Tasche. »Da steht etwas auf Italienisch geschrieben, und ich wäre Ihnen außerordentlich verbunden, wenn Sie es mir übersetzen wollten. Es ist ganz einfach zu lesen, wenn man es vor einen Spiegel hält.«

Katherine warf Craven einen misstrauischen Blick zu und wollte sich schon weigern, das Löschpapier entgegenzunehmen. Doch dann siegte ihre Neugier über ihren Unmut. Sie stand auf, nahm das Löschpapier und ging damit zu einem Wandspiegel.

»Nun«, fragte Craven, der nicht von ihrer Seite gewichen war, »was heißt es«?

»Es heißt«, sagte Katherine, langsam den Text vorlesend, »es heißt: ›Er war überaus zuvorkommend zu mir. Ich halte es für ein wahres Glück, dass ich hierher gereist bin. Ich fühle mich grenzenlos erleichtert. Schriftlich berichten lässt es sich nicht. Du wirst alles erfahren, sobald wir uns sehen.‹ Das ist alles.« Sie drehte sich zu Craven um, der ihre Worte mitstenografiert hatte. »Von wem stammen diese Zeilen?«, fragte sie. »Und warum wollten Sie sie von mir übersetzt haben?«

»Ach, das hat ein – äh – ein Bekannter von mir geschrieben«, verkündete Craven hastig. »Und inzwischen ist ihm das Original abhanden gekommen, wissen Sie?« Katherines Miene zeigte absolute Ungläubigkeit. »Es war ungemein liebenswürdig von Ihnen«, fuhr Craven fort, »dass Sie mir geholfen haben. Ich bedanke mich tausendmal, Miss Walters. Bitte, empfehlen Sie mich Ihrem Onkel.« Er lächelte betörend, vollführte einige kleine Verbeugungen und entfernte sich dann so geschwind, dass Katherine plötzlich nicht mehr umhin konnte, die von ihr übersetzte Nachricht mit dem Fall Rocello in Verbindung zu bringen.

Ihr Verdacht wurde zur Gewissheit, als sie Craven an der nächsten Ecke in einer Telefonzelle verschwinden sah ...

Maria Rocello war in ihrem Hotelzimmer beim Kofferpacken, als es klopfte. Auf ihre Antwort öffnete sich die Tür und Katherine Walters trat ein.

»Miss Rocello?«, fragte Katherine.

»Ja-a«, entgegnete Maria gedehnt und blickte die unbekannte Besucherin fragend und nicht eben freundlich an.

»Tut mir Leid, dass ich Sie störe«, sagte Katherine, »aber ich möchte Sie um eine kurze Unterredung bitten.«

»Wer sind Sie?«, fragte Maria misstrauisch. »Etwa eine Zeitungsreporterin? Wenn das der Fall sein sollte –«

»O nein«, unterbrach Katherine, »ich bin keine Zeitungsreporterin. Mein Name ist Katherine Walters, und mein Anliegen ist ganz persönlicher Art.«

»Bitte halten Sie mich nicht für unhöflich, Miss Walters«, erwiderte Maria, »aber Sie sehen, dass ich vor der Abreise stehe. Außerdem habe ich um sechs Uhr noch eine Verabredung. Meine Zeit –«

»Ich werde Ihre Zeit nicht lange in Anspruch nehmen, Miss Rocello«, unterbrach Katherine. »Was ich Sie fragen möchte, mag Ihnen befremdlich erscheinen, aber es hat seinen guten Grund. Bitte, sagen Sie mir, ob Sie heute einen Brief geschrieben haben?«

»Wieso? Nun, in der Tat – ich habe einen Brief geschrieben.«

»Darf ich wissen, an wen?«

»An meinen Verlobten. Aber ich verstehe nicht, was es Sie angeht, ob ich –«

»Miss Rocello«, warf Katherine ein, »bitte, hören Sie mich an. Vor einer halben Stunde kam ein Mann namens Robin Craven zu mir und bat mich, ihm einige italienisch geschriebene Zeilen zu übersetzen. Diese Zeilen befanden sich auf einem Stück Löschpapier, und ich habe den Verdacht, dass das Löschpapier von Ihrem Schreibtisch stammt.« Sie wies auf den kleinen Schreibtisch zwischen den beiden Fenstern.

Maria eilte zum Schreibtisch. »Wirklich!«, rief sie bestürzt.

»Das oberste Blatt Löschpapier der Schreibunterlage fehlt! Dieser Robin Craven muss es entwendet haben! Er war vorhin hier, um mich mit einer Anzahl Fragen zu behelligen, die mir völlig sinnlos erschienen. Bei dieser Gelegenheit hat er – oh, Gott! Bitte, Miss Walters – was war auf dem Löschpapier zu lesen?«

»Kein Grund zur Besorgnis, Miss Rocello«, beruhigte Katherine. »Was auf dem Löschpapier zu entziffern war, hieß ungefähr: ›Er war überaus zuvorkommend zu mir. Ich halte es für ein wahres Glück, dass ich hierher gereist bin. Ich fühle mich grenzenlos erleichtert. Schriftlich berichten lässt es sich nicht. Du wirst alles erfahren, sobald wir uns sehen …‹.«

»Und das war wirklich alles?«, fragte Maria.

»Das war wirklich alles.«

Maria lächelte dankbar. »Wie bin ich froh, das zu hören, Miss Walters.«

»Bitte, Miss Rocello, halten Sie mich nicht für aufdringlich«, sagte Katherine ernst, »aber ich möchte wissen, auf wen sich Ihre Angabe bezieht – ›Er war überaus zuvorkommend zu mir …‹?«

Maria blickte erstaunt auf und sagte dann versonnen: »Es bezieht sich auf jemanden, dem ich hier in Medlow begegnet bin.«

»David Henderson?«

»Was wissen Sie über David Henderson?«, fragte Maria in abweisendem Ton.

»Ich weiß, dass er jeden Augenblick verhaftet werden kann und dass ich dann die Hauptzeugin gegen ihn sein werde.«

»Bitte – was meinen Sie damit?«

»Ich meine, dass ich Henderson an jenem Nachmittag sah, als Ihr Bruder ermordet wurde. Ich sah ihn, als er das Hausboot verließ.«

»David Henderson?«

»Ja.«

»Sie müssen sich irren, Miss Walters!«

»Ich wünschte, es wäre so. Aber ich irre mich nicht.«

Ein feines Lächeln spielte um Marias Lippen, als sie Katherine forschend in die Augen blickte. »Ich habe Henderson gestern Abend zum ersten Mal gesehen«, sagte sie. »Aber aus irgendeinem Grund glaube ich nicht, dass er meinen Bruder ermordet hat.«

»Also war es Henderson, auf den Sie sich in Ihrem Brief bezogen?«, fragte Katherine.

»Ja«, entgegnete Maria. Ihr Lächeln vertiefte sich. »Darf ich Ihnen eine Frage stellen, Miss Walters? Eine sehr persönliche Frage?«

»Bitte?«

»Lieben Sie David Henderson?«

Katherine lachte. Aus diesem Lachen klang eine Spur von Verlegenheit. »Gütiger Gott – nein! Ich habe doch erst zweimal flüchtig mit ihm gesprochen!«

»Und was«, fragte Maria Rocello, »was hätte das damit zu tun?«

12

Das Telefon auf Inspektor Fords Schreibtisch läutete. Ford, mit der Abfassung eines Zwischenberichtes für Scotland Yard beschäftigt, murmelte eine Verwünschung und nahm unwillig den Hörer ab. »Ja –?«

»Ist dort Inspektor Ford?«, fragte eine frische Männerstimme.

»Am Apparat«, knurrte Ford.

»Kriminalinspektor Michael Ford persönlich?«, fragte die Stimme. »Der gute alte Mike Ford, wie er leibt und lebt?«

»Ja doch, zum Kuckuck!«, entgegnete Ford ungeduldig. »Wer spricht denn da?«

Der Anrufer lachte. »Immer noch dieselbe wohlvertraute Brummstimme!«

Ford zwang sich mühsam zur Ruhe – der Witzbold am anderen Ende der Leitung hatte sich kaum einen ungeeigneteren Zeitpunkt für seinen dummen Scherz aussuchen können! »Wollen Sie mir jetzt endlich sagen, wer Sie sind, Sir? Oder der Teufel soll Sie holen!«

»Hier spricht eine Stimme aus der Vergangenheit, die Stimme eines gewissen Harry Vincent!«

»Harry, alter Junge!«, rief Ford verblüfft, und sein eben noch grimmiges Gesicht begann zu strahlen. »Ich werd' verrückt! Von wo sprichst du, Harry?«

»Aus Henley, von einem Telefonautomaten«, sagte Vincent. »Ich bin ein bisschen unterwegs, weißt du, und gedenke, in einer halben Stunde bei dir in Medlow zu sein, um ein bisschen mit dir zu schwätzen und dich anschließend zum Essen einzuladen – wie in alten Zeiten.«

»Wie in alten Zeiten!«, wiederholte Ford und lachte. »Du kannst dir kaum vorstellen, wie sehr ich mich darauf freue, dich wiederzusehen, alter Freund!«

»Geht mir nicht viel anders, Mike. Wir werden uns allerlei zu erzählen haben – wie? Also in einer halben Stunde bin ich da.«

Lächelnd und versonnen legte Ford den Hörer auf. Dass Harry Vincent ausgerechnet jetzt wieder einmal aufkreuzte, wollte ihm wie ein wahrer Glücksfall erscheinen. Sicher würde Harry, dieser alte Fuchs, einen guten Rat zu den beiden verwünschten Mordfällen wissen, oder wenigstens ein ermutigendes Wort … Jahrelang waren Ford und Vincent die besten Kameraden gewesen und hatten manchen schwierigen Fall in vorbildlicher Zusammenarbeit gelöst, bis sich Vincent, der damals kurz vor seiner Beförderung zum Chefinspektor stand, wegen eines plötzlich auftretenden Herzleidens aus dem Polizeidienst zurückziehen musste.

Es klopfte, und Sergeant Broderick steckte den Kopf zur Tür herein. »Miss Rocello ist da.«

»Gut, Bob«, nickte Ford, »ich lasse bitten.«

Heiter lächelnd betrat Maria Rocello, von Broderick gefolgt, das Zimmer. »Guten Abend, Inspektor«, grüßte sie und reichte Ford die Hand. »Wie Sie sehen, folge ich nun doch Ihrem Rat und kehre bereits wieder nach Italien zurück.«

Ford machte ein ernstes Gesicht. »Gestern Nachmittag, Miss Rocello«, sagte er, »schienen Sie wenig geneigt, meinen Rat anzunehmen. Sie bestanden vielmehr darauf, hier zu bleiben, bis der Fall geklärt und der Mörder verhaftet wäre.«

»Oh, das weiß ich«, bestätigte Maria leichthin, »aber ich habe inzwischen meine Meinung geändert. Frauen ändern ja ihre Meinung manchmal sehr schnell, Inspektor.«

»Das ist mir keineswegs unbekannt, Miss Rocello«, erklärte Ford und versuchte ein verbindliches Lächeln. »Dennoch erführe ich gern, wie es zu Ihrer Meinungsänderung gekommen ist.«

»Das war ganz einfach«, sagte Maria achselzuckend. »Ich habe mir die Sache noch einmal in aller Ruhe überlegt und bin zu dem Schluss gekommen, dass ich hier doch nichts ausrichten kann. Es gäbe tatsächlich keinen vernünftigen Grund für mein Bleiben.«

»Zu dieser Einsicht sind Sie aber offensichtlich erst gelangt, nachdem Sie mit Henderson gesprochen hatten – nicht wahr, Miss Rocello?«

Maria nickte. »Das stimmt. Aber meine Einsicht ist nicht etwa das Ergebnis meiner Unterhaltung mit Mr. Henderson.«

»Dies zu glauben fällt mir ein wenig schwer«, murmelte Ford und wiegte zweifelnd den Kopf.

»Das tut mir aufrichtig Leid, Inspektor«, sagte Maria voller Mitgefühl, »aber ich kann es nicht ändern. Und nun muss ich aufbrechen, damit ich meinen Zug nicht versäume. Leben Sie wohl, Inspektor, und haben Sie vielen Dank für Ihr freundliches Interesse.« Sie nickte Ford lächelnd zu und verließ das Zimmer.

Broderick, der ihr folgte, um sie – wie verabredet – zum Bahnhof zu fahren, hörte im Hinausgehen seinen Vorgesetzten raunen: »Versuchen Sie, um Himmels willen, unterwegs noch etwas aus ihr herauszubekommen, Ladykiller.«

Dieses Mal hatte Mrs. Williams, wie sie mit Genugtuung vermerkte, einen achtbaren Besucher in Hendersons Studierzimmer zu geleiten – einen mit äußerster Sorgfalt gekleideten, gepflegten, wenn auch etwas zu lang und zu dünn geratenen Gentleman bester Jahre, von dem weder zu befürchten war, dass er Zigarettenasche auf den Teppich schnippen, noch dass er einen Fettfleck auf der Rückenlehne eines Sessels hinterlassen würde. Es handelte sich um Mr. Ralph Merson.

»Ich bin erfreut, Mr. Merson«, begrüßte Henderson seinen Besucher, »dass Sie meiner Aufforderung so schnell Folge leisten. Bitte, nehmen Sie Platz.«

»Ich – äh – ich bleibe lieber stehen«, näselte Merson abweisend und holte einen Brief aus der Tasche. »Im übrigen – äh – verstehe ich nicht, wie Sie dazu kommen, Sir, mich, der ich bisher – äh – bisher nicht den Vorzug hatte, Sie zu kennen, mit einer derartig – äh –«, er klopfte mit seinen langen knochigen Fingern auf den Brief, »derartig ultimativen Aufforderung zu bedenken?«

»Das erklärt sich von selbst, Mr. Merson«, meinte Henderson liebenswürdig. »Ich wünschte eben, Sie so bald wie möglich zu sprechen.«

»Und worüber, wenn ich – äh – dies fragen darf, wünschten Sie mit mir zu sprechen?«

»Über eine Lady namens Reynolds – Billie Reynolds!«

Merson zuckte zusammen. »Ich – äh – ich kenne diese Dame nicht.«

»Nein?«, lächelte Henderson. »Demnach hätten Sie aber ein kurzes Gedächtnis, Mr. Merson! Darf ich Ihnen ein paar Ihrer letzten Unternehmungen mit Miss Reynolds ins Gedächtnis rufen? Am Freitag, dem 5. Juli, fuhren Sie mit ihr via London nach Brighton und blieben dort bis zum Freitag, dem 11. Juli. Das gleiche wiederholte sich am 20. Juli und am 2. August. Sie blieben mit Billie beide Male eine knappe Woche in Brighton und wohnten im Grand Central Hotel. Hierauf trat eine kleine Pause ein, doch dann besuchten Sie Billie wieder am Dienstag, dem 20. August, auf ihrem Hausboot *Shangri-La*, wo Sie mit ihr die Nacht verbrachten, und –«

»Sir –«, unterbrach Merson schreckensbleich und mit krächzender Stimme, »Sie scheinen – äh – bemerkenswert gut unterrichtet! Aber was hat das zu bedeuten? Worauf wollen Sie hinaus?«

»Nur auf ein paar kleine Informationen, Mr. Merson«, erwiderte Henderson ruhig und bestimmt. »Erstens: Wie pflegte Billie Reynolds Sie anzureden? Mit Ihrem Vornamen? Oder mit einem Kosenamen?«

Merson versuchte aufzubegehren. »Was – was geht es Sie an, wie – äh – Miss Reynolds mich nannte?«

»Beantworten Sie meine Frage, Sir!«, verlangte Henderson mit einer Stimme, die jeden Widerspruch ausschloss.

Merson war sofort eingeschüchtert. »Wenn Sie es – äh – durchaus wissen müssen«, sagte er in kläglichem Ton, »Miss Reynolds pflegte mich *Dandy* zu nennen, und – äh –«

»Danke, Mr. Merson«, unterbrach Henderson, »das genügt für den Augenblick.« Er nahm das Tagebuch vom Schreibtisch: »Welche Bewandtnis es mit diesem Buch hat, dürften Sie kaum ahnen, Mr. Merson. Es ist nämlich Billie Reynolds' Tagebuch.«

Wie hypnotisiert starrte Merson auf das Buch. »Gott im Himmel«, stammelte er, »Billie hat – äh – ein Tagebuch geführt?«

»Sie hat es sogar recht gewissenhaft geführt«, erläuterte Henderson schmunzelnd. »Es stehen viele aufschlussreiche Angaben darin, unter anderem über einen Herrn, den Billie allerdings immer nur mit *R.* bezeichnet.« Er hielt inne, suchte eine bestimmte Stelle des Buches und sagte dann: »Hören Sie zum Beispiel dies: ›*R.* besuchte mich heute wieder nach Einbruch der Dunkelheit. Ich wünschte nur, ich wäre nicht so vernarrt in ihn – ich weiß ja nicht mal, wie weit ich ihm überhaupt trauen darf.‹« Abermals hielt Henderson inne, blickte Merson scharf an und fragte: »Auf wen könnte sich diese Eintragung beziehen?«

»Ich – ich habe keine Ahnung«, erwiderte Merson betroffen.

»Ihnen gegenüber hat sie also diesen *R.* nie erwähnt?«

Merson schüttelte den Kopf. »Nein, niemals. Ich könnte mir – äh – könnte mir auch nicht vorstellen, wer es sein soll. Ich habe mir niemals Illusionen über Billie gemacht. Ich nahm als ziemlich sicher an, dass sie – äh – insgeheim auch mit anderen, mit jüngeren Männern zusammenkam. Aber ich habe sie nie danach gefragt. Ich weiß nicht, wer diese Männer waren. Aber sagen Sie, Sir – woher haben Sie – äh – dieses Tagebuch?«

»Von Billies Stiefbruder, Chris Reynolds«, erklärte Henderson. »Er wollte sich zwar nicht allzu gern davon trennen, aber ich konnte ihn schließlich überzeugen, dass er es tun müsse.«

»Und – äh – was gedenken Sie mit diesem Buch zu tun, Sir?«, erkundigte sich Merson besorgt.

»Es zu Rate ziehen, bis es einen bestimmten Zweck erfüllt hat«, entgegnete Henderson ruhig und mit ernster Miene.

»Äh – Mr. Henderson«, begann Merson und rieb sich nervös die Hände, »lassen Sie uns – äh – völlig offen miteinander sein. Mir läge sehr viel an diesem Tagebuch. Ich bin bereit, Ihnen – äh – zweitausend Pfund dafür zu zahlen.«

Henderson lachte. »Zweitausend Pfund? Aber, aber, Mr. Merson – mir ist es im Augenblick bedeutend mehr wert als zweitausend Pfund.«

Ford sprang von seinem Schreibtischstuhl auf und eilte seinem Besucher mit ausgestreckten Händen entgegen. »Bei Gott, Harry«, rief er aus, »es tut gut, dich wieder zu sehen!«

Harry Vincent – oder, genauer gesagt, der ehemalige Kriminalinspektor Harry Vincent – war etwa fünfzig Jahre alt, mittelgroß und breitschultrig. Nichts an seinem Äußeren verriet den ehemaligen Polizeibeamten; eher hätte man ihn für einen Bankdirektor, einen Versicherungsagenten oder den Repräsentanten eines großen Handelshauses halten können.

Die beiden Männer schüttelten sich die Hände. »Es ist lange her, Mike«, sagte Vincent, »verdammt lange her.«

»Du siehst gut aus, Harry«, bemerkte Ford. »Du siehst so aus, als gäbe es für dich nicht die geringsten Sorgen in der Welt.«

»Das möchte ich nun auch wieder nicht behaupten«, entgegnete Vincent lächelnd. »Aber was das gute Aussehen betrifft – dieses Kompliment kann ich dir zurückgeben, du bist ganz der alte Mike geblieben! Übrigens – wie macht sich Roger, dein Sohn?«

»Großartig! Er hat vor einigen Jahren eine Freistelle am Rockingham College bekommen und wird wegen seiner Leistungen jetzt sogar ein halbes Schuljahr überspringen.«

»Alle Achtung! Der Junge scheint den Verstand vom Vater geerbt zu haben!«

»Anscheinend hat er mehr mitgekriegt als bloß das«, lachte Ford. »Er wird es weiterbringen als ich. Aber nun erzähl von dir selbst, Harry! Womit verbringst du deine Tage? Wie gefällt dir das Nichtstun? Und vor allen Dingen – wie geht es deinem Herzen?«

»Oh, das Herz hat mir nie Schwierigkeiten gemacht«, lautete die überraschende Antwort. Vincent klopfte sich zufrieden auf die Brust. »Es funktioniert immer tadellos.«

»Aber ich dachte«, fragte Ford verblüfft, »du hättest dich wegen deines Herzens pensionieren lassen?«

»Das war es ja auch, was die Leute, einschließlich meiner besten Freunde, denken sollten«, erläuterte Vincent beiläufig. Ford starrte seinen alten Kameraden fassungslos und befremdet an. »Tatsächlich, Mike«, fuhr Vincent fort, »ich bin eigens von London hierher gekommen, um dich zu sprechen.«

»Um mich zu sprechen?«

»Ja-a«, bestätigte Vincent gedehnt. »Und zwar sozusagen dienstlich. Ich habe nämlich ein paar kleine Überraschungen für dich!«

»An Überraschungen habe ich mich in den letzten zehn oder zwölf Tagen allmählich gewöhnt«, sagte Ford düster. »Also lass hören, Harry, was für Überraschungen du mir zu bescheren gedenkst.«

Vincent lächelte und klopfte Ford auf die Schulter. »Ich bin hier, um dich aus einigen deiner Nöte zu befreien, alter Freund«, sagte er. »Um damit anzufangen – ich hatte nie ein schwaches Herz und habe mich auch nie pensionieren lassen.«

»Aber höre mal, Harry!«, rief Ford ungläubig. »Du gabst damals ein Abschiedsdinner, bei dem ich eine Rede hielt! Und wir überreichten dir zum Andenken ein Silbertablett.«

»Ich weiß«, unterbrach Vincent und lächelte reumütig. »Wegen dieses Silbertablettes habe ich bis heute ein schlechtes Gewissen. Aber ich musste es damals so aussehen lassen, als ginge ich in Pension – Befehl von oben, verstehst du? In Wirklichkeit bin ich nur zu einer anderen Abteilung übergewechselt.«

»Wohin? Etwa zu Scotland Yard?«

»Nicht direkt zu Scotland Yard, Mike«, sagte Vincent. »Ich arbeite jetzt für Sir Edward Westerby.«

»Für Sir Edward Westerby!« Ford konnte seine Bewunderung nicht verhehlen. Er wusste zwar nicht eben viel über Westerbys eigentliches Wirken, das sich aus guten Gründen abseits von aller normalen Polizeiarbeit ganz im Geheimen vollzog. Aber er wusste immerhin, dass Westerby jener beinah sagenumwobenen Organisation vorstand, deren Fäden praktisch die ganze Welt umspannten. »Du bist also beim Intelligence Service, Harry?«

Vincent lächelte. »Richtig, Mike!«

»Nun – immerhin bin ich gekommen, um dich ein wenig ins Bild zu setzen.«

»Wie meinst du das – mich ins Bild zu setzen?«

»Ich sagte – dich ein wenig ins Bild zu setzen«, führte Vincent aus. »Nämlich – soweit es Rocello betrifft. Es wird dich einigermaßen überraschen, aber – Rocello ist nicht tot.«

»Was – Rocello ist nicht tot? Wie, zum Teufel, soll ich das verstehen, Harry?«

»Wie ich sagte: dass Rocello nicht tot ist.«

»Du meinst Paul Rocello? Den Italiener, der auf dem Hausboot ermordet wurde?«

Vincent nickte. »Ja, den meine ich. Er wurde nicht ermordet.«

»Natürlich wurde er erschossen!«, begehrte Ford auf. »Ich habe doch mit eigenen Augen seine Leiche gesehen!«

»Du hast eine Leiche gesehen, Mike. Aber es war nicht Rocellos Leiche.«

»Harry –«, fragte Ford, nahezu verzweifelt, »weißt du denn, was du da sagst?«

»Selbstverständlich! Ich sage, dass Rocello nicht tot ist.«

»Aber wo, in Gottes Namen, steckt er denn dann?«

»Irgendwo in der kanadischen Wildnis, an einem der großen, einsamen Seen, wo er seine Arbeit bereits wieder aufgenommen hat.«

Ford schlug sich mit der flachen Hand auf die Stirn. »Bin ich denn närrisch geworden?«, rief er aus. »Ich sage dir, ich –«

»Keine Aufregung, Mike«, unterbrach Vincent. »Setz dich bitte wieder hin. Ich möchte jetzt einen gemeinsamen guten Freund hereinrufen, der draußen wartet.«

»Wer ist das?«, fragte Ford.

»Ein bewährter Mitarbeiter von mir. Bei uns heißt er *der Andere.*«

»Gott im Himmel, gib mir Kraft«, murmelte ein recht bestürzter Kriminalinspektor namens Michael Ford, während Harry Vincent zur Tür ging und hinausrief: »Sie können jetzt kommen.«

Gleich darauf saß Ford da, stocksteif und wie vom Donner gerührt, und starrte mit offenem Mund den Eintretenden an. Es war David Henderson. »Hallo, Inspektor«, sagte Henderson mit heiterem Gleichmut, »wie geht es Ihnen?«

Ford brauchte nahezu eine Minute, bevor er wieder ein Wort über die Lippen brachte. »Henderson«, sagte er tonlos, »aber wie –?«

»Haben Sie es ihm erzählt?«, wandte sich Henderson an Vincent.

»Das über Rocello – ja«, erwiderte Vincent, »mehr noch nicht.«

»Erzählen Sie ihm lieber auch den Rest der Geschichte«, schlug Henderson vor. »Ihr Erscheinen hat unseren guten Inspektor Ford offensichtlich einigermaßen durcheinander gebracht.«

»Hat es – weiß Gott!«, bestätigte Ford grimmig.

»Inspektor«, sagte Henderson, »ich muss mich bei Ihnen entschuldigen wegen all der Schwierigkeiten, die ich Ihnen bereitet habe. Ich kann mir vorstellen, wie befremdlich Ihnen mein Auftreten und Verhalten erschienen sein mag.«

Ford stieß einen tiefen Seufzer aus. »Immerhin weiß ich jetzt«, sagte er, »dass Sie Rocello nicht ermordet haben.«

»Ich habe niemanden ermordet, Inspektor«, entgegnete Henderson. »Aber es gibt einen gewissen Gentleman, den ich recht gerne umbringen würde, wenn er mir in die Hände geriete.«

»Der Morde könnte es jetzt lieber genug sein, finde ich«, meinte Ford. An Vincent gewandt, fügte er hinzu: »Du solltest mir nun den Rest der Geschichte erzählen, Harry. Immerhin bin ich mit der Klärung dieses Falles beauftragt. Und gewisse Leute –«, er bedachte Henderson mit einem Seitenblick, wobei er die Andeutung eines wohlwollenden Lächelns einfach nicht zu unterdrücken vermochte, »und gewisse Leute haben mir die Ermittlungen bisher, gelinde gesagt, nicht eben erleichtert!«

»Inspektor«, murmelte Henderson, »glauben Sie mir – ich hätte Ihnen die Sache gerne leichter gemacht, wenn man es mir nur erlaubt hätte.«

Harry Vincent lachte leise vor sich hin. »Ich sehe schon«, sagte er und setzte sich bequem in seinem Sessel zurecht, »dass ich den Rest der Geschichte nicht länger verschweigen darf. Der Anfang dieser Angelegenheit«, fuhr Harry Vincent fort, »reicht bis ins Jahr 1941 zurück. Erinnerst du dich an den Schiffsnamen *Kirbydale,* Mike?«

Ford schüttelte den Kopf. »Das könnte ich nicht behaupten.«

»Die *Kirbydale* war ein fünfzehntausend Tonnen großer Marinetanker. Am 10. September 1941 lag sie vor Anker im Hafen von Gibraltar, den unsere Marineleitung und die örtlichen Kommandostellen für doppelt und dreifach gegen jeden nur denkbaren feindlichen Angriff gesichert glaubten. Es war ein sonniger, warmer Tag – einer jener Tage, an denen man vergessen konnte, dass die Welt sich im dritten Kriegsjahr befand. Plötzlich und zur allgemeinen Bestürzung flog die *Kirbydale* in die Luft – eine ungeheure Explosion, bei der von dem stattlichen Tanker buchstäblich nichts übrig blieb. Diese Explosion war das Ergebnis eines feindlichen Angriffs, und den Ruhm, dieses Ereignis herbeigeführt zu haben, durften sich zwei Italiener teilen – Graf Paragi und Paul Rocello.

Zu dieser Zeit wusste man bei uns noch nicht viel von der neuartigen Entwicklung der Unterwasserkriegsführung, die insbesondere von den Italienern vorangetrieben worden war. Graf Paragi und Paul Rocello galten als die beiden Vorkämpfer auf diesem Gebiet – sie hatten maßgeblichen Anteil an der Konstruktion und der Weiterentwicklung äußerst wirksamer Unterwasserhaftbomben und der gefährlichen Einmann-Unterseeboote. Außerdem haben sie beide als Froschmänner praktisch an den riskantesten Einsätzen der von ihnen entwickelten Waffen mitgewirkt.

Nun – wir wissen heute noch, welche enormen Schäden uns und unseren Alliierten damals durch diese neuartigen Kriegstechniken entstanden sind. Wie alles andere, so sind natürlich auch diese Techniken im Laufe der letzten Jahre noch vervollkommnet worden.« Vincent hielt inne, um sich eine Zigarette anzuzünden. Dann fuhr er fort: »An dieser Vervollkommnung hatten auch Graf Paragi und Paul Rocello weiterhin entscheidenden Anteil. Und damit, mein lieber Mike, kommen wir nun allmählich zu dem Teil der Geschichte, der für dich von unmittelbarem Interesse ist. Rocello gehörte nämlich zu den Italienern, für die der Krieg schon mit der italienischen Kapitulation von 1943 zu Ende war. In der Folgezeit wurde er gut bekannt mit unserem Freund David Henderson, der damals schon – wovon aber Rocello ebenso wenig ahnte wie sonst jemand – von der Royal Navy zum Intelligence Service übergewechselt war und für uns spezielle Aufgaben in Italien zu erfüllen hatte.«

Ford blickte Henderson nachdenklich an. »Ich habe mir schon manchmal überlegt, was Sie als britischer Seeoffizier von 1943 bis lange nach Kriegsende in Italien zu schaffen hatten«, sagte er. »Jetzt fange ich allerdings an, es zu begreifen! Weiter, Harry.«

»Der freundschaftliche Kontakt zwischen Henderson und Rocello blieb auch bestehen, als Henderson schon längst wieder nach England zurückgekehrt war«, setzte Vincent seinen Bericht fort. »Auf diese Art erfuhren wir einige Zeit später, dass Rocello sich mit der Entwicklung eines Verfahrens beschäftigte, das die Aufspürung herannahender Froschmänner selbst durch die empfindlichsten Such- und Ortungsgeräte unmöglich machen würde – eine eminent bedeutsame Angelegenheit! Aber nicht nur wir erfuhren von dieser bedeutsamen Angelegenheit, sondern auch eine gewisse östliche Macht, die an allen diesen Dingen ebenfalls höchstes Interesse nimmt. Vor ein paar Monaten schließlich berichtete einer unserer Agenten, ein Mann namens James Cooper –«

»Aha – Cooper!«, warf Ford ein. »Endlich kommt heraus, was er für eine Rolle in diesem Fall spielt!«

»Cooper also berichtete uns vor wenigen Monaten«, fuhr Vincent fort, »dass jene fremde Macht plane, in absehbarer Zeit Rocello nebst all seinen Laborgeheimnissen durch Entführung in ihre Gewalt zu bringen. Daraufhin schickten wir Henderson zu Rocello nach Venedig –«

»So, so«, unterbrach Ford und bedachte Henderson mit einem wissenden Lächeln, »demnach dürfte Ihre Pfingstreise nach Venedig geführt haben und nicht nach Paris, wie Sie uns glauben machen wollten!«

Henderson nickte grinsend, und Vincent sprach weiter: »Tatsächlich gelang es Henderson, seinen Freund Rocello zu überzeugen, dass er und seine Arbeit anderswo als gerade in Venedig bedeutend sicherer wären. Rocello übersiedelte mit seinem kleinen Labor also zunächst auf unsere Kanalinsel Guernsey, dann nach Liverpool und schließlich hierher auf das Hausboot, das offiziell James Cooper gehört. Aber schon bald fanden wir heraus, dass er auch hier nicht sicher war. Nun blieb uns, wollten wir seine Verfolger nachhaltig irreführen, nur noch die Wahl, Rocello offiziell aus dem Leben scheiden zu lassen.«

»Ihr Leutchen leistet euch Sachen«, murmelte Ford kopfschüttelnd.

»Es war die einzige Möglichkeit, Mike«, erklärte Vincent. »Um es recht überzeugend zu machen, ließen wir Rocello sogar ›ermorden‹. Vielleicht kannst du dir vorstellen, Mike, dass wir, wenn es unbedingt nötig ist, in einem solchen Fall ohne allzu große Schwierigkeiten eine passende Leiche zu besorgen vermögen. Nun – wir besorgten uns eine und schafften sie in das Hausboot. Der wirkliche Paul Rocello überquerte währenddessen wohlgemut und unter Mitnahme einiger Kabinenkoffer in einem Sonderflugzeug der Royal Navy den Atlantik in Richtung Kanada.«

»Harry, Harry«, brummte Ford, »ich habe schon immer geahnt, dass du für den eigentlichen Polizeidienst viel zu schade warst!« Nach kurzem Überlegen fügte er hinzu: »Aber wie verhielt es sich mit der anonymen Nachricht, die der junge Craven bekam?«

»Diese Nachricht stammte von Henderson«, sagte Vincent lächelnd. »Du kannst dir denken, Mike, wie sehr wir die Öffentlichkeit für den angeblichen Mord interessieren und davon überzeugen wollten, der Ermordete sei tatsächlich Rocello! In Robin Craven hatten wir den richtigen Mann zur Hand, der sich mit dem nötigen Eifer auf die Froschmännergeschichte stürzte und uns die Publicity verschaffte, die wir brauchten.«

»Jetzt wird mir die Sache allmählich klar«, meinte Ford nachdenklich und wandte sich an Henderson: »In jener Nacht, als Mr.

Merson und wahrscheinlich auch Billie Reynolds Sie sahen, brachten Sie die Leiche auf das Hausboot. Aber was hatten Sie denn am folgenden Nachmittag, als Katherine Walters Sie beobachtete, noch auf dem Boot zu tun?«

»Da war uns ein kleiner Kunstfehler unterlaufen«, erläuterte Henderson. »Wir hatten vergessen, die Leiche mit Paul Rocellos Armbanduhr zu schmücken. Glücklicherweise dachte Rocello selbst noch rechtzeitig daran und schickte die Uhr vor dem Abflug auf schnellstem Wege an Cooper nach London. Cooper seinerseits schickte sie per Eilboten an mich, und ich brachte sie an jenem Nachmittag auf das Hausboot.«

Ford nickte. »Auch das ist mir jetzt klar. Bleibt nur noch Billie Reynolds. Was hatte sie mit der ganzen Sache zu tun?«

»Billie Reynolds hat uns einigen Kummer bereitet«, meldete sich wieder Vincent zu Wort. »Sie hatte in jener Nacht mehr beobachtet, als uns lieb sein konnte. Daher mussten wir sie mit List und Tücke von ihrem Hausboot fortholen und in eine nette kleine Londoner Wohnung bringen.«

»Erklären konnten wir ihr leider nichts«, ergänzte Henderson, »da sie infolge unserer – hm – Behandlung mit einem schnellwirkenden, aber unschädlichen Betäubungsmittel nicht ganz zurechnungsfähig war. Wir glaubten sie für reichlich zwanzig Stunden außer Gefecht gesetzt und ließen sie in der kleinen Londoner Wohnung allein. Aber wir hatten uns in Billies Fähigkeit getäuscht, Narkotika zu überwinden. Als vier oder fünf Stunden später unser Gewährsmann kam, der sie bewachen und ihr ein wenig Gesellschaft leisten sollte, fand er die Wohnung leer. Billie war vorzeitig erwacht, hatte sich davongestohlen und war, wie sich bald herausstellen sollte, nach Medlow zurückgekehrt, wo sie sich sofort mit einem guten Freund in Verbindung setzte.«

»Und dieser ›Freund‹ hat sie dann ermordet«? fragte Ford.

»Ja, dessen sind wir sicher«, bestätigten Vincent und Henderson wie aus einem Munde.

»Wer ist es?«, wollte Ford wissen.

»Ein Bewohner von Medlow«, erwiderte Vincent. »Wir sind schon vor einer ganzen Weile auf ihn aufmerksam geworden.«

»Wie heißt er?«

Vincent nickte Henderson zu, der Billie Reynolds Tagebuch aus der Tasche zog und es Ford aushändigte. »In diesem Tagebuch wird er oft erwähnt«, sagte Henderson, »aber ausnahmslos nur mit dem Buchstaben *R.*«

»Könnte dieser *R.*«, fragte Ford nachdenklich, während er in dem Tagebuch blätterte, »nicht unter Umständen ein Agent jener fremden Macht sein?«

»Er ist ein Agent jener fremden Macht«, bestätigte Vincent, »und hatte zuletzt die spezielle Aufgabe, Rocello zu überwachen.« Nach kurzem Schweigen fügte er hinzu: »Wir glauben sogar zu wissen, wer dieser Gentleman ist. Nur dürfte es ziemlich schwierig werden, ihn zu fassen.«

»Fassen müssen wir ihn«, erklärte Ford entschlossen. »Als fremder Agent gehört er in dein Ressort, Vincent. Da er aber gleichzeitig ein Mörder ist, gehört er auch in mein Ressort.«

»Also werden wir«, sagte Vincent ernst und nickte voller Nachdruck, »also werden wir ihn gemeinsam zur Strecke bringen.«

13

»Hallo, Dr. Sheldon«, sagte Inspektor Ford ins Telefon. »Hinsichtlich Ihres Obduktionsbefundes wäre doch noch eine kleine Formalität zu klären. Würde es Ihnen etwas ausmachen, irgendwann gegen Mittag bei uns hereinzuschauen?«

»Gegen Mittag? Wäre es Ihnen um ein Uhr recht?«

»Das passt mir ausgezeichnet, Doktor«, entgegnete Ford. »Vielen Dank im Voraus. Bis um ein Uhr dann also.«

Ford legte den Hörer auf und beendete den kurzen Brief, der

vor ihm auf dem Schreibtisch lag. Dann steckte er den Brief in ein Kuvert, schrieb die Adresse darauf und rief einen Polizeibeamten herein. »Bringen Sie diesen Brief zu Mr. Vincent«, sagte er. »Die Adresse steht drauf. Auf Antwort brauchen Sie nicht zu warten.«

Als der Polizeibeamte mit dem Brief in der Hand wieder hinausging, kam Sergeant Broderick in das Büro. »Guten Morgen, Mike! Gibt es etwas Neues?«

»Und ob«, gab Ford zurück, »eine bemerkenswerte Wendung im Fall Rocello.«

»Wirklich?«, fragte Broderick, anscheinend recht skeptisch.

»Vor allem«, erklärte Ford, »brauchen wir keine Zeit mehr auf Henderson zu verschwenden.«

Jetzt zeigte sich Broderick sichtlich überrascht. »Wie meinen Sie das?«

»So, wie ich es sage«, brummte Ford und machte sich mit den Papieren auf seinem Schreibtisch zu schaffen, »Henderson steht nicht mehr unter Verdacht.«

»Aber Mike«, rief Broderick aus, »Henderson ist unser Hauptverdächtiger! Wie stehen wir da, wenn wir ihn streichen müssen?«

»Dachte mir schon, dass es Ihnen einen ganz schönen Stoß geben würde, Bob«, entgegnete Ford.

»Es ist aber auch verrückt!«, sagte Broderick erregt. »Es bringt uns wieder dahin, wo wir angefangen haben! Dabei hätten wir diesen Henderson jederzeit verhaften können, und –«

»Hören Sie, Bob«, unterbrach Ford mit ungewohnter Schärfe, »Sie müssen sich ohne jede Gegenfrage mit dem abfinden, was ich sage. Henderson ist ein für allemal und endgültig außer Verdacht. Er hat ein Alibi, das hieb- und stichfest ist.«

Broderick kratzte sich fassungslos hinter dem Ohr. »Wenn er jetzt auf einmal so ein famoses Alibi besitzt, warum hat er es uns dann nicht schon längst –«

»Keine Fragen mehr, Bob!«, erinnerte Ford. »Vergessen Sie Henderson. Er interessiert uns nicht mehr. Verstanden?«

»Gut«, murmelte Broderick achselzuckend und schüttelte düster den Kopf. »Schließlich sind Sie hier der Vorgesetzte. Aber verlangen Sie nicht, dass ich die Geschichte glaube.«

»Was meinen Sie damit?«, schnappte Ford in aggressivem Ton.

»Mir kommt es merkwürdig vor«, sagte Broderick, »dass Henderson so lange gebraucht haben soll, um ein Alibi beizubringen. Es erscheint mir zu glatt – wissen Sie? Ich fange an zu glauben, dass etwas Anderes dahintersteckt – etwas Bedeutenderes als ein einfacher Mord.«

Ford lächelte Broderick eigentümlich zu und klopfte ihm auf die Schulter. »Lassen wir diese Sache, Bob – ja?«

»Schön, lassen wir diese Sache«, meinte Broderick missmutig. »Aber wo setzen wir jetzt an?«

Ford ging zu seinem Schreibtisch, holte Billie Reynolds' Tagebuch aus einer Schublade und sagte: »Billie Reynolds hat dieses Tagebuch hinterlassen. Sie erwähnt darin häufig einen Mann, den sie nur mit dem Buchstaben *R.* bezeichnet. Dieser *R.* ist der Mann, hinter dem wir her sind – der Mann, der Billie ermordet hat.«

»Sind Sie dessen sicher, Mike?«

»Absolut sicher.«

»R. -« murmelte Broderick nachdenklich vor sich hin. Plötzlich blickte er auf. »Ralph –«

»Ralph Merson – meinen Sie?«, fragte Ford.

»Ja. Sie nicht?«

Ford schüttelte den Kopf. »Nein, Bob. Für Merson pflegte Billie einen aparten Kosenamen zu gebrauchen. Sie nannte ihn ausschließlich *Dandy«.*

»Unerhört schmeichelhaft!«, lachte Broderick auf. »Ich hätte allerdings einen anderen Namen für ihn ... Mike, darf ich das Tagebuch einmal sehen?«

Ford reichte Broderick das Buch, der es langsam durchzublättern begann. »Mich interessiert nämlich«, sagte er dabei, »ob sie mal krank gewesen ist.«

»Denken Sie etwa an Sheldon?«, fragte Ford.

»Warum nicht?«, meinte Broderick und blätterte weiter.

»Eben – warum nicht?«, wiederholte Ford langsam. »Doktor Richard Sheldon …«

Henderson stand, die Hände in den Hosentaschen und eine erloschene Pfeife zwischen den Zähnen, am Fenster seines Studierzimmers und starrte versonnen auf das Collegegelände hinaus. Harry Vincent saß nachdenklich und entspannt in einem Sessel.

Schließlich drehte Henderson sich zu Vincent um. »Ich glaube immer noch«, sagte er, »dass es besser wäre, einen Ihrer eigenen Leute einzusetzen, als den jungen Craven.«

»Ich nicht«, widersprach Vincent. »Sollte Craven bei der Sache erwischt werden, ließe sich das Ganze so hinstellen, als wäre er eben ein furchtbar neugieriger Journalist, der sich ein wenig Material besorgen wollte.«

»Immerhin pflegen Journalisten, entgegen einem anscheinend weit verbreiteten Glauben, nicht in die Häuser anderer Leute einzubrechen«, gab Henderson zu bedenken.

»Das wäre peinlich«, pflichtete Vincent bei.

»Und obendrein wäre *R.* im Handumdrehen außer Landes, womit wir das Nachsehen hätten«, fuhr Vincent fort. »Bei Craven hingegen haben wir nichts zu verlieren. Übrigens schien er nach ersten Bedenken recht eingenommen für dieses kleine Abenteuer. Ich spreche ihn nachher noch einmal.«

»Das Taschentuch –« fragte Henderson, »ist es schon angekommen?«

»Es ist aus London unterwegs an mich. Ford hat mir inzwischen mitgeteilt, dass Dr. Sheldon heute Mittag um ein Uhr zu ihm ins Büro kommen wird.«

»Gut«, sagte Henderson. »Dann werde ich Katherine Walters anrufen, um mich zu vergewissern, dass ich sie zu dieser Zeit zu Hause antreffe.«

»Und was wollen Sie ihr sagen, wenn Sie mit ihr sprechen?«

Henderson zögerte. »Nun –« meinte er unsicher, »das, was wir besprochen haben – wie Sie es vorschlugen.«

»Sicher. Aber was noch?«

»Wie meinen Sie das – was noch?«

»Möchten Sie ihr nicht lieber die ganze Geschichte erzählen – soweit sie Sie betrifft?«

»Freilich möchte ich das«, entgegnete Henderson. »Aber ich kann es nicht ohne Ihre Erlaubnis.«

»Meine Erlaubnis«, sagte Vincent langsam, »wird ganz davon abhängen.«

»Wovon abhängen?«

Vincent stand auf, trat ans Fenster und schaute hinaus. »Sie lieben Ihr Dasein als Lehrer – nicht wahr, Henderson?«, fragte er nach kurzem Schweigen. »Sie sind glücklich bei Ihrer Aufgabe, junge Menschen heranzuziehen?«

»Außerordentlich glücklich«, bestätigte Henderson, »und ich möchte ein für allemal dabei bleiben.«

Vincent wies mit einer umfassenden Geste aus dem Fenster auf den Schulhof, die Collegegebäude, die Sport- und Spielplätze. »Dieses dort«, fragte er weiter, »bedeutet Ihnen wirklich mehr als sonst alles?«

»Ja«, erwiderte Henderson schlicht.

Vincent wandte den Kopf und blickte Henderson in die Augen. »Vor anderthalb Jahrzehnten dachten Sie anders. Damals waren Sie bereit, für uns alles zu tun, wann und wo immer es sei. Ich kenne den Brief, den Sie an Sir Edward Westerby schrieben.«

»Ah – dieser Brief!«, rief Henderson. »Nicht ich habe ihn geschrieben – wissen Sie? Diesen Brief hat *der Andere* geschrieben, der Mann, den Sie früher kannten und von dem ich Ihnen viel erzählte.«

»Sir Edward Westerby beauftragte mich, herauszufinden«, sagte Vincent, »ob Sie bereit wären, wieder ganz zu uns zu kommen –

in meine Abteilung, Henderson. Ich würde Sie sehr gerne dabeihaben.«

»Nein, Vincent«, widersprach Henderson ruhig, »nicht mich möchten Sie dabeihaben, sondern *den Anderen.* Aber *der Andere* ist tot. Ich habe ihn an jenem Tag begraben, da ich hierher in dieses College kam. Für die Arbeit, die ich bei Ihnen zu leisten hätte, Vincent, bin ich nicht hart genug. Ich bin eben von Natur aus Schulmeister und sonst nichts. Soweit es die Arbeit für Sie betraf, war ich während des Krieges und in der ersten Nachkriegszeit ein patriotischer Amateur, der seine Pflicht tat und dann froh war, wieder in sein bescheidenes Fachgebiet zurückkehren zu dürfen. Für diesen Sonderfall habe ich mich Ihnen selbstverständlich wieder zur Verfügung gestellt. Aber wenn wir ihn zu Ende gebracht haben –«

»Dann«, unterbrach Vincent lächelnd, »sollen Sie hinfort, gemäß Ihrer eigenen Entscheidung, ausschließlich Schulmeister sein.« Er klopfte Henderson auf die Schulter. »Sie können also die ganze Geschichte Ihrer Freundin erzählen!«

Henderson hob die Augenbrauen. »Meiner Freundin?«

»Ja, Miss Walters«, sagte Vincent. »Erzählen Sie ihr meinetwegen alles, aber halten Sie meinen Namen heraus.«

»Gut«, entgegnete Henderson. »Sie müssen mir nur gestatten, einen kleinen Irrtum richtig zu stellen.«

»Bitte. Welchen?«

»Katherine Walters«, erklärte Henderson, »ist nicht meine Freundin.«

»Ganz wie Sie meinen«, murmelte Vincent. »Erzählen Sie ihr trotzdem die ganze Geschichte. Und tun Sie es bald, verlieren Sie keine Zeit dabei.«

Henderson blickte auf die Uhr. »Ich will sie anrufen, um sie zu fragen, ob sie zu Hause bleibt. Kurz nach eins möchte ich bei ihr sein, um die Abwesenheit ihres Onkels für eine ungestörte Unterhaltung zu nutzen.«

Lächelnd sah Vincent zu, wie Henderson den Telefonhörer ans Ohr hob und mit den Fingern der freien Hand auf den Schreibtisch trommelte, während er auf die Vermittlung wartete.

»Sie sehen also«, sagte Henderson, »dass dieses kleine Versehen die ganze Schuld daran trägt. Hätten wir die Armbanduhr nicht vergessen, so hätte für mich keine Notwendigkeit bestanden, noch einmal auf das Hausboot zu gehen, und Sie hätten mich nicht gesehen. Übrigens werden Sie sich kaum vorstellen können, wie viel mir daran lag, in Ihren Augen nicht verdächtig zu erscheinen.«

»Jetzt bin ich sehr froh«, erwiderte Katherine schlicht. Einen Moment lang saßen sie schweigend da – die düstere Wolke, die bisher zwischen ihnen gehangen hatte, war davongezogen.

»Aber weshalb haben Sie mir das alles nicht gleich gesagt?«, fragte Katherine. »Ich wäre bestimmt nicht damit zur Polizei gelaufen, und Sie müssen zugeben – es konnte nicht anders als verdächtig erscheinen.«

»Wirklich«, pflichtete Henderson bei, »es hätte kaum verdächtiger aussehen können. Aber ich durfte nichts sagen, ich war an strengste Verschwiegenheit gebunden. Hätte ich Ihnen auch nur von der Uhr erzählt, wären Sie doch sofort dahinter gekommen, dass es sich bei dem Toten nicht um Rocello handelte. Hingegen musste wegen gewisser Leute der Anschein erweckt werden, Rocello sei ermordet worden.«

Katherine nickte und lächelte. »Das alles ist mir jetzt durchaus begreiflich. Aber – als Sie damals meinen Onkel aufsuchten, kamen Sie doch nicht wegen Ihrer Schulter. In Wirklichkeit kamen Sie meinetwegen, nicht wahr?«

»Das stimmt«, bekannte Henderson freimütig. »Und ich will Ihnen lieber auch gleich verraten, weshalb ich Sie kennen lernen wollte. Wir wussten nämlich, dass sich hier in der Gegend ein fremder Agent befand, der die spezielle Aufgabe hatte, Paul Rocello zu überwachen, und –«

»Sie dachten«, unterbrach Katherine, »dieser Agent sei ich?«

Henderson lächelte entschuldigend. »Wir durften niemandem von vornherein trauen«, erläuterte er und zuckte die Achseln. »Und was Sie betraf, Miss Walters, so waren Sie erst vor kurzem aus Italien gekommen. Außerdem mochte Ihre Anwesenheit auf dem Fluss bedeuten, dass Sie das Hausboot überwachten.«

»Oh, was Sie mir zugetraut haben!«, lachte Katherine. »Tatsächlich konnte ich kaum die Augen offenhalten! Die Hitze hatte mich so schläfrig gemacht, und ein ungewöhnlich langweiliges Buch, in dem ich lesen wollte, verschlimmerte meine Müdigkeit nur noch! Aber, Mr. Henderson – darf ich Ihnen eine ganz persönliche Frage stellen?«

»Bitte, tun Sie das.«

»Was sind Sie? Wirklich Lehrer? Oder gehören Sie dem Intelligence Service an?«

»Ich bin Lehrer am Rockingham College und wünsche mir ernstlich, niemals wieder etwas Anderes zu sein. Dass meine kriegsbedingte Tätigkeit für den Intelligence Service eigentlich seit Ende 1946 vorbei ist, sagte ich schon. Nur bei der Angelegenheit Rocello hat man mich, weil ich Rocello gut kenne, ein allerletztes Mal zu vorübergehender Mitarbeit herangezogen.«

»Ah –« rief Katherine erfreut, »und damit wäre es nun auch vorbei, nicht wahr?«

»Ich fürchte – nein«, erwiderte Henderson. »Ich erzählte Ihnen ja, dass es hier in Medlow einen fremden Agenten gibt, der zuletzt auch die Aufgabe hatte, Rocello zu überwachen. Dieser Mann muss erst noch unschädlich gemacht werden.«

»Dieser Mann«, sagte Katherine ahnungsvoll, »ist er es etwa auch, der Billie Reynolds ermordet hat?«

Henderson nickte. »Ja. Und seinetwegen hätte ich noch einiges sehr Wichtiges mit Ihnen zu besprechen –«

Mit wachsendem Erstaunen hörte Katherine sich an, was Henderson ihr zu sagen hatte …

Die Zeiger von Hendersons Schreibtischuhr wiesen auf Viertel vor drei. Henderson gähnte, klopfte seine Pfeife aus und stopfte sie von neuem. Der übervolle Aschenbecher neben ihm besagte genug.

Vincent schien viel von seiner üblichen Gelassenheit verloren zu haben. Alle paar Minuten verglich er seine Uhr mit Hendersons Schreibtischuhr, um dann jedesmal ans Fenster zu treten und durch den beiseite geschobenen Vorhang in die nächtliche Dunkelheit hinauszuspähen. »Unserem Freund Craven muss irgendetwas zugestoßen sein«, sagte er schließlich. »Vor einer Stunde schon hätte er wieder zurück sein sollen. Wenn er bis um drei Uhr nicht hier ist, müssen wir hinüber und nachsehen.«

Henderson erhob sich und ging zu einem Tischchen, auf dem eine Flasche Whisky, ein Sodasyphon und einige Gläser standen. »Was halten Sie von einem Drink, Vincent?«

»Famose Idee!«, erklärte Vincent. Während Henderson noch damit beschäftigt war, zwei Gläser zur Hälfte mit Whisky zu füllen, wurden von draußen die Geräusche eines näher kommenden Autos vernehmbar. Wieder einmal eilte Vincent zum Fenster und schaute in die Nacht hinaus. »Das ist er!«, rief er erleichtert. »Ich erkenne seine alte Knatterkiste an den schief stehenden Scheinwerfern!«

»Gott sei Dank«, seufzte Henderson. »Ich hatte schon angefangen, mir Sorgen um ihn zu machen.«

Das Auto kam vor dem Haus zum Stehen. Der Robin Craven allerdings, der gleich darauf das Studierzimmer betrat, war ziemlich weit davon entfernt, sich selbst ähnlich zu sehen. Er trug einen schäbigen, beinah schwarzen Regenmantel, eine tief ins Gesicht gezogene Sportmütze und alte, ausgetretene Schuhe mit überdicken Gummisohlen. Um seine linke Hand hatte er ein blutverfärbtes Taschentuch geschlungen, in der rechten hielt er eine elegante Aktenmappe, die nicht zu seiner übrigen Aufmachung passte. Er war blass und offenbar ziemlich erschöpft.

»Was ist geschehen?«, fragte Henderson. »Sie hätten längst zurück sein sollen.«

»Bei Gott – das hätte ich!«, bestätigte Craven mit einem Lächeln, das glücklicherweise stark an den alten Robin Craven erinnerte. »Aber mein alter Chevrolet bekam auf der Rückfahrt plötzlich Mucken, und da ich ihn begreiflicherweise nicht stehen lassen wollte, musste ich wohl oder übel ein wenig an ihm herumreparieren.«

»Was haben Sie mit Ihrer linken Hand gemacht?«, wollte Vincent wissen.

»Das ist ein dummer kleiner Kratzer, den ich mir beim Eindrücken der Balkontürscheibe geholt habe. Nicht der Rede wert. Nur will es nicht aufhören zu bluten.«

»Und die Sache selbst?«, erkundigte sich Henderson.

»Alles bestens, wie Sie sehen«, verkündete Craven und schwenkte triumphierend die Aktenmappe. Dann legte er die Mappe auf den Tisch und entledigte sich des Regenmantels und der Mütze. »Der Einbruch in das Haus ging ganz glatt«, fuhr er fort. »Jedenfalls verlief alles so, wie wir es geplant hatten. Bei einiger Übung, glaube ich, würde ich mich zu einem erstklassigen Einbrecher entwickeln.«

Vincent musste lachen. Dann sagte er: »Weiter, Craven.«

»Die Mappe fand ich innerhalb einer Minute. Sie lag in seinem Bücherschrank im Wohnzimmer. Dort verwahrt er übrigens ein komplettes Ultrakurzwellengerät, das sowohl als Empfänger wie auch als Sender verwendet werden kann. Ich –«

»Gut das zu wissen«, warf Vincent ein. »Haben Sie auch an das Taschentuch gedacht?«

Craven nickte. »Natürlich. Es zu verlieren – das war meine erste Tat, nachdem ich in das Wohnzimmer eingedrungen war.«

»Ausgezeichnet haben Sie Ihre Sache gemacht, junger Mann«, lobte Vincent und klopfte Craven auf die Schulter. »Nun wollen wir uns mit dem Inhalt der Mappe befassen.«

»Halt , halt«, rief Craven, »hören Sie erst noch den Schluss! Ganz ohne Aufregung ging die Sache nämlich nicht ab!«

»Nein?«, fragte Vincent. »Was gab es denn?«

»Beinahe eine Panne«, erklärte Craven. »Er kam nämlich früher nach Hause, als wir angenommen hatten. Ich wollte eben durch die gleiche Balkontür hinausschlüpfen, durch die ich hereingekommen war, als ich ihn die Wohnung betreten hörte. Hinaus wäre ich nicht mehr gekommen, dazu näherte er sich der Wohnzimmertür zu schnell. Ich verbarg mich hinter einem Fenstervorhang. Dann war er auch schon im Zimmer, knipste das Licht an und machte sich am Schreibtisch zu schaffen – keine zwei Schritte weit von mir entfernt! Sie können sich denken, wie mir zu Mute war! Stellen Sie sich vor, er hätte schon bei dieser Gelegenheit das Taschentuch entdeckt oder die kaputte Balkontürscheibe! Mich wundert nur, dass er nichts davon gehört hat, wie mir vor Angst die Zähne klapperten.«

»Eine unangenehme Situation«, bestätigte Vincent verständnisvoll. »Und wie endete dieser Zwischenfall?«

»Damit, dass er aufstand, das Licht ausknipste und in sein Schlafzimmer hinüberging«, berichtete Craven und grinste. »Dann dauerte es nicht lange, bis er sich ins Badezimmer begab. Als ich die Brause rauschen hörte, machte ich mich davon.«

»Ende gut, alles gut«, sagte Vincent, griff nach der Aktenmappe, öffnete sie und begann den aus Schriftstücken und Fotografien bestehenden Inhalt zu prüfen. Schon nach wenigen Augenblicken hielt er wieder inne, drehte sich zu Craven um und sagte anerkennend: »Junger Mann, Sie haben uns genau das gebracht, was wir brauchten! Eine tadellose Leistung! Ich werde dafür sorgen, dass Ihre Mühe nicht umsonst war!«

»Wissen Sie, Mr. Vincent«, äußerte Craven und schielte recht begehrlich auf die Whiskyflasche, »könnten Sie nicht zunächst dafür sorgen, dass Mr. Henderson mir einen steifen Drink einschenkt? Ich glaube nämlich, ich hätte jetzt doch einen nötig.«

14

Der Polizeiwachtmeister Sanders, dessen geruhsamer Dienst sich vorzugsweise im Vorzimmer der Polizeistation abspielte, blickte etwas indigniert von seiner Zeitung auf, als der ihm bereits bekannte Mr. Ralph Merson in höchster Aufregung den Raum betrat und mit schriller Stimme danach verlangte, sofort von Inspektor Ford empfangen zu werden.

»Tut mir Leid, Sir«, lautete Sanders' höfliche, aber bestimmte Antwort, »ich fürchte, ich darf den Inspektor jetzt nicht stören. Er ist mit einer dringenden Angelegenheit beschäftigt.«

»Meine Angelegenheit ist – äh – ebenfalls dringend«, begehrte Merson auf, »und als einer der prominentesten Steuerzahler dieser Gemeinde verlange ich – äh – verlange ich den Inspektor augenblicklich zu sehen! Augenblicklich – verstehen Sie?«

»Gut, Sir – ich will sehen, ob der Inspektor Sie empfangen kann«, sagte Sanders und stand seufzend auf, um sich zum Zimmer des Inspektors zu begeben. Mersons Anspielung auf seine Leistungen als Steuerzahler hatte ihre Wirkung getan. Immerhin war dieser Mr. Merson, mochte man als schlichter Polizeibeamter auch keine besonderen Sympathien für ihn hegen, einer jener Bürger der Stadt, die nicht vor den Kopf gestoßen werden durften.

Ford unterbrach sein emsiges Schreiben, als Sanders zur Tür hereinschaute, und sagte irritiert: »Ich wollte doch nicht gestört werden – was gibt es denn so Besonderes?«

»Tut mir Leid, Sir«, antwortete Sanders, »es ist eigentlich nur Mr. Merson. Aber er scheint ziemlich aufgeregt und will Sie unbedingt sprechen. Es sei dringend.«

»Merson – eh?«, wiederholte Ford, offenbar ohne besondere Begeisterung. Dann nickte er. »Gut, Sanders, lassen Sie ihn herein.«

Wenige Sekunden später kam Merson in einer Art von gemäßigtem Laufschritt über die Schwelle und machte erst unmittelbar vor Fords Schreibtisch Halt. »Inspektor, Inspektor –« japste er, »ich – äh –«

»Guten Morgen, Mr. Merson«, unterbrach Ford in liebenswürdigem Ton. »Möchten Sie nicht zunächst Platz nehmen?«

Ohne diese Aufforderung zu beachten, beugte sich Merson, beide Hände auf den Schreibtisch gestützt, zu Ford hinüber und fragte wie gehetzt: »Inspektor, ich möchte wissen – haben Sie heute Nacht – äh – bei mir einbrechen lassen?«

»Bitte – wie?«, entgegnete Ford und zeigte sich äußerst verblüfft. »Mir scheint, ich habe nicht richtig gehört?«

»Ich fragte«, wiederholte Merson in beinahe kreischenden Tönen, »ich fragte, ob Sie heute Nacht bei mir haben einbrechen lassen?«

Als Ford sich von seiner ersten Überraschung erholt hatte, erklärte er: »Zu den Aufgaben der Polizei gehört es, Einbrüche zu verhindern. Ihren Worten entnehme ich, dass bei Ihnen eingebrochen worden ist. So etwas kommt, ungeachtet all unserer Mühen, es zu verhüten, hin und wieder vor. Aber wieso glauben Sie, Sir, dass ausgerechnet die Polizei bei Ihnen eingebrochen haben sollte?«

Merson schluckte schwer und ließ sich nun doch auf einen der Stühle sinken. »Inspektor, wir wollen ganz offen miteinander sein«, sagte er mit erregter Stimme. »Sie denken, ich hätte Billie Reynolds ermordet. Und deshalb ließen Sie heute Nacht bei mir einbrechen! Sie hofften, irgendwelches Belastungsmaterial bei mir zu finden! Einen Strick, zum Beispiel, mit dem ich Billie umgebracht haben könnte, oder –«

»Wann haben Sie den Einbruch entdeckt, Mr. Merson?«, fragte Ford mit unerschütterlicher Ruhe.

»Gegen – äh – gegen sieben Uhr heute früh.«

»Und weshalb haben Sie uns dann nicht sofort angerufen?«

»Weil – äh – weil nichts zu fehlen scheint«, erwiderte Merson, der mittlerweile – vielleicht, da ihm die Absurdität seines Verdachtes zu dämmern begann – bedeutend ruhiger geworden schien. Recht bedrückt fügte er nach kurzem Schweigen hinzu: »Außerdem wollte ich nicht, dass – äh – meine Frau ein etwaiges Telefongespräch mit anhört. Sie – äh – sie ist gestern unerwartet zurückgekehrt.«

»Nun, Mr. Merson«, sagte Ford milde und nachsichtig, »ich kann Ihnen versichern, dass ich nicht bei Ihnen eingebrochen habe und auch niemanden beauftragt habe, bei Ihnen einzubrechen. Dass Sie auf den Gedanken verfielen, die Polizei könne bei Ihnen eingebrochen haben, liegt vielleicht daran, dass sie zu viele von den weniger guten Kriminalromanen lesen. Im Übrigen will es mir scheinen, als habe Ihr diesbezüglicher Verdacht bereits begonnen, sich wieder zu verflüchtigen. Was die Angelegenheit selbst betrifft, so müssen wir sie natürlich weiterverfolgen und die vorgeschriebenen Ermittlungen anstellen, auch wenn offenbar nichts gestohlen worden ist. Ich werde also gleich nachher einige Leute zu Ihnen hinüberschicken –«. Er unterbrach seine Ausführungen, da in diesem Augenblick Sergeant Broderick das Büro betrat, und sagte zu Broderick: »Gut, dass Sie gerade kommen, Sergeant. Bei Mr. Merson ist heute Nacht eingebrochen worden. Fahren Sie so bald wie möglich hinüber, um sich die Sache anzusehen. Nehmen Sie die üblichen Untersuchungen vor – Fingerabdrücke und so weiter. Sie wissen ja Bescheid.«

Broderick nickte und wandte sich an Merson: »Wann hat der Einbruch stattgefunden, Mr. Merson?«

»Ich – äh – ich weiß es nicht genau«, erwiderte Merson kleinlaut. »Irgendwann in der Nacht vermutlich.«

»Mr. Merson – seien Sie überzeugt, dass wir alles tun werden, um diese Angelegenheit aufzuklären«, versprach Ford. Dann nickte er Broderick zu. »Sergeant – Sie fahren, wie gesagt, so bald wie möglich hinüber. Halten Sie mich dann auf dem Laufenden.«

»Sehr wohl, Sir«, bestätigte Broderick in dienstlichem Ton und verließ das Büro.

Ford wandte sich wieder an Merson. »Nun, Mr. Merson – ich hoffe, Sie werden durch die prompte Art und die Gewissenhaftigkeit, mit der wir uns Ihrer Angelegenheit annehmen, die letzten Zweifel verlieren und Ihr Vertrauen zur Polizei zurückgewinnen. Jetzt müssen Sie mich allerdings entschuldigen – ich habe dringend zu tun. Guten Morgen, Mr. Merson.«

»Guten Morgen, Inspektor«, entgegnete Merson und ging wesentlich stiller von dannen, als er gekommen war.

Einige Minuten später kam Broderick wieder herein. »Ich wollte es in Mersons Anwesenheit nicht erwähnen«, sagte er, »aber wir haben den aus London angeforderten Bericht über Chris Reynolds bekommen. Danach betätigt sich der smarte Chris seit einigen Monaten mehr oder weniger regelmäßig als Gehilfe eines lizenzierten Buchmachers für Pferderennen.«

»Das interessiert uns nur am Rande«, bemerkte Ford. »Finden Sie nun, da wir seine sogenannte Existenzgrundlage kennen, umgehend heraus, was er während der letzten vierundzwanzig Stunden getan hat. Notfalls müssen Sie sich mit Scotland Yard in Verbindung setzen.«

Broderick warf Ford einen verwunderten Blick zu. »Haben Sie selbst denn inzwischen irgendetwas Besonderes über Chris Reynolds gehört, Mike?«, fragte er. »Der erwähnte Bericht jedenfalls –«

»Sergeant«, unterbrach Ford gelassen, aber nicht ohne Nachdruck, »tun Sie, was ich Ihnen aufgetragen habe. Finden Sie heraus, was er in den letzten vierundzwanzig Stunden getan hat.«

Nachmittags, kurz vor Dienstschluss, war der Polizeibeamte Sanders damit beschäftigt, ein wenig in Inspektor Fords Büro aufzuräumen, als Sergeant Broderick eilig hereinkam. »Wo ist der Inspektor?«

»Weiß nicht, Sergeant«, sagte Sanders. »Er ging gegen vier Uhr fort, und seitdem habe ich ihn nicht mehr gesehen.«

»Wissen Sie nicht, wohin er gegangen sein könnte?«

»Nein, Sergeant.«

»Sie wissen wohl auch nicht, ob er heute noch mal hierher zurückkommt?«

Sanders zuckte die Achseln. »Zu Hause wird er offenbar nicht so bald erwartet. Jedenfalls rief vor fünf Minuten sein Sohn Roger an – er hätte Bauchweh oder irgendsoetwas, und wann sein Daddy wohl käme. Na, diese Kinder sind doch alle gleich! Meine älteste Tochter zum Beispiel –«

In diesem Moment öffnete sich die Tür, und Inspektor Ford erschien.

»Gut, dass Sie kommen«, wollte Broderick beginnen, »ich hätte da nämlich –«

»Gleich, Broderick«, unterbrach Ford und wandte sich an Sanders: »Hat Chefinspektor Harringay angerufen?«

»Nein«, erwiderte Sanders, »nur Ihr Sohn hat angerufen.«

»Wann war das?«, fragte Ford. »Und was wollte er?«

»Vor fünf Minuten, Sir. Er sagte, es ginge ihm nicht besonders gut, er hätte Leibschmerzen und würde sich zu Bett legen.«

»Das hat mir gerade noch gefehlt«, murmelte Ford. »Als gäbe es nicht schon genug Durcheinander, muss auch der Junge noch krank werden! Übrigens, Sanders –« fügte er hinzu, »Sie hatten doch schon um halb sechs Uhr Dienstschluss. Gehen Sie getrost nach Hause, ich habe heute nichts mehr für Sie.«

»Na, dann guten Abend, Sir«, sagte Sanders und ging zur Tür hinaus. »Guten Abend, Sergeant.«

Als die Tür sich hinter Sanders geschlossen hatte, äußerte Broderick teilnahmsvoll: »Mike, Sie sehen aus, als könnten Sie einen Drink gebrauchen, und zwar einen steifen.«

»Und ob ich den gebrauchen könnte«, sagte Ford. »Aber die Zeit reicht nicht, ich muss gleich wieder weg. Miss Walters rief vorhin an und bat, ich möge um sechs Uhr bei ihr sein.«

»Wissen Sie was, Mike«, schlug Broderick in seiner unbekümmerten Art vor und klopfte seinem Vorgesetzten jovial auf die Schulter, »ich könnte an Ihrer Stelle Miss Walters aufsuchen. Sie gehen nach Hause, kümmern sich um Roger und leisten sich selbst ein paar schöne steife Drinks. Wenn irgendetwas Wichtiges sein sollte, rufe ich Sie an.«

»Danke, Bob, das ist nett von Ihnen«, antwortete Ford und seufzte erleichtert. »Ich fühle mich im Moment wirklich nicht ganz wohl. Ein paar Stunden Ruhe vor der üblichen Zeit könnten mir bestimmt nicht schaden.«

»Warum wollte Miss Walters Sie sprechen?«, fragte Broderick.

Ford zuckte die Achseln. »Weiß nicht. Sie rief an und bat mich, um sechs zu ihr zu kommen – sie wünsche mir etwas mitzuteilen. Nun – so furchtbar wichtig wird es wohl nicht sein. Übrigens – was haben Sie in Mersons Haus festgestellt?«

»Ach so – das«, meinte Broderick und wiegte nachdenklich den Kopf. »Wissen Sie, Mike – diese Sache kommt mir ein bisschen komisch vor. Ich glaube, Merson bildet sich den Einbruch bloß ein. Zwar ist die Scheibe der Balkontür, durch die der Täter eingedrungen sein soll, tatsächlich neben dem Türschloss eingeschlagen. Aber wenn ein Einbrecher das gemacht haben sollte, müsste es sich um einen blutigen Anfänger gehandelt haben. Ebensogut könnte es nämlich ein simpler Lausejungenstreich sein. Gestohlen wurde nichts. Irgendwelche Fingerabdrücke oder sonstige Spuren konnten wir nicht feststellen.«

»Hat denn niemand im Haus etwas gehört?«, fragte Ford.

»Merson und seine Frau, die auf dieser Seite des Hauses schlafen, haben nichts gehört. Die Zimmer des Personals liegen auf der anderen Seite. Vom Personal hat erst recht niemand etwas gehört.«

»Schön. Und was ist mit Chris Reynolds? Konnten Sie etwas über sein Tun und Lassen in den letzten vierundzwanzig Stunden ermitteln?«

»Ja. Er war in London. Er hat London nicht mehr verlassen, seit er aus Medlow zurückgekommen ist.«

Ford nickte und wandte sich der Türe zu, blieb dann aber noch einmal stehen und fragte: »Haben Sie Mrs. Merson gesehen?«

»Ja«, entgegnete Broderick grinsend. »Und nachdem ich sie gesehen und mit ihr gesprochen habe, kann ich dem alten Knaben Ralph eigentlich nicht verdenken, dass er Seitensprünge macht.«

Ford lachte. »So, und nun will ich gehen. Wenn irgendetwas sein sollte, rufen Sie mich ja an, Bob.«

15

Als Sergeant Broderick um Punkt sechs Uhr bei Dr. Sheldon läutete, wurde ihm die Tür von Katherine Walters geöffnet. »Oh, Sergeant Broderick –« sagte Katherine erstaunt.

»Guten Abend, Miss Walters, Inspektor Ford trug mir auf –«

»Kommt denn der Inspektor nicht?«

»Ich fürchte, er konnte es nicht einrichten«, erklärte Broderick. »Deswegen bin ich hier.«

»Ach so –«

»Ja, sein Sohn ist plötzlich erkrankt.«

»Das tut mir Leid«, sagte Katherine. »Hoffentlich ist es nichts Ernstliches?«

»Wohl kaum«, meinte Broderick lächelnd. »Aber bitte, Miss Walters – was können wir für Sie tun?«

Ein nachdenklicher Ausdruck erschien auf Katherines Gesicht. »Ich weiß nicht recht«, murmelte sie. Nach kurzem Schweigen fügte sie hinzu: »Möchten Sie nicht eintreten, Sergeant?«

»Danke, wenn Sie erlauben –«

Im Wohnzimmer angelangt, forderte Katherine den Sergeanten auf, Platz zu nehmen. Sie selbst setzte sich ebenfalls und schien noch immer zu überlegen. Schließlich begann sie zögernd: »Eigentlich möchte ich doch lieber mit dem Inspektor über diese Sache sprechen, Sergeant. Sie ist ziemlich wichtig.«

Broderick wies auf das Telefon. »Wenn Sie wünschen, Miss Walters, kann ich ihn anrufen.«

Katherine biss sich nervös auf die Lippen. »Nun –«

»Vielleicht können Sie mir aber wenigstens andeuten, um was es sich handelt«, schlug Broderick vor.

Katherine blickte hastig zu der Tür, die in die Halle führte. Dann sagte sie leise: »Es handelt sich um meinen Onkel.«

Broderick schien betroffen. »Sie meinen Dr. Sheldon?«

»Ja.«

»Nun – was ist mit ihm?«

»Ich – ich habe etwas über ihn herausgefunden«, sagte Katherine zögernd. »Der Inspektor – ich meine, die Polizei – sollte davon wissen.«

»Bitte, fahren Sie fort, Miss Walters.«

»Ich – ich weiß nicht, wie ich es Ihnen sagen soll. Aber zwei Tage vor Billie Reynolds Verschwinden hat mein Onkel –«, Katherine hielt erschrocken inne. Von der Halle her war das Öffnen und Schließen der Eingangstür zu vernehmen. Katherine streifte die Tür zur Halle mit schnellem Blick, dann starrte sie Broderick an. Broderick, aufs äußerste gespannt, beugte sich in seinem Sessel nach vorn.

Dr. Sheldons Erscheinen, obwohl erwartet, wirkte auf Katherine und Broderick wie ein Schock. Der Dr. war in Hut und Mantel. In der rechten Hand hielt er seine Instrumententasche, in der linken eine elegante Aktentasche. Er sah verstört aus und atmete so schwer, als wäre er ein gutes Stück Weges gerannt.

»Onkel, was ist geschehen?«, fragte Katherine angstvoll.

Sheldon eilte schweigend zum Telefon.

»Was ist los, Doktor?«, fragte Broderick.

Sheldon, der den Telefonhörer ans Ohr hielt, sagte über die Schulter: »Schreckliches Autounglück an der Medlow Bridge. Der Insasse des einen Wagens schwer verletzt, die drei Insassen des anderen Wagens leichter.« Beim Sprechen klopfte er nervös auf die

Telefongabel. »Katherine«, fügte er hinzu, »möchtest du mir bitte das Kästchen mit den Narkosespritzen aus dem Ordinationszimmer holen?«

Während Katherine hinauslief, trat Broderick zu Sheldon. »Doktor – wie ist es zu dem Unglück gekommen?«

»Das mag Gott wissen«, murmelte Sheldon. »Es ist das schwerste Autounglück, das ich je sah. Eine Limousine ist frontal in einen Lastwagen hineingefahren.« Er fuhr fort, auf die Telefongabel zu klopfen. »Was ist denn los mit dem verwünschten Ding?«

»Wissen Sie, wer in der Limousine saß?«, fragte Broderick.

»Ein Mann namens Berson oder so. Es hat ihn böse erwischt.«

»War es Merson?«, fragte Broderick atemlos. »Ralph Merson?«

»Ja, das ist der Name«, nickte Sheldon. »Oh, dieses verwünschte Telefon!«

Katherine kam mit einem Kästchen in der Hand herbeigeeilt. »Ist es das?«

Sheldon nickte. »Gutes Mädchen«, murmelte er. Dann gab er den Telefonhörer an Broderick und sagte zu ihm, während er das Kästchen in seine Instrumententasche stopfte: »Lassen Sie sich mit dem St.-Peter-Hospital verbinden – Medlow 22, Station 4. Erzählen Sie ihnen, was passiert ist und dass es sehr dringend sei.«

Broderick begann, auf die Telefongabel zu klopfen. »Vermittlung«, rief er in den Apparat, »melden Sie sich doch endlich! Vermittlung!«

Sheldon nahm hastig seine Instrumententasche auf und drückte Katherine die Aktenmappe in die Hand. »Diese Mappe«, sagte er, »muss aus der Limousine herausgeschleudert worden sein. Sie gehört dem Verunglückten. Verwahre sie, bis ich zurück bin.« Damit eilte er hinaus.

Broderick, immer noch auf die Telefongabel klopfend, raunte Katherine zu: »Bestimmt ist dieser Apparat gestört.«

»Heute Nachmittag war er noch ganz in Ordnung«, versicherte Katherine.

Broderick klopfte noch ein paarmal auf die Gabel. Dann legte er den Hörer auf und sagte, während er zur Tür ging: »Es hat keinen Zweck, der Apparat ist gestört. Ich laufe lieber hinaus zur nächsten Telefonzelle. Wenn inzwischen irgendetwas –«, er hielt plötzlich inne, blieb stehen und starrte Katherine aus zusammengezogenen Augen an.

Katherine war dabei, den Inhalt der Aktenmappe zu untersuchen, die Sheldon ihr übergeben hatte. Sie holte eine Fotografie und mehrere bereits geöffnete Briefumschläge heraus und entnahm einem der Briefumschläge den inliegenden Briefbogen.

»Wo haben Sie diese Sachen her?«, fragte Broderick mit leiser, erregter Stimme.

Katherine blickte auf. »Die Mappe ist aus der verunglückten Limousine geschleudert worden. Mein Onkel hat sie vorhin mitgebracht und mir übergeben. Haben Sie das nicht gesehen? Dieser Brief hier ist übrigens an Sie gerichtet und stammt von Billie Reynolds. ›Lieber Robert‹ – Sie heißen doch Robert mit Vornamen, nicht wahr? – ›ich langweile mich mit Dandy in Brighton und sehne mich so nach Dir. Übermorgen werde ich Dich endlich wiedersehen –‹«

»Geben Sie mir diese Sachen!«, sagte Broderick. Er kam mit langsamen, merkwürdig wiegenden Schritten quer durch den Raum auf Katherine zu. Sein Gesicht war zu einer derart tückischen Fratze verzerrt, dass Katherine den ansehnlichen, selbstbewussten Polizeibeamten, mit dem sie eben gesprochen hatte, kaum wiedererkannte. Instinktiv wich sie vor ihm zurück.

Plötzlich blieb sie stehen und blickte ihn an. »Hier ist eine Fotografie von Ihnen und Billie Reynolds«, sagte sie.

»Ich weiß –«, knurrte Broderick, der gleichfalls stehengeblieben war. »Alle diese Sachen sind heute Nacht aus meiner Wohnung gestohlen worden. Sie gehören mir.« Er streckte seine Hand aus. »Geben Sie sie mir wieder, Miss Walters – bitte.«

Katherine hatte noch einige Briefe aus der Mappe gezogen. »Sie scheinen eine Menge Freunde hinter dem Eisernen Vorhang zu haben, Mr. Broderick – in Rumänien, Polen, der Tschechoslowakei –«

»Geben Sie mir meine Sachen wieder!«, knurrte Broderick.

Katherine erkannte, dass er zum Sprung ansetzen wollte, und stieß ihm einen Sessel in den Weg. »Diese Sachen«, keuchte sie, »bekommt Inspektor Ford und sonst niemand!«

Broderick, der wieder unbeweglich auf dem Fleck stand, sagte mit leiser und überaus bedrohlicher Stimme: »Ich warne Sie, Miss Walters! Wenn Sie nicht tun, was ich sage, werde ich –«

»Werden Sie was, Mr. Broderick?«, unterbrach Katherine.

Broderick antwortete nicht, setzte sich aber ganz langsam wieder in Bewegung.

»Sie haben Billie Reynolds ermordet, nicht wahr?«, wiederholte Katherine mit bebender Stimme.

Plötzlich war es um Brodericks letzte Selbstbeherrschung geschehen. »Ja, ich habe sie ermordet!«, schrie er. »Ich habe diese kleine Hure umbringen müssen! Sie fing an, mir unbequeme Fragen zu stellen, Fragen über Fragen –«

Katherine beobachtete ihn aus wachsamen Augen. Er hatte sich sein Halstuch abgenommen und hielt es wie eine wurfbereite Schlinge zwischen beiden Händen, während er langsam, ganz langsam näher kam. »Miss Walters«, sagte er, und seine Stimme war trügerisch sanft und einschmeichelnd, »bitte, seien Sie nicht töricht. Niemand hat diese Sachen gesehen, nur Sie und Merson. Das Klügste wäre jetzt –«

Katherine hatte sich hinter einen großen Tisch zurückgezogen. Mit enormer Kraftanstrengung gelang es ihr, den Tisch umzukippen, sodass er samt allem, was darauf stand, vor Brodericks Füße fiel. Es gab ein mächtiges Getöse und Geklirr. Den Moment der Verwirrung nutzend, jagte Katherine auf die Türe zu, die zur Halle führte, und drehte den dort befindlichen Lichtschalter um. Das Licht erlosch.

Statt durch die Tür in die Halle zu entweichen, huschte Katherine zu den Vorhängen der breiten Terrassentür und verbarg sich hinter ihnen. Sie hörte, wie Broderick leise vor sich hin fluchend durch das dunkle Zimmer tappte, gegen alle möglichen Möbel stieß und immer näher an den Lichtschalter herankam. Dann, auf einmal, klickte es, und das Licht war wieder eingeschaltet.

Broderick stand neben der Tür und blickte suchend umher. Er wusste, dass Katherine den Raum nicht verlassen hatte und sich irgendwo verborgen hielt. Um ihre Flucht zu vereiteln, schloss er die zur Halle führende Tür ab. Als er an der Tür zum Ordinationszimmer dasselbe tun wollte, bemerkte er eine Bewegung an den Fenstervorhängen. Ohne zu zögern, stürmte er darauf zu und riss die Vorhänge beiseite.

Der Mann, der dort stand, die Hände in die Seiten gestemmt, war so reglos wie ein Monument.

»Henderson«, japste Broderick, »was, zum Teufel, tun Sie hier?«

Henderson blickte ihn sekundenlang schweigend an, dann ließ er die Hände sinken. Broderick trat einen oder zwei Schritte zurück. »Um einige Missverständnisse zu beseitigen, Sergeant«, sagte Henderson, »möchte ich versuchen, Ihnen ein paar Kleinigkeiten zu erklären.«

»Und das wäre?«

»Erstens leben Sie in dem Irrtum, nur Miss Walters und Ralph Merson hätten die Fotografie und die Briefe gesehen. Tatsächlich aber haben ziemlich viele Leute diese Dinge gesehen. Merson allerdings gehört nicht dazu.«

»Seien Sie kein Narr!«, fuhr Broderick auf, der einiges von seiner Kaltblütigkeit wiederzugewinnen schien. »Merson hat diese Dinge letzte Nacht aus meiner Wohnung gestohlen!«

Henderson schüttelte den Kopf. »Ich weiß, wie Sie zu diesem Eindruck gekommen sind. Doch ist er falsch. Sie selbst brachen im Laufe der Nacht bei Merson ein, um sich Ihre Sachen zurückzuholen. Aber Sie fanden sie nicht, weil sie nicht dort waren. Nicht Merson ist es gewesen, der sie Ihnen gestohlen hat!«

»Und doch war er es«, widersprach Broderick zornig, »ich habe in meinem Wohnzimmer ein Taschentuch mit seinen Initialen gefunden!«

»Eben«, sagte Henderson zuvorkommend, »Sie fanden ein Taschentuch – genau, wie wir es geplant hatten.«

Broderick hielt den Atem an. »Demnach war dieses Taschentuch absichtlich dorthin gelegt worden? Bei Gott – war es eine Falle?« Er zog sich in die Mitte des Raumes und hinter den umgekippten Tisch zurück. »Ist etwa auch die Geschichte über Merson und das Autounglück nur erfunden?«

»Möglich«, sagte Henderson und sah, wie Broderick die Tür zum Ordinationszimmer mit einem Seitenblick streifte – er schien seine Fluchtchancen zu erwägen. Doch bevor er noch eine Bewegung machen konnte, öffnete sich die Tür, und Inspektor Ford kam herein. Ford sah sehr sorgenvoll aus – die Untreue eines Polizeibeamten zählte für ihn zu den Todsünden.

»Scheint so, als sei das Spiel aus, Broderick«, sagte er ruhig.

Statt zu antworten, fuhr Broderick mit der rechten Hand in die Jacketttasche und brachte eine weiße Kapsel zum Vorschein, die er sich blitzschnell in den Mund steckte. Henderson war hinzugesprungen, um es zu verhindern, kam aber zu spät. Broderick taumelte auf ein Sofa zurück.

»Schnell, holen Sie Dr. Sheldon!«, rief Henderson dem Inspektor zu.

Ford eilte zur Terrassentür und stieß sie auf. Im Augenblick, als er draußen verschwunden war, erwachte Broderick zu neuem Leben, sprang auf, rannte Henderson über den Haufen, erreichte die Tür zum Ordinationszimmer, sauste hindurch und schmetterte sie hinter sich zu. Unmittelbar darauf zerklirrte die Fensterscheibe des Ordinationszimmers, dann folgten Geräusche wie von einem Handgemenge, schließlich trat tiefe Stille ein.

Auf einmal kam Ford durch die Terrassentür zurück. »Alles in Ordnung«, sagte er lächelnd. »Meine Leute haben ihn draußen erwischt, als er aus dem Fenster wollte.«

Katherine wagte sich aus ihrem Versteck hervor, dann erschien auch Dr. Sheldon. Während Ford ihnen half, die gröbste Unordnung zu beseitigen, sagte er: »Vielen Dank für die Zusammenarbeit, Doktor! Auch Ihnen, Miss Walters! Diese Geschichte war aber der verdammt trickreichste Job, den ich je zu erledigen hatte!«

»Dafür war er auch von Harry Vincent persönlich ausgedacht«, ließ Henderson sich vernehmen, der von einer Besichtigung der Schäden im Ordinationszimmer zurückkehrte. »Anders als durch diese Art Maßarbeit hätten wir Broderick nie erwischt.«

»Bitten Sie mich bloß nicht, noch einmal bei so einer Sache mitzuwirken!«, rief Katherine, wobei sie abwechselnd Henderson und Ford mit vorwurfsvollen Blicken bedachte.

»Keine Sorge, Miss Walters – wir werden es nie wieder tun«, versicherte Ford und wechselte ein paar leise Worte mit Henderson. Dann wandte er sich an Dr. Sheldon. »Ich denke, Doktor, Sie sollten sich Ihr Ordinationszimmer ansehen. Henderson sagte mir eben, es sei mehr entzweigegangen, als nur die Fensterscheibe. Aber wir übernehmen natürlich alle Kosten.«

»Ein billiger Einsatz, gemessen am Erfolg«, erklärte Henderson, nachdem Sheldon in seinem Ordinationszimmer verschwunden war.

Katherine bereitete ein paar Drinks. Henderson langte zu. Ford aber lehnte es ab, ein Gläschen zu leeren – er müsse, sagte er, gleich in die Polizeistation zurück. »Ich möchte Sie beide bitten, nachher noch hinüberzukommen, um meinen Bericht gegenzuzeichnen. Wenn Sie wollen, nehme ich Sie gleich im Auto mit.«

Henderson blickte Katherine fragend an, bevor er erwiderte: »Ich denke, Inspektor, wir laufen lieber. Wir werden in etwa zwanzig Minuten dort sein.«

»Das passt mir gut«, erwiderte Ford. »Auf diese Art finde ich Gelegenheit, noch ein paar kleine Fragen zu klären.«

Nachdem der Inspektor gegangen war, sagte Henderson zu Katherine: »Eigentlich sollten Sie nach all diesen Aufregungen auch ein Glas trinken. Sie müssen etwas mitgenommen sein.«

»Ich bin zäher, als Sie denken«, entgegnete Katherine.

»Hatten Sie Angst?«, fragte Henderson und nippte an seinem Whisky.

»Anfangs fand ich alles sehr interessant. Aber ehrlich gesagt – zum Schluss hatte ich eine panische Angst.«

»Ich übrigens auch«, gestand Henderson.

Sie blickten sich an und lächelten. Dann trank Henderson seinen Whisky aus, während Katherine sich zu ihrem Onkel begab, um ihm zu sagen, dass sie noch zur Polizeistation gingen.

Zehn Minuten später machten sie auf der alten Brücke Halt, um die Lichter zu bewundern, die sich im Wasser spiegelten.

»Dort ist das Hausboot, wo ich Sie damals sah«, sagte Katherine plötzlich und zeigte auf die Umrisse des Bootes, die sich schwach von der Dunkelheit abhoben. Ihre Hände fanden sich auf der alten verwitterten Steinbrüstung der Brücke.

»Woran denken Sie?«, fragte Katherine nach einer Weile.

»Seltsam genug – an Rocellos alten Familienwahlspruch.«

»Familienwahlspruch?«

»Ja. Es ist ein sehr sinnreicher Wahlspruch: *Suaviter in modo ...«*

»Behutsam in der Art«, sagte Katherine ruhig und schmiegte ihre Hand noch inniger in die seine.

»Aber hart in der Sache«, ergänzte Henderson und zog Katherine sanft an sich.